KB068075

우리 집으로 만들어갑니다

일러두기

· 본 도서는 국립국어원 표기 규정 및 외래어 표기 규정을 사용하였습니다.
  다만 일부 입말로 굳어진 경우에는 작가의 표기를 따랐습니다.
· 영화와 TV 프로그램, 노래 명은 〈 〉로 표기하였습니다.

우리 집으로 만들어갑니다

차곡차곡
쌓인
7년의
기록

김수경
지음

지콜론북

목차

2막

4년, 작은 집 곳곳에 일기를 쓴다

3막

7년, 이사하지 않기로 했습니다

프롤로그

바람이 많이 불던 늦겨울 어느 날, 부동산 아주머니께서 이끄는 대로 아파트 단지를 돌며 고만고만한 몇 집을 기웃거렸다. 몇 번을 해보아도 살 집을 구하러 다니는 일은 몸과 마음을 참 고단하게 만든다. 마음에 꼭 드는 집을 찾기도 어렵지만 설령 그런 것이 있다고 해도 머릿속으로 얼른 내가 가진 수를 셈해 보다가 이내 좌절하곤 했다. 한 가지씩 치명적인 단점을 품은 집들 중에서 차선의 순위를 매기며, '아, 집이 이렇게 많은데 내가 살 곳은 없구나.' 하고 생각하기도 했다. 그래서 이 집과의 만남은 나 같은 운명론자에게 더더욱 놀라운 것이었다. 무엇이 그렇게 좋았는지 지금 다시 떠올려보아도 특별한 이유를 찾지는 못하겠다. 그저 더 둘러볼 것도 없이 '우리 집은 여기구나!' 했다. 봄이 되었고 우리는 이 작은 아파트로 이사를 했다. 화단에는 나팔꽃 무리가 흐드러지게 피었고 낡은 블라인드를 덜어내자 2층 창으로 초록이 손에 닿을 듯 일렁였다. 하던 일을 멈추고 남편과 서서 그 모습을 한참동안 바라보았던 일이 아직도 선명하다. 오래오래 우리와 함께할 집이라고 생각하니 그냥 모든 것이 감사하고 좋았다. 큰아이가 다섯 살, 작은아이가 두 살이 되던 해의 일이다.

우리들의 일상을 잘 일구어 갈 수 있도록 계절이 지날 때마다 집 곳곳을 살뜰히 돌보며 지냈다. 잘 쓰는 것으로 아껴온 살림살이들과 작은 공간을 작지 않게 쓰기 위해 궁리해 온 소박한 손길이 작은 아파트에 일기처럼 쓰였다. 그 모든 시간을 함께 해준 고마운 우리 집의 7년간의 기록을 모았다.

1년, 우리 집으로 만들어갑니다

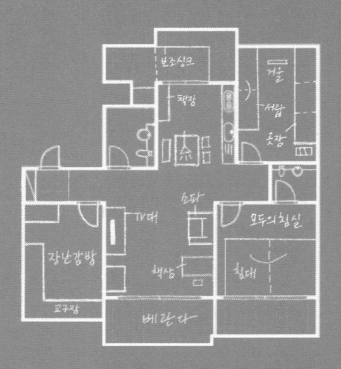

방이 세 개인 25평 아파트. 작은 아파트는 거실
도배와 주방 싱크대를 교체하는 것, 메인 욕실의
욕조를 떼어내고 타일과 도기를 바꾸는 정도의 작은
공사를 하는 것으로 이사 준비를 마쳤다.
세 개의 방 중 가장 큰 방이 네 식구의 침실이 되었고,
크기가 비슷한 나머지 두 개의 방을 각각 옷 방과
아이들 장난감 방으로 꾸렸다.
이사를 준비하며 결혼 후 꾸려온 살림을 꺼내놓고
천천히 관찰하는 시간을 가졌다. 앞으로 우리가
우리의 일상을 어떻게 꾸려나갈 것인지를
구체적이고 진지하게 고민해 보기로 한 것이다.
이 작은 아파트를 진짜 '우리 집'으로 만들어가기
위해서였다.

식탁의 자리

우리 집 식탁의 서사는 라면 박스에서부터 출발한다. 신혼 집에 신혼 가구들이 모두 들어오고 난 후로도 한동안 집에는 식탁이 없었다. 한쪽 발로 중심점을 잡고 다른 한쪽 발을 컴퍼스처럼 펼쳐 넓지 않은 원을 그리면 그 원이 바닥의 전부인 아주 작은 주방. 과연 식탁을 놓고 의자를 꺼내 앉을 동선이 나올 것인지 실제로 살아보며 고민하기로 했기에, 식탁 구입은 가장 마지막까지 보류했다. 밥상이나 낮은 테이블을 살 수도 있었지만 당장 며칠을 쓰겠다고 아무 것이나 사고 싶지는 않았다. 그래도 출근하는 남편에게 밥을 먹이고 싶어서 라면 박스를 엎어 그 위에 아침을 차렸다. 그걸 보고 남편이 깔깔 웃었던 기억이 난다. 라면 박스가 대수였겠나. 함께 마주 앉을 수 있다는 것만으로도 라면 박스는 신혼부부에게 훌륭한 식탁이었을 것이다.

그 후 진짜로 들인 첫 식탁은 옹이가 자연스럽게 드러난 나무에 하얀 페인트를 입히고 상판에는 네모난 타일을 붙여 만든 프로방스풍 가구였다. 당시에는 꽤 유행하던 디자인이다. 세트로 구비했던 신혼 가구와는 어울리지 않았지만 남편이 왜 이 식탁을 골랐는지 금세 알아챘기에 기쁜 마음으로 사용했다. 연애 시절 우리가 자주 가던 식당의 테이블과 꼭 닮았던 것. 튼튼한 타일 상판 덕분에 뜨거운 냄비를 그대로 올려도 좋다는 실용성을 높이 사며 오랜 시간 함께했다.

　　이 작은 아파트로 이사하면서 드디어 원했던 식탁 자리가 만들어졌다. 더 놓을 가구도 없는데 공간만 넓어 휑한 느낌을 지울 수 없던 전전 아파트와 의자를 다 넣을 폭은 없고 길이만 긴 주방을 가진 아파트를 거치며 이곳에 왔다. 그저 전등 하나를 낮게 내려 달고 네 식구가 각자의 의자에 앉는 자리를 갖는 것이 이렇게 어려운 일인줄은 몰랐다.

　　여러 번의 이사를 거치며 다양한 구조의 공간들을 만났다. 가지고 있는 가구의 크기가 집의 구조와 맞지 않아 원하는 자리에 들어갈 수 없을 때도 있었고 겨우 욱여넣고 나면 공간에 크기가 맞지 않아 서랍이 안 열리기도 했다. 그럴 때마다 문제를 해결하기 보다는 적응이라는 이름으로 불편을 받아들이려고만 했다. 집을 거쳐 간 많은 물건도 마찬가지였다. 유행에 휩쓸려 고민 없이 들인 것일수록 금세 질렸고 예쁘다는 이유만으로 고른 것은 집 안의 다른 물건들과 전혀 어울리지 않았다. 알면서도 그저 실수를 인정하기 싫어 모르는 척했을 뿐이다. 사소한 타협과 시행착오를 반복하며 들인 살림들은 그렇게 중구난방 부피를 늘려갔다. 유행에 휩쓸리지 않고 오래오래 매만지며 좋아할 수 있는 나의 취향을 갖는다는 것은 얼마나 중요한 일인가. 어떤 공간을 꾸리고 어떤 물건을 들일 것인가 하는 고민은 앞으로 내가 만들어 나가고 싶은 삶의 모양을 아주 구체적으로 떠올리게 했다. 그렇게 나에게도 천천히 살림의 취향이라는 것이 자리 잡기 시작했다.

프로방스풍 식탁은 필요한 다른 이에게 보내기로 했다. 설거지하는 동안 큰아이는 식탁에서 앉아 그림을 그리곤 했는데 그럴 때마다 올록볼록한 타일은 종이에 의도하지 않은 자국을 냈고 아이는 자꾸만 입술을 삐죽였다. 연애 시절의 즐거운 추억을 떠올리게 하는 것도, 뜨거운 찌개를 바로 올릴 수 있는 타일 상판의 실용성도 좋았지만 아이가 마음껏 종이를 펼치고 즐거이 시간을 보낼 수 있으면 좋겠다는 생각이 내내 들었다.

내가 사고 싶은 내 취향의 식탁은 이랬다. 하나, 매만졌을 때 감촉이 좋을 것. 둘, 결이 곱고 무늬가 없이 단정한 모양일 것. 셋, 무엇보다도 튼튼할 것. 여기에는 하나, 아이들이 앉아 그림을 그릴 때 걸리적거리는 것이 없을 것. 둘, 집 안의 물건들과 잘 어울릴 것. 셋, 유행에 휩쓸림 없이 오래 사용할 것이라는 의미도 함께 담겨 있다. 정말로 이 조건들을 고루 갖춘 나무 식탁을 발견했을 때의 기쁨은 이루 말할 수 없었다. 취향에 꼭 맞는 튼튼하고 결이 고운 나무 식탁이었다. 그렇게 들인 것이 바로 4인용 물푸레나무 식탁이다. 작은 아파트를 '우리 집'답게 만들어준 취향 1호 가구. 식탁은 네 식구가 두루두루 가장 많은 시간을 보내는 자리가 되었다.

식탁의 쓰임

물푸레나무 식탁은 네 식구가 식사할 때 늘어놓는 그릇이 꼭 맞게 놓인다. 밥공기가 네 개, 그날의 반찬을 담은 어른 손바닥만 한 접시가 두어 개, 소스나 짠 밑 찬을 담는 작은 종지가 또 두어 개, 때때로 국그릇 네 개와 작은 찌개 냄비가 오르는 것이 우리 집의 기본 상차림이다. 각자의 의자에 앉아 거의 모든 찬에 젓가락이 편안하게 가닿을 수 있는 가로 길이와 손을 뻗어 마주 보는 아이들 밥위에 작게 자른 찬을 올려주기에 좋은 세로 길이를 가지고 있다.

나와 남편은 등받이가 있는 의자를 쓰고 아이들은 기다란 벤치 형태의 의자를 쓴다. 부부가 한쪽, 늘 붙어 앉기 좋아하는 아이들은 그 반대쪽의 벤치에 나란히 앉는다. 식탁에 모여 앉으면 자연스럽게 엄마, 아빠와 아이들은 서로를 마주 바라보게 된다. 등받이가 없는 벤치는 식탁으로 몸을 기울이게 만들어서 더 가까이 모여 앉게 해준다고 하는데, 정말 그렇다. 저녁 식사 시간은 하루 중 가장 즐거운 시간이다. 아이들이 꼭 먹어야 하는 찬을 챙기고 큰 것은 작게 잘라 먹기 좋게 나누듯이 그날의 기분과 세세한 생각들을 살뜰히 살피며 서로의 마음을 나눈다.

다 비운 그릇들을 얼른 치우고 나면 식탁은 우리들의 책상이 된다. 읽고 싶은 책을 잔뜩 가져다가 식탁 한편에 높게 쌓고 주로는 내가, 때때로 남편이 번갈아 가며 아이들에게 책을 읽어준다. 각자 읽던 것이 재미있으면 식탁에 펼쳐 함께 보고 웃기도 한다. 책 탑이 점점 낮아지다가 그 반대쪽에 다 읽은 책 탑으로 거의 다 옮겨갈 즈음 나는 슬그머니 일어나 새 커피를 만들고 핫초코를 끓인다. 늦은 저녁 따뜻한 차를 나누어 마시며 아이들 입술에 핫초코 수염이 생기는 것을 바라보는 것은 대단한 행복이다.

식탁의 조건 첫 번째가 그림 그리기를 위한 것이었을 만큼 식탁에서 그림 그리는 시간을 참 좋아한다. 심심해지려고 하면 슬그머니 색연필 바구니와 종이를 가져다 식탁에 늘어놓는다. 아이를 기르는 동안 이 작은 꼬맹이와 종일 무엇을 하고 놀아야 할지 몰라 고민이 될 때는 상을 펴고 앉아 그림을 그려주었다. 우리들의 얼굴을 그리고 꽃과 공과 자동차를 그리며 놀았다. 그렇게 자라서인지 그림 그리기를 무척 좋아하는 큰아이는 시간이 날 때마다 종이를 가지고 와서 식탁에 앉는다. 작은 녀석은 그림 그리는 것에는 큰 취미가 없지만, 무엇이 되었든 자기가 놀 것을 가지고 식탁으로 와 곁에 앉는다. 작은 장난감을 가지고 놀다가 그림 그리는 것을 구경한다. 그런 모습이 귀여운지 큰아이는 동생에게 작은 그림 선물을 곧잘 해준다.

아이들이 잠자리에 들면 나는 식탁 위의 등 하나를 고요히 켜고 식탁에 앉아 글을 쓴다. 책상 앞으로 가기도 하지만, 이 자리에 앉으면 따뜻하게 내려앉은 아이들의 말소리와 온기가 시린 맨발과 어슬한 어깨를 감싸주는 것 같은 기분이 든다. 때때로 늦은 시간에 돌아온 남편이 식사를 마치고도 무언가 아쉬운 얼굴일 때는 밤이 깊어도 커피를 새로 만들어 나눈다. 차 한 잔을 마시는 짧은 시간이지만 이렇게 마주 앉아 이야기를 조금 나누다 보면 하루를 잘 마무리했다는 기분이 든다.

아끼며 쓴다

식탁은 사용할 때마다 손과 팔이 닿는 물건이다. 종종 식탁 위에 유리를 올려 사용하는 모습을 보는데 흘린 음식물을 닦을 때는 유용할 테지만 손과 팔에 닿는 감촉은 차가울 수밖에 없다. 일부러 비싼 값을 주고 결이 고운 수종의 식탁을 사놓고는 그것을 다시 보호한다는 명분으로 유리를 올리는 것이다. 중학생 때 친하게 지냈던 친구의 집에서는 식탁 위에 신문지를 깔고 밥을 먹었다. 놀러 갔다가 그 모습을 보고 조금 당황했던 기억이 난다. 신문지를 펼쳐 밥을 차리고 다 먹고 나면 신문지를 접어 버렸다. 워낙 깔끔했던 친구 어머니의 성격이지 싶으면서도 신문지 위에 차려진 밥은 그다지 맛있어 보이지 않았다.

나무 식탁은 세심한 관리가 필요한 물건이기는 하다. 식탁은 말 그대로 무언가를 먹고 마시는 자리이고 그 과정에서 찬이나 물을 흘리는 일은 반드시 일어나게 되어 있다. 게다가 나무가 아닌가. 오일 스테인이나 광택 있는 바니쉬가 여러 겹 발려 코팅의 효과가 있는 가구라면 조금 수월하겠지만, 자연스럽게 결이 그대로 드러나 있는 가구라면 더더욱 관리가 필요하다. 나무 식탁을 어떻게 관리하며 쓰냐는 질문을 많이 받는다. 처음에는 "유리 없이 사용해도 괜찮나요?" 하는 질문이 대부분이었는데 사람들의 생각도 많이 바뀌어 요즘에는 원목 질감 그대로 식탁을 사용하는 사람이 많아졌다. 그다음으로 많이 받은 질문은 나뭇결을 어떻게 관리하는지였다. 심지어 나와 같은 브랜드의 식탁을 사용하는데 내 것과 결이 다르다며 하소연을 하는 사람도 있었다.

수능 시험 만점자에게 공부의 방법을 물으면 "교과서 위주로 공부를 했어요."라고 한다. "피부가 그렇게 고운 비결이 무엇인가요?" 하고 물으면 "잘 먹고 잠을 잘 자요."라고 한다. 그럼 듣는 사람들은 '에이 그게 무슨 방법인가 분명 따로 가르쳐주지 않는 특별한 비법이 있을 거야.'라고 생각한다. 나는 수능 만점자나 피부 미인도 아니고 그렇게 될 수도 없지만, 나무 식탁의 결을 지키면서 잘 사용하는 방법을 묻는다면 잘 먹고 잘 재우는 것이라고 대답하고 싶다. 도대체 무슨 말인가 하면 그냥 가구 관리의 기본을 잘 지킨다는 말이다. 찬을 흘리거나 물이 묻으면 나무에 배어들기 전에 바로 닦는다. 뜨거운 냄비 자국이 나면 곤란하니 튼튼한 냄비 받침을 반드시 사용한다. 커피 잔이나 우유 잔처럼 밑에 내용이 흘러 동그란 컵 자국이 날 것을 방지해 티 코스터를 쓰고 그것도 귀찮다면 미리 잔의 바닥을 잘 닦아 식탁에 올리면 된다. 식사가 끝나면 그릇들을 비우자마자 일련의 과정처럼 식탁을 닦는다. 양념을 흘린 자국이 많이 남아 꼭 물행주로 닦아야 한다면 행주의 물기를 되도록 꼭 짜서 깨끗이 닦고 마른 것으로 다시 물기를 닦아낸다. 평상시에는 마른 행주질만으로도 충분하다.

해에 한 번씩 고운 사포질을 해서 면을 다듬어주고 좋은 오일을 고루 발라 먹이면 좋다는 이야기는 나도 들어 알고 있지만(사실 질문을 한 사람들은 이런 답을 얻고 싶은 것일 지도 모르겠다) 사실 나는 꽤 게으른 사람이라서 아직까지 한 번도 해본 적이 없다. 다행히 식탁은 특별한 흠이나 자국 없이 건재하다. 해보지도 않은 것을 답이라고 내놓을 수는 없어서 정말로 내가 그렇게 하고 있고 아는 것을 적는다. '에이, 그게 무슨 방법인가요.'라고 속으로 생각할지도 모르겠지만, 작은 아파트의 나무 식탁의 결을 잘 유지하는 방법은 잘 닦고 매만지고 계속해서 사용하며 아끼는 것이다.

우리가 모여 앉은 식탁은 작고 아늑한 집 같다

내게 식탁은 음식을 차리는 곳 이상의 의미를 가지고 있다. 누구에게나 '집' 하면 떠오르는 이미지가 있는데 나에게 '집'은 갓 지어 김이 오르는 밥이 차려진 식탁과 그 식탁에 모여 앉은 가족들의 얼굴이다. 낯선 곳에 가는 것을 별로 즐겨하지 않고 그래서 멀리 외출을 하는 일도 거의 없는 나는 집을 참 좋아하는 사람이다. 아주 가끔이지만 집을 떠나 하룻밤 객 잠을 자야 하는 일이 생기면 눈을 감고 머릿속으로 집을 떠올리다가 겨우 잠이 든다. 그 감은 눈 속에 가장 먼저 떠오르는 것은 언제나 가족들이 식탁에 모여 앉아 식사하는 장면이었다. 아파트라는 커다란 장소나 식탁이라는 딱딱한 사물의 각각이 아니라 그 안에 쌓인 순간들을 집이라는 이름으로 기억하고 있는 것이다. 나무 식탁은 우리 네 식구가 모여 앉아 따뜻한 것을 나누고 아이들은 그림을 그리고 때때로 엄마에게는 글을 쓰는 책상이 되기도 하는 가장 고마운 물건이다.

언제나 내가 앉을 의자가 남아 있고 따뜻한 음식이 차려져 있는 곳. 사랑하는 얼굴들이 나를 돌아보며 "어서 와." 하고 인사를 건네는 곳. "아 돌아왔다." 하고 마음을 푹 놓게 되는 곳. 두 아이와 남편에게도 식탁이 그런 의미였으면 좋겠다고 늘 생각한다.

모두의 침대를 만들다

작은아이가 어린 아가였을 때는 침대와 바닥 요로 잠자리를 꾸렸다. 아가는 밤에도 수유하고 기저귀를 가는 손길이 잦게 필요하다. 부부 침실을 그대로 유지하면서 아가가 엄마를 찾을 때마다 방을 들락거리는 것에는 (솔직하게 말하자면) 한계가 있다. 손길이 필요한 작은아이와 엄마는 자연스럽게 바닥 요 짝꿍이 되었고, 큰아이와 아빠가 짝꿍이 되어 침대를 사용했다. 어린아이들을 키우는 가족의 아주 흔한 모습이지 싶다.

아이는 매일매일 자라나 바닥 요는 엄마와 둘이 자기에 금세 작아졌다. 안 그래도 잦게 깨고 깊이 잘 수 없는 엄마의 고단함까지 더해져 침실에도 변화가 절실해졌다. 한 방에 누워 있다지만 침대 위와 바닥 요의 높이 단차는 생각보다 컸다. 눈을 마주칠 수도 머리를 쓰다듬거나 발을 부빌 수도 없다는 사소한 상실감이 점점 쌓여

높이를 더해갔다. 이 상실감의 높이는 큰아이까지 엄마 옆에서 자고 싶다며 떼를 부리는 밤이 많아지기 시작한 것과 비례했다. 차마 어린 두 아이를 두고 자기까지 떼를 부릴 수는 없었겠지만, 아빠의 마음도 비슷했을 거라고 추측한다.

모두의 침대

살다 보니 자꾸 짝이 안 맞는 가구를 산다. 신혼부터 함께한 아이보리색 가구는 딱 그 시기에 맞는 세트 구성이었다. 침대를 하나 더 들이기로 하면서 기존의 침대와 닮은 가구부터 검색해 본 것도 사실이지만 결론은 꼭 짝이 아니어도 나쁘지 않다는 것이었다. 살다 보니 가구처럼 큰살림에도 유행이 지나가는 주기가 빠르다는 것을 깨닫는다. 언제까지 닮은 모양과 색으로 구색을 갖출 수는 없을 것이다. 유행이 지난 옷 하나를 비우고 새로 사는 것과는 다른 차원이니까. 각기 다른 가구들이지만 톤과 결을 잘 맞추면 신기하게도 자기들끼리 잘 어우러진다. 쌍둥이처럼 닮지는 않았어도 친한 친구가 모여 있는 것처럼 자연스럽다.

높이와 폭을 맞추어 킹 사이즈 침대를 하나 더 들였다. 두 침대를 틈 없이 이어 붙여 모두의 침실을 꾸리기로 했다. 잠자리 독립이 어려운 어린아이와 부부가 잠의 질을 높이면서 유대를 돈독히 할수 있는 현실적이고도 꽤 괜찮은 방법이라고 생각한다. 새 침대의 침구도 같은 것으로 주문해 놓으니 방이 아주 넓은 하나의 침대처럼 보였다. 넷이 눈을 맞추고 발을 부비며 잠들 수 있는 아늑한 모두의 침실이 만들어진 것이다.

'모두의 침대'에 누워 손을 뻗으면 누구에게든 닿았다. 밤마다 어린 동생에게 엄마를 온전히 양보해야 했던 큰아이의 불만은 금세 사라졌다. 엄마를 가운데 두고 나란히 누운 두 아이는 닮은 호흡으로 잠들기 시작했고, 오른손으로 큰아이를 토닥이면서 왼손으로 작은아이의 배를 쓸어주다 보면 나도 어느새 까무룩 잠이 들었다. 그렇게 달게 잔 것이 얼마 만이었던가. 아이들이 엄마의 손길을 필요로 했던 것만큼 두 아이를 함께 돌보며 살을 부빌 수 있다는 안정감은 사실 나에게도 필요했구나 싶었다. 아이들의 잠 숨소리가 깊어지면 남편이 멀리에서 손을 뻗어 내 머리를 가만히 도닥이며 "고생했어." 하고 하루의 마침표 같은 인사를 전했다. 그 따뜻한 손길 하나가 다시 내일을 살게 하는 힘이 되어주었다.

침대 놀이

작은아이의 낮잠 시간이 되면 나는 슬그머니 침실로 들어가 침대 놀이를 하자고 했다. 말 그대로 그저 침대에 앉아 노는 것이다. 책을 읽기도 하고 이야기를 하기도 하고 작은 장난감을 가져다가 놀기도 했다. 커튼이 드리운 침실은 조도가 아늑해서 포근한 이불 위에 앉아 조용조용 놀다 보면 아이가 어느새 노곤해지는 것이 보였다. 그때 발바닥을 조물조물 만져주면 아가는 금세 잠이 들었다. 볼을 빨갛게 익혀가며 쌕쌕 열심히도 자는 모양이 너무 귀여워서 매일 사진을 찍었다. 사진을 인스타그램에 올렸더니, 아이의 낮잠 사진을 본 분들이 도대체 아이가 쓰는 베개가 무엇인지, 이불은 어디에서 사는지, 매트리스가 특별한 것인지를 물어왔다. 압도적으로 많은 물음은 베개에 대한 것이었는데 심한 불면증을 앓고 있다는 구구절절한 사연이 늘 함께였다. 그 베개만 쓰면 낮잠 사진 속 아가처럼 푹 잘 수 있을 것 같다고 했다. 정말 특별할 것이 없는 솜에 어디에서나 사는 베개인데 그런 것을 물어서라도 잘 자고 싶은 마음이 너무 안타까워 도움이 못 되는 것이 속상했다. 나도 오랜 불면을 앓던 사람이기에 더욱 그랬다.

　시간이 더 지나 생각해 보니 잠을 잘 자기 위한 준비물은 솜이나 베개, 침구나 매트리스가 아니었던 것 같다. 아이든 어른이든 잠이 들기까지 침대 놀이가 필요했던 것이다. 침실로 꾸린 공간에 들어서면 푹 쉬고 말겠다는 적지 않은 의지도 필요하다. 침대 위까지 고민과 나쁜 감정을 올리지 않아야 한다. 그러기 위해서는 노곤한 기분이 들 때까지 침대에서 책을 읽는다거나 간단한 일기를 쓴다거나 내 마음을 차분히 다독여줄 고요한 일들을 하며 논다. 그러다가 노곤한 기분이 찾아오면 놓치지 말고 반듯하게 눕는다. 내가 꽤 도움을 받은 문장이 있는데 '눈을 감고 쉬면 꼭 잠이 들지 않아도 몸이 쉰다.'이다. 눈을 감고 누우면 쉬려는 의도를 몸이 알아챘다는 것이다. 뇌도 쉬고, 간도 쉬고, 코와 목도, 손가락과 다리 근육도, 콩팥과 소장도 쉰다. 잠들지 못할까 봐 겁내지 말고 몸이라도 속여 보겠다는 마음으로 눈을 감는다. 그러다 보면 어느새 정말로 잠이 들어 있는 나를 발견하곤 했다.

전등을 다 끄고 침대에 나란히 누운 밤은 우리에게 즐거운 놀이 시간이 되었다. 고작 침대 하나를 더 들여 나란히 이어 붙인 것뿐인데 침실에 들어오는 기분이 양면 색종이처럼 명랑하게 뒤집혔다. 벽에 손전등을 비추어 그림자놀이를 하던 날. 엄지를 포개어 활짝 펼친 두 손이 비둘기가 되어 너울너울 나는 것을 본 아이들은 반짝반짝 눈을 빛냈다. 손전등을 비춘 손가락은 신기하게도 강아지가 되고 토끼도 되었다. 그러면 아이들은 이야기를 지어 즉석 그림자 인형극을 하기도 했다. "옛날 옛적에 아주 먼 옛날에…" 하고 운을 띄우면 아이들은 바르게 누운 몸을 더 바르게 고쳐 누우며 귀를 기울였다. 어떤 이야기를 들려줄까 생각하다 보면 내 어린 날이 함께 떠오르곤 했다. 동화 테이프를 틀어놓고 따뜻한 아랫목에 담요를 덮고 들어가 놀다가 스르륵 낮잠이 들던 날 말이다. 잠들 때까지 손녀의 다리를 주물러 주시던 할아버지의 다정한 손길이나, 아주 작게 틀어놓은 늦 밤의 TV의 불빛이 감은 눈 위로 아른아른하던 느낌 같은 것들. 그럴 때면 마치 그날의 어린 내가 우리 아이들과 함께 누워 있는 기분이 들었다. 그렇게 모두의 침대가 있는 침실은 우리 모두가 참 좋아하는 공간이 되었다.

침실의 사소한 일

'모두의 침실'은 다른 가구는 하나도 없이 두 개의 침대만으로 이루어진 방이다. 이름이 명확하고 그 역할이 잘 주어져 있을수록 공간에는 특별한 힘이 생기는 것 같다. 신기하게도 침실에 들어오면 몸은 저절로 쉼 모드가 된다. 침대 머리 위로 나 있는 네 쪽짜리 창에는 긴 리넨 커튼을 놓았다. 리넨은 햇빛을 은근하게 들여 아늑한 조도를 만들어준다. 아침 청소를 하며 공기를 바꿀 때는 리넨을 활짝 지우고 오후에 아가가 낮잠에 들면 감은 눈 위로 해가 따갑지 않도록 리넨을 살포시 드리운다. 낮고 작은 아파트에는 해가 동그라미를 그리듯이 돌며 집 안의 곳곳을 비춘다. 동그라미의 시작과 끝이 같아지면 하루가 천천히 저물어 갔다. 커튼을 그리고 지우는 것은 조금 더 예민하게 집 안에 볕과 바람을 들이는 일이다. 이 번거롭고 사소한 일이 내게는 참 소중하다.

디퓨저가 어마어마한 인기를 끌었던 시기가 있었다. 좋은 것이 보이면 사기도 하고 선물도 참 많이 받아 집 안 곳곳에 올려두고 열심히도 썼다. 그런데 아무리 좋은 향이라도 기분이 눅눅하거나 몸이 무거운 날에는 오히려 얹혀 탈이 났다.

무엇보다도 침실의 향은 정말 중요하다. 눈을 닫은 잠자리에는 코가 더 예민해지는데 진한 향은 숙면을 방해하기도 한다. 디퓨저 대신에 침대 머리맡에 유칼립투스 가지를 걸어 천천히 마르게 하거나 다 마른 잎을 추려 작은 종이 함에 넣어 올려두곤 했다. 이렇게 하면 거슬리지 않을 만큼 은근한 향이 만들어졌다. 유칼립투스는 모기를 쫓는 효과도 있으니 침실에 더없이 잘 어울린다.

정을 붙인다

옷 방

작은 아파트에는 세 개의 방이 있다. 가장 큰 방은 모두의 침실로, 작은 방은 아이들의 장난감과 교구를 넣은 장난감 방으로, 그리고 다른 하나는 옷장과 서랍장을 넣어 옷 방으로 꾸렸다. 어린아이들이 있는 집이니 공부방이라든가 서재는 우선순위에서 밀려났다. 거실에 책상을 두어 서재 역할을 대신하고 커다란 식탁을 모두의 테이블 삼아 그림을 그리고 책을 읽는 공간으로 사용했기에 가능한 일이었다.

어린아이들은 제 옷을 스스로 찾아 입을 수 없어서 챙겨주는 손길이 꼭 필요하다. 그러다 보니 옷은 아이들이 주인이지만 실제로 꺼내고 다시 채워 정리하는 것은 엄마인 나의 몫이었다. 아이들

옷은 아이들 방에 어른의 옷은 어른의 방에 두는 것은 쓰임이 아니라 이름으로 분류를 해놓은 것 같다. 이름으로 구색을 갖추려다 보니 동선은 길어지고 쓰임도 어색했다. 옷 방은 말 그대로 옷을 위한 방이다. 오른쪽 벽에 세 폭의 옷장을 두고 맞은편 벽에 여섯 칸 서랍장 두 개를 배치했다. 가운데 넓은 폭을 사이에 두고 옷장과 서랍장이 서로 마주 보고 있다. 그 가운데는 전신 거울을 세웠다. 씻고 나면 그저 옷 방에 들어가 옷을 꺼내서 갈아입고 거울을 보면 된다. 서랍장 위에 몸에 바를 로션과 빗도 올려두었더니 이 안에서 씻고 난 몸과 옷에 관한 모든 것이 해결되었다.

지난 계절의 옷을 안쪽에 넣어두고 지금 입는 계절의 옷과 물건들은 손 동선에 맞추어 정리했다. 방 하나를 물건이 주인인 공간으로 꾸미니 여유가 생겼다. 넉넉한 빈 공간에는 집 안에서 사용하는 소모품들(물티슈와 욕실 용품)과 여분의 물건(이불이나 담요 여분의 문구류, 빈 액자 같은 것들), 임시 보관 물건들(비울 것인가를 고민하기 위해 잠시 보관하고 있는 것들)도 한편에 차곡차곡 자리를 잡았다. 이 물건들은 트롤리와 바구니 수납함에 분류해서 넣고 이름표를 붙여서 보관한다. 소모품들은 사용하고 나면·다시 그 자리에 채운다. 집 안의 많은 물건을 살뜰히 보관하고 수납하는 방이자, 매일매일 잘 사용하는 공간이 되었다.

작은 집일수록 방마다 명확한 목적을 정해 이름을 구분 지어 놓으면 사용도 편리할 뿐만 아니라 쓰임도 좋아진다는 생각이다. 좁아서 할 수 없다고만 생각할 것이 아니라 내 쓸모에 맞게 우선순위를 정하고 하고 싶은 일을 할 수 있는 공간으로 구성하면 된다.

만든 가구

　가지고 싶은 가구를 그림으로 그려보았다. 제일 처음 그린 것은 아이의 책을 꽂을 수 있는 여섯 칸짜리 낮은 책장이다. 욕심부리지 않고 가장 단순하고 튼튼한 구조를 생각해서 그렸다. 목재를 파는 가게를 검색해서 나무를 샀다. 나무의 종류와 두께, 길이와 폭을 입력하면 되니(기본 규격이 있어서 선택의 폭이 넓지도 않은 것이 오히려 더 도움이 되었다) 아주 어려운 일은 아니다. 재단된 목재가 도착하자 내가 그려놓은 그림을 보면서 남편이 틀을 잡아주었다. 날카로운 모서리에 다치는 일이 없도록 사포질을 하고 엷게 오일 스테인을 발라 며칠 동안 베란다에서 바람을 쏘였다. 오일 스테인 냄새가 지워지자 거실 한쪽에 두고 아이의 작은 놀이책들을 꽂아 두니 그럴듯했다. 뚝딱뚝딱 겁도 없이 가구를 만든 것이다.

　처음 가구를 만들게 된 이유는 역시 값 때문이었다. 마음에 드는 가구는 정말이지 너무 비쌌다. 검색이 꼬리에 꼬리를 물고 이어지면서 그 차선의 차선으로 넘어가다 보니 이 가격에 이 품질이라면 차라리 내가 만드는 편이 낫겠다는 호기로운 결론에 이르게 된 것이다. 처음으로 만든 가구의 성공(?)에 힘입어 같은 모양의 여섯 칸 책장과 조금 더 작은 네 칸짜리 책장을 만들게 되었다. 한 번 해봤다고 그다음은 더 쉬웠다. 처음에는 주방의 가전과 커피 살림을 넣는 수납 선반으로 썼는데 이 작은 아파트에 오면서 아이들 방에 두고 장난감과 교구를 넣어 사용하기로 했다. 여섯 칸 책장 두 개를 나란히 놓으면 창이 있는 벽 한쪽이 꼭 맞게 찼다. 장난감과 작은 책들을 넣고 자잘한 물건들은 바구니에 담아 정리했다.

'슬하'라는 말에서 슬은 무릎이다. 부모의 무릎 아래를 기어 다닐 정도로 작은 아이들. 슬하의 자식이라는 말의 뜻은 그랬다. 30cm씩 두 단에, 다리의 높이를 더한다고 해도 70cm가 채 넘지 않는 낮은 책장은 그야말로 슬하의 아이들이 사용하기에 좋은 맞춤 가구였다. 좋은 나무도 아니고 마감도 참 허술한 것이지만 나와 남편의 손으로 직접 만들어 수년을 잘 쓴 가구. 함께한 시간이 켜켜이 묻은 고마운 물건이다.

TV가 있는 거실

'거실의 서재화'라는 말이 유행을 한 적이 있다(고 적었지만 유행은 여전히 진행 중인 것 같다). 거실에서 TV를 지우고 그 자리를 책장으로 채워 가족이 모두 함께 책을 읽는 공간으로 꾸미는 것을 말한다. 가족 구성원이 책을 사랑하고 읽는 일이 일상이라면 또 모두 동의를 하기만 한다면 한 번쯤 도전해 볼만 한 일이다.

어렸을 때는 TV를 보는 일에 대해 내내 걱정을 들으며 자랐다. 정말로 TV를 많이 보아서라기보다는 TV를 많이 보면 시력이 나빠지고 전자파가 나와 몸에 해롭다는 여러 합리적이고 과학적인 근거를 들어 부모님, 학교 선생님과 의사 선생님들과 그 외의 각종 전문가들에게 혼이 나듯이 배웠다. 그 누군가는 사람을 바보처럼 만들기 때문에 '바보 상자'라고 불렀다고도 하는데(실제로 교과서에 이런 지문이 나왔다) 이 단어는 혼이 날 때마다 단골로 인용되었다. 어른이 되어 보니 나 역시도 마찬가지로 내가 키우는 아이들에게 TV를 보게 해야 하는 것일까, 안 보여주는 편이 좋은 것일까를 고민하게 된다. 꼭 나쁜 것을 보는 것도 아닌데 TV 앞에 앉아 있는 아이들을 보면 그 시간에 조금 더 건강한 것을 하는 게 좋지 않을까 하는 생각과 혹여 중요한 다른 것을 놓치게 되지는 않을까 하는 괜한 걱정이 앞선다. 지금은 시대가 바뀌어 종일 TV를 보자고 하면 무엇이든 볼 수 있다. TV뿐만 아니라 휴대전화도, 태블릿 PC도, 노트북도 그렇다. 눈으로 무언가를 보게 만든 기계는 더 다양해졌고 더 작고 개인적인 물건이 되어가니 문제점도 걱정도 몇 배로 늘어나 버렸다.

그런데 TV를 보면 안 되는 걸까. 정말로 바보가 되고 마는 걸까. 어떤 사람들은 아이가 한참이나 자랄 때까지 TV 매체에 노출시키지 않았다고 말하며 자랑스러워한다. 무엇이 되었든 다른 놀이와 활동들로 그 긴긴 시간을 채웠을 것을 생각하니 대단하다는 생각이 든다. 그런데 반대로 말하면 TV를 보여주며 키운 것은 자랑스럽지 않은 일일까, 하고 속으로 몰래 생각한다. 대화 주제가 나올 때 말끝마다 "나는 TV를 안 봐서.", "TV를 안 보는 사람이라서."라고 얘기하는 사람도 있다. 사람마다 각기 다른 취향이 있는 것이니 옳다 그르다를 말하는 것은 이상하다. 하지만 그 말에 담긴 뉘앙스라는 것이 묘하게 기분을 상하게 한다. TV를 보는 일은 덜 유식하고 덜 우아한 것인지 생각하게 된다.

고백하자면 나도 거실의 서재화를 꿈꾼 적이 있다. 사방에 책이 둘러져 있는 거실. 가운데는 커다란 테이블을 두고 앉아 책을 읽고 각자의 공부를 하는 가족 모두의 서재를. 생각만 해도 멋지다. 아이들이 훌륭하게 자랄 수 있는 좋은 환경이 될 것 같았다. 책에는 길이 있고 답이 있으니 매일매일 책을 읽다 보면 더 나은 사람이 되지 않을까 하는 상상을 해보기도 했다.

이제 작은 아파트의 거실에 대해 이야기하자면, 우선은 TV를 보기 위한 공간이다. TV와 소파를 마주 보게 배치하고 적절한 거리를 유지해 시청에 적합한 최적의 시야를 확보하고 있다고 할 수 있다. 낮 동안에는 온전히 내 차지가 된 TV로 심심한(남편의 취향이 아닌) 영화를 보거나 사람 사는 일들이 담긴 다큐멘터리들을 찾아보곤 했다. 작은아이는 공룡, 곤충, 동물에 관련한 이야기에 푹 빠져 있어 유치원에 다녀온 오후에는 대개 그런 것들을 본다. 저녁에는 그날의 중요한 뉴스를 듣거나 날씨 정보를 보며 내일은 우산을 준비해야겠네, 옷을 더 두껍게 입어야겠네, 같은 사소한 대화를 나눈다. 저녁에는 다 같이 모여 앉아 영화도 곧 잘 본다. 주로는 만화 영화, 이야기나 그림이 아름다운 가족 영화를 본다. 밤이 되면 남편은 스포츠 채널을 훑고 야구 시즌에는 놓친 하이라이트라도 찾아본다. 새벽까지 남편 취향의 영화(공상과학과 우주에 관한)를 보기도 한다.

아이들이 가장 좋아하는 프로그램은 〈보니하니〉와 〈세상에 이런 일이〉와 〈TV 동물 농장〉이다. 내가 어렸을 때부터 보던 것을 나의 아이들도 좋아하다니, 장수 프로그램은 역시 이유가 있는 것 같다. 내 경우에는 음식을 만드는 것이나 여행을 가는 것. 여행을 가서 음식을 먹는 얘기라면 더 좋다. 남편은 역사 이야기를 들려주는 것이나 새로운 영화를 소개해 주는 프로그램도 빠지지 않고 챙겨본다. 그리고 드라마도 좋아해 함께 보기도 한다. 하루 세끼를 해먹는 심심한 예능이나 영화에서만 보던 배우들이 여행을 떠나 겪어가는 사소한 일이 담긴 것, 못 풀 것만 같던 미션을 성공하고 게임을 하며 신나게 노는 프로그램은 온 가족 모두가 좋아하는 예능이다. 다 같이 모여 앉아 재미있는 예능을 보며 깔깔깔 신나게 웃는다. 주말에는 TV에 나왔던 음식을 기억했다가 만들어 먹어보기도 하고 게임 방법을 알아두었다가 가족끼리 해보기도 한다. 재미있는 TV 프로그램을 보며 짧게는 하루, 길게는 일주일의 스트레스를 푸는 것은 무시할 수 없는 큰 기쁨이다. 적다 보니 우리는 TV를 생각보다 더 많이 사랑하는 집이었다.

물론 TV를 내내 틀어 두지는 않는다. 보고 싶은 프로그램의 방영 요일과 시작 시간을 잘 기억했다가 보고 그것이 끝나면 미련 없이 끈다. "오늘은 〈세상에 이런 일이〉를 보는 날이야."로 요일을 기억하기도 한다. 그것이 즐거워서 종일 신이 나 있는 아이를 보면 좋아하는 프로그램이 있다는 것은 행복한 일이라는 생각까지 든다. 강제로 못 보게 하는 법이 없기 때문에 아이들은 스스로 꺼야 하는 때를 알고 잘 지킨다. 혹시 조금 더 보는 일이 생기더라도 두 번 말하기 전에 미련 없이 털고 일어난다. 그러다보니 누군가가 중요한 이야기를 하거나 통화할 일이 생기면 볼륨을 내리거나 꺼주는 예의는 가르치지 않아도 알아서 배웠다.

TV를 끄고 나면 소파에 앉아 저마다의 책을 읽는다. 그러자고 계획을 한 것도 규칙을 정한 것도 아닌데 한 사람이 시작하면 거울처럼 그렇게 된다. 그러니 거실은 서재처럼 꾸려지진 않았지만 책 읽는 거실이기도 하다. 한쪽의 작은 책장에 읽을 책을 꽂아 두기만 하면 된다.

아이들에게 되도록 하루에 책 한 권은 꼭 읽어주려고 노력하며 지내고 있다. 눈으로 읽는 책보다는 소리로 듣는 책이 더 오래 기억된다고 한다. 말의 구연에는 감정이 담겨 있기 때문일 것이다. 구연을 들으면 감정을 표현하고 적절한 박자에서 띄어 읽는 법도 자연스럽게 익혀진다고 한다. 소파에 나란히 앉아 소리 내어 책을 읽는 시간은 아이들뿐 아니라 나에게도 휴식이 되어준다. 재촉하고 바삐 해결해야 하는 일들이 많았던 하루의 틈에서 낮고 다정한 목소리로 천천히 글자를 더듬어가는 일은 호흡을 가다듬는 일과 같다. 남편이 아이들에게 책 읽어주는 소리를 듣는 것도 큰 행복이다.

온 가족의 거실 서재가 멋지게 꾸려진 인테리어 사진을 보면, 나도 저렇게 해보고 싶다는 생각을 한다. 가끔 한쪽 벽을 다 차지하는 TV와 그 TV를 마주 보는 곳에 꼭 앉는 자리를 두어야 한다는 구조적인 한계도 갑갑할 때가 있었다. 거리낄 것 없이 거실의 벽 모두를 사용할 수 있다면 지금보다 다양하고 예쁜 꾸밈을 할 수 있을지도 모른다. 하지만 로망은 로망을 품어보는 것쯤으로 만족한다. 우리 아파트의 거실에는 역시 TV가 있는 편이 좋다는 생각에도 변함이 없다. 거실을 서재로 만드느라 TV를 차마 버리지는 못하고 방으로 옮겼는데, 그걸 보겠다고 모두가 좁은 방 안에 들어가 있어

이도 저도 아닌 생활이 되었다는 웃지 못할 후기들을 읽으며 우리는 우리의 방식에 맞추기를 잘했다고 생각했다.

치명적 단점

2층 아파트의 창문은 나무와 눈높이가 꼭 맞다. 특히 주방에 딸린 다용도실의 창은 밖으로 화단 목이 우거져 있어서 개인 정원을 얻은 것처럼 좋았다. 우리가 이사를 온 것은 5월이니 가장 아름다운 계절에서 시작했다. 나무는 무성한 초록이었다가 노랑과 주홍으로, 주홍에서 가을 빛으로 부지런한 화가가 매일 매만지는 그림처럼 색을 바꾸었다. 겨울은 또 얼마나 예쁜지 눈이 날리면 뾰족한 소나무 바늘잎 위로 눈꽃 오너먼트가 달렸다. 까만 코트를 말쑥하게 차려입은 까치가 추운 줄도 모르고 나뭇가지 위를 경쾌하게 걸으면 바늘잎에 쌓인 눈꽃이 포슬포슬 흩날렸다. 계절을 읽을 수 있는 창이 집 안에 있다는 것은 얼마나 행운인가.

비가 많이 내리는 날이면 창틀을 타고 빗물이 새어 들어와 다용도실 바닥을 흥건히 적셔놓던 애증의 창. 앞에서 무수한 칭찬을 했던 바로 그 다용도실 창의 반전 얼굴이다.

어느 날 아침 냉장고 문을 열다가 차가운 물을 밟고 말았다. 한쪽 발을 들고 엉거주춤한 자세로 내려다보니 글쎄 바닥에 접시만 한 물이 고여 있었다. 처음에는 남편이 냉장고에서 물을 꺼내 마시다가 흘려놓고 닦지 않은 줄 알았는데 창 아래 붙박이가 되어 있는 보조 싱크대의 귀퉁이에서 물방울이 똑똑 떨어지는 것을 보고는 심상치 않은 일이 생겼다는 것을 알아차렸다. 밤새 비가 아주 많이 내린 날이었다. 그 후로도 비가 제법 많이 내린다 싶은 날은 어김없이 바닥에 물이 고였고 비의 양에 비례해 물웅덩이 크기도 작았다 컸다 했다. 비 소식을 들으면 창틀부터 바닥까지 걸레를 받쳐두었다. 이렇게 하면 바닥이 젖는 것은 막을 수 있었지만 비가 내릴 때마다 다용도실 창 앞에서 걸레를 들고 종종거리는 것은 보통 귀찮고 싫은 일이 아니었다. 외출했다가도 비가 많이 내리면 다용도실이 너무 걱정되어 서둘러 집에 돌아가곤 했다. 걸레를 들고 창틀과 바닥을 닦으며 세상에 비가 새는 집이라니, 하며 절망했다.

그런데도 그렇게 애를 먹다가도 비만 오지 않으면 다 좋았다. 창밖의 나무는 내내 아름다웠고 약한 비가 몇 번인가 더 내렸지만 무사히 넘어가는 날도 있었다. 일 년 중 비가 아주 많이 오는 날은 며칠쯤 될까. 그런 날들을 잘 넘기고 나면 다시 괜찮으니 비용이 많이 들고 번거로울 것이 예상되는 다용도실 공사를 자꾸만 미루게 되었다. 창 밑에는 보조 싱크대가 있었다. 수납할 수 있는 칸도 넉넉하고 위가 넓어 오븐을 올려두기에도 적당했다. 그런데 비가 새기 시작한 후로 날이 갈수록 이 보조 싱크대의 문만 열면 곰팡이 냄새가 났다. 차라리 곰팡이 꽃이 피었다면 닦기라도 했을 텐데 보이는 것은 없는데 냄새만 그랬다. 남편에게 이야기했더니 열어 맡아보고는 자기는 잘 모르겠다고 했다(오랜 비염 환자인 남편은 내가 무언가 냄새가 난다고 하면 거의 모르겠다고 대답한다). 냄새가 내내 신경이 쓰여 싱크대 안에 넣어놓았던 작은 가전들을 모두 꺼내 닦고 수납을 비웠다. 볕 좋고 바람 잘 부는 날 문을 한참 열어두면 괜찮았다가 자고 일어난 아침 문을 열면 다시 그 냄새가 났다.

임시방편의 날들이 지나고 장마가 대단했던 그 이듬해 여름 결국 탈이 나고 말았다. 여름휴가 중이었다. 작은 수영장이 딸린 숙소에서 이틀을 지냈는데 내내 비가 내려서 하는 수 없이 비를 맞으며 수영을 했다. 아이들은 비 수영을 한 특별한 추억을 만들었다고 좋아했지만 비가 그치지 않는 밤에 나는 다용도실이 걱정되어 잠이 오지 않았다. 휴가를 다녀온 우리를 반긴 것은 지금까지 본 것 중 가장 큰 물웅덩이였다. 보조 싱크대는 비염 환자에게도 뚜렷하게 느껴지는 곰팡이 향을 내뿜었고 바닥의 웅덩이를 닦아냈지만 우글쭈글 불어나 버린 마루는 소생 불가능할 지경이 되었다. 울고 싶은 심정이었지만 집의 아픈 부분을 빨리 살뜰하게 돌보지 못한 내 탓이니 울 수도 없었다.

장마가 끝나자마자 가장 먼저 비가 새는 곳부터 손보기로 했다. 안쪽 벽 상황은 괜찮더라도 바깥벽과 창틀 사이에는 틈이 생길 수 있다. 애초에 공사가 부실했거나 창호를 새로 바꾸는 과정에서 이음을 제대로 하지 않았을 때도 생기지만 대다수는 집의 노후가 원인이 된다. 이 틈으로 빗물이 새어 들어가 다용도실처럼 바닥까지 흐르기도 하고 벽에 고여 마르지 않으면 곰팡이가 피기도 한다. 바깥벽에서 벽과 창틀 사이에 난 틈을 메우는 작업을 '코킹'이라고 하는데 아파트처럼 층이 높은 경우에는 위에서 줄을 내려 매달린 상태에서 일을 한다. 위험하기도 하고 꼼꼼하게 메워야 하니 전문가의 손길이 필요했다. 업체를 불러 코킹을 하고 문제의 바닥과 보조 싱크대를 들어냈다. 생각했던 것보다 벽과 가구의 상태는 괜찮았지만 마루를 걷어낸 바닥은 안까지 물이 흥건해 말리는 데도 시간이 오래 걸렸다.

가구와 바닥을 말끔하게 걷어낸 다용도실을 보니 세상에 속이 다 시원했다. 바닥 공사는 아무래도 전문가의 손길이 필요한 것이라서 업체에 맡겼다. 바닥을 바짝 말리고 평평하게 보강한 후에 관리하기 쉽도록 나무 무늬의 데코 타일을 얹어 마무리했다. 벽은 깔끔하게 다듬어 주방 타일과 가장 비슷한 하얀 타일을 찾아 사다가 붙였다. 타일 벽은 더러운 것이 묻어도 물걸레로 쓱쓱 닦아내기만 하면 되니 청소가 편리해 좋은 데다가 주방 벽과도 연결된 느낌이 들어 더 넓게 느껴졌다. 환해진 다용도실에 자리를 꽤 차지하는 보조 싱크대를 다시 달고 싶지는 않아졌다. 보조 싱크대를 다는 대신 내가 사용하기 편리한 대로 새로 꾸려보자 싶었다. 다른 살림들은 주방 안에 자리를 만들었지만 쌀을 보관하는 유리 자jar와 오븐은 다용도실 자리가 꼭 필요했다. 어느 오픈 키친 식당에서 본 스테인리스로 만들어진 보조 테이블과 싱크대가 깨끗하면서도 멋지다고 생각했는데 그것을 구하고 싶었다. 오며가며 집 근처 길에서 '주방 싱크대 도매'라고 써 붙인 간판을 본 것을 기억해냈다. 찾아가 보니 내가 생각했던 바로 그 보조 조리대가 있었다. 가격도 좋아서 바로 사 들고 신이 나서 돌아왔다. 비닐을 벗기고 닦아 위에는 오븐을 얹고 아래에는 쌀통을 넣었더니 내가 상상하던 바로 그 그림이 되었다. 집의 구구절절한 내막을 알 길 없는 사람들은 이렇게 꾸려진 다용도실만 보고 내가 예쁘게 인테리어 공사를 했다고 생각해서 여러 가지를 묻기도 했다.

비가 내리면 종종 거리던 날들이여 안녕. 그 후로 몇 번의 장마를 더 겪었지만 틈을 단단하게 여민 창에는 더 이상 비가 새 들어오지 않았다. 애증의 다용도실은 집에서 좋아하는 공간 중 하나가 되었고, 치명적인 단점을 품었던 창은 치명적인 매력을 품은 계절의 액자 창이 되었다.

집은 친구를 만드는 것처럼 시간을 두고 오래 사귀어 보아야 안다. 짧은 대화만으로 그 세세한 성격을 알아차리기는 어렵다. 봄과 여름을, 가을과 겨울을 지내며 '유난히'라는 수식이 붙는 계절의 세세한 고비들을 함께 손잡고 겪어보아야 한다. 시간을 두고 집을 사귀다 보면 그 단점을 이해하고 받아들이게 되는 날도 온다. 곳곳에 마음을 쏟아 궁리하고 매만지는 손길을 더할수록 집도 나의 일상이 부드럽게 그려지도록 절로 돕는다. 그렇게 집과 친한 친구가 되어간다. 무언가 허술해 보이고 종종 단점을 보이기도 하지만 내가 제일 좋아하는 부분들을 함께 끌어안고 있는 이 집이 나는 정말 귀엽게 느껴진다.

정을 붙인다

새로운 등을 사서 바꿔 달아본다. 비가 새는 틈을 메우고 남는 벽에는 선반이나 걸이를 달아 쓰임을 더한다. 필요한 가구와 소품을 직접 만들어 사용해 본다. 나사가 헐거워지면 조이고 칠이 벗겨지면 새 칠을 더한다. 처음부터 완벽했다면 절대 알지 못했을 것이다. 작은 아파트의 단점을 돌보고 치유해 가며 진짜 우리 집으로 만들어가는 이 뿌듯한 성취감을 말이다. 집의 단점을 미워만 하지 않고 잦게 손보며 살아간다. 싫은 부분을 그대로 두지 않고 좋아하는 공간으로 만들어가기 위해 공을 들여 살아가는 자세를 나의 두 아이에게 물려주고 싶다.

집에는 사람과의 관계에서처럼 '정을 붙인다'라는 말을 쓴다. 집의 사소한 아름다움을 자꾸만 발견해 주는 것, 집 안 곳곳을 더 많이 보듬고 매만지며 작은 아파트에 정을 붙여간다.

매일 쓰는 물건일수록 좋아하는 것이어야 한다

조명

우리 집의 첫 조명은 식탁 등이다. 작은 아파트의 기존 싱크대는
ㄱ자 형태로 ㄱ의 오른쪽 부분에 아일랜드 식탁이 연결된 구조였
다. 아일랜드 식탁이 있으니 따로 식탁을 놓을 공간이 없고, 당연히
식탁 등을 달 수 있는 자리도 없었다. 아일랜드 식탁은 접었다 펼
수 있는 것인데, 너무 작아 식탁으로서의 제 기능을 하기에도 부족
했고, 무엇보다도 주방의 동선을 불편하게 만들어 결국 떼어냈다.
그 자리에는 작은 공사를 해서 一자 형태의 깨끗한 싱크대를 만들
었다. 한결 넓어진 공간에는 이제 우리들의 식탁을 놓을 자리가 생
겼고 천장에서 전선을 하나 내려 식탁 등을 달 수 있었다.
　영화 〈카모메 식당〉하면 떠오르는 하늘빛이 있다. 등의 겉면

이 하늘빛 색으로 감싸고 있는 동그란 등은 언젠가 꼭 맞는 자리에 달 생각으로 미리 사 놓았던 것이다. 식탁을 감싸듯이 비추는 오렌지빛이 있었으면 좋겠다고 늘 생각했는데 신기하게도 식탁이 제자리에 놓이고 식탁 등을 내려 달고 나니 상상 속의 우리 집이 완성되었다. 두 살, 다섯 살 작은 아이들이 자라는 집의 명랑한 분위기를 만들어준 고마운 물건. 식탁에 음식을 다 차리면 아이들이 달려와 누가 먼저 등을 켤 것인가를 두고 실랑이를 했다. 번갈아 한 번씩은 꼭 켜야 했기에 우리 집 식사 시간에는 항상 등이 두 번씩 반짝였다. 식탁 위로 오렌지빛이 쏟아지면 같은 음식인데도 더 따뜻하고 맛있게 느껴졌다. 그즈음 큰아이가 그린 그림 속 우리 집에는 언제나 이 하늘빛 등이 내려 달려 있었다.

종종 아이들에게 작고 귀여운 그림 선물을 받으면 실을 꿰어 식탁 등에 매달았다. 열어 놓은 창으로 작은 바람이 불 때마다 그림 모빌이 나비처럼 나풀거리는 것을 아이들과 함께 구경하곤 했다. 아름다운 순간이었다. 사실 행복은 언제나 사소하게 곁에 머물러 있고 자기를 발견해 주기를 기다리고 있는 것인지도 모르겠다.

내가 좋아하는 조명들

해가 천천히 저물어 가기 시작하는 이른 저녁을 좋아한다. 집 안의 조도가 찬찬히 낮아지면 하루를 마무리하는 나만의 의식처럼 창에 커튼을 그리고 초콜릿색 작은 스탠드를 켠다. 그리고 이불로 만든 동굴 속에 폭닥 들어가 누워 저녁을 짓기 전까지 잠깐을 멍하게 쉰다. 아무 말 없이 있는 것 같아도 속으로 무수한 생각을 한다. 그러니 정말로 멍한 상태를 만드는 것은 생각보다 어려운 일이다. 멍을 때리고 있는(때린다는 표현은 누가 처음 쓴 걸까) 사람의 뇌파는 잠들지 않았지만 잠을 자는 것처럼 고요하다고 한다. 그 말을 들은 후로는 멍을 때리는 일이 어쩐지 근사하게 느껴졌다. 어쨌거나 되도록 아무것도 생각하지 않으려 노력하며 동굴 안에서 쉬는 이 시간이 나는 정말 좋다.

어렸을 때 살던 2층집 방에는 정말로 뜨끈뜨끈한 아랫목이라는 것이 있었다. 그 아랫목에 담요로 동굴을 만들고 쏙 들어가 TV 만화를 보았던 일은 지금까지도 쌀쌀한 계절이 돌아올 때마다 떠오른다. 만화가 시작하던 시간은 이른 저녁이었을 테니 해가 저물어 가고 집 안의 조도가 찬찬히 낮아지던 바로 그 시간이다. 만화의 내용은 기억나지 않는데 어둑해진 방안에 반짝반짝 명멸하던 작은 TV의 빛과 아랫목 담요 동굴 속의 온도만 기억에 남는다. 작은 TV 대신 스탠드로 빛을 내는 것만 달라졌을 뿐 그 시간을 즐기는 방식은 여전하다.

오랜 시간 불면을 앓아온 나는 밤을 놀이터 같은 것으로 생각하며 살았다. 친구들은 너는 당연히 이 시간에 깨어 있을 것이니까라면서 종종 여러 이유로 새벽 전화를 걸어왔다. 심심해서 잠이 안 와서 공부하다가 등의 이유가 있었지만 가장 압도적인 것은 역시나 연애 상담이었다. 심야 연애 상담을 해주며 작은 종이에 그림을 그리거나 라디오를 작게 틀어놓고 일기를 썼다. 그러다가 라디오

마저 문을 닫으면 책을 읽었다. 그래서 그때는 하루에 책 두세 권쯤이야 우습게 읽혔다. 예민한 탓도 있었지만 아마도 나는 깨어 있는 밤의 매력에 빠져 있던 것 같다. 예민한 성격은 크게 바뀐 것 같지도 않은데 결혼을 하고 아이들을 돌보며 마감도 없는 것 같은 살림을 매일 하고 나면 불면이 무엇인가, 그저 눕고 싶은 생각뿐이었다. 깨어 있는 밤이라는 것은 어디까지나 나에 의한, 나를 위한, 나만의 대단한 사치였다는 것을 살아갈수록 더 자주 깨닫는다. 내 시간을 갖고 싶어 아이들을 재우면서 어떻게든 잠이 들지 않으려고 애쓰던 밤도 있었지만 잠을 잘 못 잔 후유증은 다음날 너무 나쁘게 다시 돌아왔다. 그 시절에는 깨어 있는 밤이 나를 살게 했다면 이제는 느긋하게 쉬고 뒤척이지 않고 잘 자는 것이 나를 살게 한다. 많이 지친 어느 밤 집 안의 불을 모두 끄고 침대 맡에 달아놓은 전등을 켰다. 첫 책의 인세를 받던 날 나에게 선물을 해주고 싶어 빈티지 가게에서 산 월 램프이다. 집 안의 불을 모두 끄고 좋아하는 책 한 권을 손에 들고 침대에 기대어 스탠드 정수리에 달린 작은 레버를 오른쪽으로 또각 돌려 켠다. 등을 켜면 곰돌이 푸가 꿀단지를 숨겨놓는 작은 동굴 집처럼 침대 맡이 노랗고 따뜻해진다. 가져온 책을 다 못 읽어도, 머리를 대고 누운 지 몇 분 만에 까무룩 잠이 들어도 좋겠다고 생각했다.

어느 저녁, 설거지하고 돌아보니 어김없이 남편이 소파에 앉아 졸고 있다. 식사만 하고 나면 졸린 사람이 바로 우리 남편이다. 놀고 있는 TV를 끄고 책장 위에 놓인 작은 스탠드를 초처럼 켰다. 비 내리는 창 앞에 의자를 끌어다 놓고 앉아 남편의 노곤한 잠이 깨지 않을 만큼 작게 노래를 틀었다. '루시드 폴도, 폴 킴도, 폴들의 목소리는 참 좋구나.' 하고 속으로 생각했는데 갑자기 생각이 말이 되어 내 귀에 들렸다. 돌아보니 언제 깼는지 모를 남편이 중얼거리듯이 한 말. 이럴 때는 남편이 가끔 독심술을 하나 싶다. 정확한 이유를 설명하라고 하면 뭐라고 해야 할지 모르겠지만, 우연과 우연이 만나 만들어진 완벽했던 순간이 아니었나 싶다. 노래 두어 곡을 들을 정도의 짧은 시간이었지만 여운이 아주 오래 갔다. 살며 참 좋았던 일을 꼽는다면 열 손가락 안에 들어갈 수 있을 정도다.

공간에 쓸모를 부여해 주는 것이 가구라면 감정을 불어넣어 주는 것은 조명이라는 생각이 든다. 분명 같은 자리, 같은 가구인데 조명을 하나 더해주면 그 공간을 대하는 기분이 달라졌다. 꼭 맞는 자리에 놓인 빛 하나가 일상의 질을 바꾸어준다는 것을 깨친 후로 더욱 조명을 사랑하게 되었다. 특히 짙은 초콜릿색이 곱게 입혀진 법랑 조명을 발견하면 너무 좋아서 가슴이 막 두근거린다. 그냥 갈색이 아니라 입에 넣으면 쌉싸래한 맛이 날 것 같은 짙은 초콜릿색이다. 우리 집에는 초콜릿색 조명이 여러 개인데 모두 다른 시기에 다른 가게에서 하나씩 하나씩 사 모은 것인데도 같은 브랜드처럼 닮아 있다. 집 안의 조명이 늘어갈 때마다 남편은 내가 전생에 불나방이었을 거라고 했다. 불빛만 보면 좋아 달려드는 나방 같다는 것. 정말로 불나방의 전생을 가졌는지 모르겠지만 집 안의 물건 중 그 어떤 것보다도 조명을 들였을 때가 가장 행복하다. 조명이 놓여 제 몫을 하게 될 공간과 그 공간에서의 시간까지 함께 선물 받는 기분이 들기 때문이다. 축하할 일이 있을 때나 혹은 위로할 일이 있

을 때, 나는 나에게 취향에 꼭 맞는 특별한 조명을 한 개씩 선물하
곤 한다.

주방 살림

우리 집의 물건 중에 하루도 빠지지 않고 사용하고 하루에도
몇 번씩 손이 가는 것들은 단연 주방 살림이다. 나는 매일 쓰는 물
건일수록 내가 좋아하는 것이어야 한다고 생각한다. 모양이 마음
에 들어서, 튼튼해서, 결이 고와서, 음식을 담았을 때 잘 어울려서
등 좋아하는 이유는 각기 다르지만, 손에 맞는 동선을 따라 제자리
에 착착 놓인 좋아하는 주방 살림들이 있어 음식을 만들고 식탁을
꾸리는 일이 즐겁다.

매일의 그릇

신혼살림으로 들인 그릇은 너무도 유명한 바로 그 도자기 회
사의 혼수 세트 상품이었다. 하얀 바탕에 작은 분홍 꽃 하나가 얌전
하게 그려진 것으로 밥공기와 국공기가 여러 개, 접시도 크기별로
구색을 두루 갖춘 것이다. 친정 엄마와 혼수 그릇 상가를 돌아다니
며 심혈을 기울여 골랐는데 그때는 그렇게 해야만 하는 줄 알았다.
도대체 밥공기와 국공기가 그렇게 많이 필요할 일이 무얼까. 게다

가 자주 사용하는 크기의 접시는 막상 음식을 차리다 보면 부족했고 크기가 애매한 것들은 거의 손이 가지 않았다. 몇 번 되지 않는 신혼 집들이와 손님 초대를 핑계로 '이 정도'는 있어야지 했던 그릇들을 수대로 다 꺼내 사용한 일은 거의 없다.

이사를 할 때마다 끌고 다니며 상부장의 반을 의미 없이 내어 주곤 하던 그 그릇들은 마음에도 꽤 무거운 짐이 되었다. 어쩌다가 마음에 꼭 드는 그릇을 보게 되면 집어 들었다가도 집에 그릇이 그렇게나 많은데, 하는 생각으로 주저하다가 내려놓곤 했다.

이 집으로 이사 온 후 맞이한 첫 생일날 큰마음을 먹고 그릇을 샀다. 일상을 행복하게 만들어주는 물건을 사고 싶었는데 그것이 내게는 그릇이었다. 단 하나를 갖게 되더라도 매일매일 좋아하는 것을 쓰고 싶다는 생각이 들었다. 적당한 굽이 있고 단정하고 매끄러운 모양에 푸른 무늬가 모두 다르게 그려진 부부 밥공기는 정말 좋아하며 오래오래 쓰고 있다. 이 밥공기에 새 밥을 지어 담으면 내 일상이 근사해진 것 같은 느낌이 든다.

그 후로 아주 천천히 그리고 조금씩 우리 식탁에 꼭 필요하고 서로 어울리는 그릇들을 모아가고 있다. 자주 하는 요리와 식탁의 차림새를 떠올리면서 그릇을 고른다. 가장 많이 가지고 있는 것은 요리를 덜어 먹기 좋은 손바닥 크기의 앞 접시들이다. 아이들이 어리니 음식을 덜어 작게 잘라가며 먹는 일이 많아 들이게 된 것인데 네 쌍씩 사게 되어서 종류는 몇 개 안 되는데도 수가 많다. 식사할 때 앞 접시가 없으면 불안한 느낌이 든다. 한입에 다 먹어버리기 어려운 찬들을 여러 번 나누다 보면 어느새 밥 위가 부산스럽다. 나만의 속도에 맞추어 밥과 찬의 절묘한 양과 크기를 운용해 가며 먹으려면 편하게 내려놓을 공간이 필요하고 그게 바로 앞 접시다. 이 접시들은 1인 과일이나 간식을 담기에도 적당해 매일매일 쓰인다.

그릇은 꼭 한 가지 음식에 국한해 쓰지 않는다. 수프 볼에 넉넉하게 국을 담기도 하고 드레싱이 묽은 샐러드를 담아내기도 한다. 커다란 접시에 밥과 찬을 예쁘게 돌려 담아 원 플레이트 음식처럼 차려내기도 하는데 이렇게 하면 같은 음식이라도 색다른 느낌이 든다. 조림이나 볶음처럼 국물이 약간 있는 일품요리를 자주 한다면 깊이가 있고 큼직한 그릇이 여러 개 필요할 테고, 간이 강한 찬을 조금씩 덜어 먹는 차림을 하는 집이라면 작은 종지가 많이 필요할 터이다. 한꺼번에 들인 세트 그릇은 후회를 낳기 쉬웠다. 남 보기 좋고 가짓수의 구색을 갖추기 보다는 나의 식탁에 집중해서 정말 필요한 것들을 늘려가고 있다.

너무 얇거나 지워지기 쉬운 무늬가 있는 것은 아무래도 설거지가 힘들다. 예쁘더라도 매일 쓰기 어려워 손이 잘 가지 않는다면 나에게는 좋은 그릇이 아니다. 이가 나가고 결이 무너지는 몇 번의 가슴 아픈 시행착오를 겪으며 쓰기 어려운 것은 멀리서 눈으로 보는 것에 만족하기로 했다. 이를테면 나는 튼튼하고 유약이 자연스럽게 발린 회색 톤의 그릇들을 좋아한다. 여기에 푸른 무늬가 들어간 그릇들을 함께 올리면 멋을 부리지 않았지만 멋을 부린 것처럼 근사하다. 설거지하려고 모아놓은 그릇들이 꼭 한 사람의 손으로 만든 것처럼 어울려 있는 것을 보고 웃었던 일이 있다. 따로따로 하나씩 모은 그릇들이 식탁 위에서 서로 잘 어울릴 때 기분이 정말 좋다. 그릇장 위에 올려놓고 보는 것으로 아끼는 것이 아니라 매일 쓰다듬으며 예쁘게 쓰는 것으로 아끼는 진짜 내 그릇들이다.

여행을 떠났던 동생은 그릇으로 유명한 일본의 도구야스지에 일부러 들러 언니에게 준다고 그릇을 사 왔다. 하얀 바탕에 파란 꽃 한 송이가 그려진 동그란 찻주전자와 국그릇보다는 크고 면기보다는 조금 작은 돈부리 볼을 사 왔다. 또 한 가지는 그곳의 장인이 만들었다는 밥공기인데 입구가 꽃이 피는 것처럼 벌어지고 진한 코발트색의 유약이 곱게 발렸다. 언니의 상차림을 떠올리며 동생은 하나하나 고심하여 골라왔을 것이다. 내가 가지고 있는 것들을 꺼내 함께 놓아보았더니 역시나 친한 친구들처럼 잘 어울린다. 날이 포근해지면 햇볕에 꾸덕꾸덕 잘 마른 생선을 찌고 이 주전자에 차가운 차를 우려 고운 그릇들 꺼내 놓고 차 말이 밥을 만들어야지 하고 생각했다.

전부장님과 아궁이 아저씨

결혼식을 앞둔 어느 날 저녁에 엄마는 싱크대 상부장과 그릇장을 다 열어놓고 "너 시집가면 주려고"로 시작되는 '안 쓰고 애낀' 살림들을 죽 꺼내 늘어놓으셨다. 사실 살림에 대해 취향이라는 것이 없을 때인데도 신혼집에 새 물건만 들여놓고 싶었던 나는 싫다고 마다했다. 그래도 엄마께서 너무 서운할 것 같아 혹시라도 쓸지 모르니라는 생각으로 몇 가지만 골라왔다. 남편과 둘이 신혼살림

소꿉놀이 식탁을 차릴 때는 필요한 줄 몰랐는데 신기하게도 살면 살수록 엄마께서 주신 살림만 한 것이 없었다.

그중에서 전골냄비는 우리 집 대표 주방 살림. 나는 일 잘하는 주방 살림들에 직책을 주고 가끔 승진도 시켜주곤 하는데 이 전골 냄비는 연차로 보나 실력으로 보나 부장님이 되시겠다. 도톰한 도 자기 재질로 넓고 납작하면서도 약간의 깊이가 있어 국물이 자작 한 전골을 끓이기에 정말 좋다. 비가 내리거나 바람이 서늘하다 싶 은 날, 우리 집 저녁 식탁에는 전골 요리가 자주 오른다. 무를 숭덩 숭덩 썰어 넣고 끓인 어묵탕이라든가, 당면을 자작한 국물에 끓이 며 먹는 국물 불고기, 때때로 오징어와 삼겹살을 빨갛게 양념해 두 었다가 자글자글 졸이며 먹기도 한다. 그중 스키야키는 집에 있는 채소 몇 가지에 얇게 썬 소고기만 있으면 뚝딱 차려낼 만큼 간단해 서 자주 식탁에 오른다. 일본식 소고기 전골이지만 익숙한 맛의 범 주를 거스르지 않아 아이들도 잘 먹는다. 냉장고에 들어 있는 먹다 남은 알배추나 청경채, 양파가 있으면 양파도 반 개, 대파는 큼직하 게 뚝뚝 자르고 종류에 상관없이 버섯은 먹기 좋게 찢거나 얄팍하 게 잘라 접시에 둘러 담는다. 전골용 소고기를 조금 사다가 키친타 월로 꾹꾹 눌러 핏물만 제거한다. 쓰유가 있다면 쓰고 없다면 집에 있는 맛간장에 물을 조금 타서 달궈진 전골냄비에 짜르르 끓여준 다. 여기에 먹고 싶은 채소와 소고기를 마음껏 번갈아 넣어가며 익 힌다. 오목한 볼을 하나씩 나눠 갖고 차가운 날달걀을 찰랑찰랑 풀 어준다. 짜르르 끓는 맛간장에 익힌 것들을 이 날달걀에 적셔 먹으 면 된다. 마지막에는 채수와 육수가 맛있게 우러난 국물에 우동이

나 만두를 넣어 끓여 먹는다. 이렇게 먹고 나면 만족감이 대단하다. 뭘 해 먹을까 마땅한 찬이 없어 고민될 때는 그저 '전(골)부장님'을 꺼내 여쭈면 된다. 그러면 언제나 이토록 근사한 해안을 주신다.

밥을 정말 좋아하는 큰아이는 귀신같이 새로 지은 밥을 알아챈다. 말 그대로 밥 자체를 너무 좋아해서 하나 가득 지어진 솥 밥을 보면 찬 없이도 먹을 수 있을 정도란다. 밥이 잘 지어진 날에는 두 그릇도 먹고 세 그릇도 먹는데 "밥 더 있어요?" 하고 물을 때가 나는 정말 행복하다. 큰아이에게 가장 처음 가르쳐준 주방 일은 쌀을 씻고 밥을 짓는 법이다. 맛있는 밥 정도는 제 손으로 지어 먹을 줄 알고 좋아하는 사람에게 대접도 해줄 수 있는 어른으로 자랐으면 해서다. 우리 집 밥은 '아궁이 아저씨'라는 별칭이 있는 솥이 담당한다. 이 솥을 보면 어쩐지 차장님, 부장님 직책 대신 "아저씨" 하고 부르고 싶어진다. 잘 씻은 쌀을 넣고 물을 가만히 붓고 나서 작게 썬 마른 다시마 두 쪽을 꺼내 올린다. 이렇게 하면 다시마의 향과 감칠맛이 밥에 잘 배어든다. 밥에도 정성을 쏟고 싶은 마음에 오랜 시간 그렇게 해오고 있다. 달가닥달가닥 밥물 끓어오르는 소리가 나고 뚜껑에 난 작은 구멍으로 뽀얀 김이 피어오르면 아이들을 불러다가 손을 살랑살랑 저어 얼굴에 보드라운 김을 쐐준다. 이렇게 하면 피부가 고와진단다. 우리 엄마께서 어린 내게 해주셨던 것처럼.

마음에 드는 주방 살림을 들이면 시간을 두고 천천히 여러모로 사용해 본다. 함께 많은 음식을 만들다 보면 내 손에 척하고 달라붙는 날이 온다. 그런 날에는 별명이나 직함을 붙여 애정을 표한다. 반돌반돌 길이 난 냄비들을 꺼내 놓고 이 녀석들이라면 나는 무엇이든 할 수 있다고 생각한 적이 있는데 이 감정은 동료애와 비슷하다. 일도 잘하고 내 마음을 잘 알아주는 기특한 동료들이 있어 주방에서의 시간이 든든하다.

대접은 대접 大楪은 待接

색과 결이 고운 그릇을 꺼내 소담히 밥상을 차리고 또 먹는 것은 일상의 큰 즐거움이다. 냉장고에 넣어 놓은 보관 용기 채 찬을 식탁에 올려놓지 않고 먹을 만큼만 작은 그릇에 덜어준다. 딱 먹을 만큼만 작은 그릇에 담아 차려낸 식탁을 보면 어서 맛있게 비워내고 싶은 기분이 든다. 많이 만들어 냉장고에 넣어두고 보관해 가며 먹는 반찬들은 사실 우리 집에서는 인기가 없다. 갓 만들어 내었을 때 잘 먹던 것도 여러 번 올라오면 자리만 차지할 뿐 젓가락이 가지 않는다. 그저 냉장고 속의 밑을 받쳐주는 정말 '밑'반찬으로 전락하고 마는 것. 찬의 수가 적더라도 그날 지어 그날 다 먹는 것을 기본으로 상을 차린다. 싱싱한 재료를 넣어 금방 끓인 찌개 하나가 바람만 쐬고 들어가는 냉장고의 밑반찬보다 낫다는 생각이다. 플라스틱 통에 담긴 채 식탁 위에 오른 음식들은 그저 어서 끼니만 때우라고 재촉하는 것 같다. 찬 한 가지를 두고 먹더라도 내가 좋아하는 그릇에 담아 젓가락을 가지런히 올려두면 스스로를 대접해 주는 느낌이 든다. 정성스럽게 음식을 짓고 식탁을 차리는 일은 행복을 구체적으로 표현하는 방식이다. 아름다운 식탁을 받아본 사람은 밖에서도 남을 대접할 줄도 알고 대접받을 수도 있게 된다고 믿는다.

하루 중 가장 소중한 시간이 언제인지 생각해 보면, 가족이 식탁에 모여 앉아 밥을 먹는 시간인 것 같다. 각자의 자리를 찾아 잠깐 헤어졌던 서로에게 사소한 안부를 다정히 묻는 일. 즐겁고 재미있던 일은 입맛을 돋우고 속상해서 잊어버리고 싶은 일은 뜨거운 밥 위에 척하니 나눠 올려 꿀꺽하고 삼켜버린다. 뜨뜻하게 배가 채워지면 으슬으슬하던 몸과 마음이 노곤하게 풀어진다. 잘 차린 밥 한 끼는 약보다도 낫다. 좋은 기운을 손끝에 모아 국을 끓이고 나물을 무쳐 고운 식탁을 차려내는 이유다.

커피 살림

커피는 아침에 한 번, 늦은 오후에 한 번, 이렇게 하루에 두 번 만들어 마신다. 아침의 커피는 잠을 깨고 정신을 차려야 하기 때문에 진하고 무거운 맛의 콩을 쓰고 오후의 것은 산뜻한 산미가 있는 콩으로 만들어 기분 전환을 한다. 커피가 없었다면 어떻게 살았을까, 하고 가끔 생각한다. 이 문장에서 커피라는 단어를 지우고 대신해서 채울 수 있는 것들을 떠올려본다. 좋아하는 음식의 이름들을 넣어 봐도 그럭저럭 말이 되지만 잘 먹다가도 한 번씩 안 내키는 것이 생기니 늘 옳은 명제는 못 된다. 좋아하는 일들과 물건을 떠올려 넣어보지만 아무래도 커피만 한 단어는 더 없다.

집 커피의 시작

어느 날 엄마께서 커피를 좋아하는 딸 쓰라고 원두 그라인더를 선물해 주셨다. 위는 쇠, 몸은 나무인데 작은 서랍이 하나 달렸다. 돔처럼 생긴 위를 열어 커피콩을 넣고 손잡이를 돌리면 다 갈아진 커피 가루가 서랍으로 떨어지는 구조이다. 나만의 그라인더라니, 너무너무 신이 났다. 지금처럼 동네에서 흔하게 원두를 파는 곳이 없었을 때라서 원두를 직접 볶아 판다는 곳을 알아두었다가 버스를 타고 가서 사 오는 수고를 마다하지 않았다. 시내 번화가에서 벗어나 작은 골목을 굽이굽이 걸어 들어가면 낡은 담장을 하얗게 바르고 투박한 손글씨로 '커. 피.' 딱 두 글자가 적혀 있는 가게가 나왔다. 그게 간판이었다. 두 평 남짓 되었을까. 커다란 로스팅 기계와 콩이 담긴 자루들이 놓여 있는 오로지 원두만 파는 가게였다. 내가 뭣도 모르고 가장 처음 산 원두는 케냐 AA다. 원두의 이름도 맛도 잘 모르면서 어쩐지 저것이 제일 맛있을 것 같아 골랐다. 아니 케냐에서 왔다지를 않나. 설명할 수 없는 설명이지만 정말 이게 이유였다. 이제는 맛을 조금 구별할 줄도 알고 세세한 이름도 배워 알고 있지만 지금까지도 내가 가장 좋아하는 것은 케냐 AA이다. 이래서 첫 경험이 중요한 모양이다.

남편이 구 남자친구이던 시절에 생일 선물로 모카 포트를 사준 일이 있다. 아마도 깜짝 선물을 하겠다고 나 모르게 미리 사두었던 모양이다. 그런데 이 모카 포트 가게 앞을 지날 때마다 마주 잡고 있던 그의 손에 힘이 불쑥 들어갔다는 것을 그는 알고 있었을까. 아무것도 모르는 사람이 봐도 생일 선물로 모카 포트 샀구나. 모카 포트 백 퍼센트네, 하고 알아챌 정도였다. 정말로 내 생일 선물은 모카 포트였고 안 깜짝했지만 깜짝 선물을 준비한 사람을 차마 실망시킬 수는 없어 깜짝 놀랐다. 그리고 진심으로 마음에 드는 선물이기도 했다. 아마도 엄마께서 나무 그라인더를 선물해 주신 때와 맞물리는 것 같다. 그라인더와 3인용 작은 모카 포트의 만남이 집 커피의 시작이었다. 그 후로는 언제나 집 커피를 만들어 마시고 혹 여행을 가게 되면 가방에 이 모카 포트부터 챙겨 넣었다. 아무리 낯선 여행지라도 내 모카 포트를 꺼내 커피를 만들면 집에 온 것처럼 마음이 편안해졌다. 함께 여행을 간 사람들에게 커피를 대접하는 것도 큰 즐거움이었다. 포트의 앞면에 그려진 마크는 멋진 모자를 쓰고 나비넥타이를 두른 콧수염 아저씨다. 검지를 한껏 높이 추켜세우고 지금이 바로 커피를 끓일 시간이라고 말하는 것만 같다. 지금은 모카 포트보다는 핸드 드립 방식의 커피를 더 즐겨 마시다 보니 모카 포트의 관리가 아무래도 소홀했다. 모카 포트의 내부는 알루미늄 재질이라 물기를 잘 닦아 말리며 자주 관리를 해주어야 하는데 오래 소홀했던 포트에는 결국 옅게 녹이 슬고 말았다. 나무 그라인더는 콩이 너무 굵게 갈려 조금 더 촘촘한 날이 들어 있고 원하는 굵기를 선택할 수 있는 그라인더를 구매한 후로는 잘 사용하지 않는다. 그렇지만 아직도 '커피 살림'이라고 하면 가장 먼저 떠오르는 것은 나의 커피 생활을 시작하게 해준 이 두 물건이다. 여전히 아끼며 보관 중이다.

그라인더에 콩을 넣고 손잡이를 돌리자 돌리면 돌릴수록 어마어마한 향이 퍼져 나간다. 마음에 드는 콩을 고르고 그것을 그라인더에 넣고 갈아 작게 만든다. 그 사이 물을 끓이고 커피가 담길 포트와 잔에 조금씩 부어 미리 데운다. 드리퍼에 종이 필터를 깔고 작게 갈아둔 커피 가루를 올린다. 이제 따끈한 온도의 물을 아주 조금만 부어 가루를 살짝 적시고 뜸을 들인다. 금방 갈아낸 싱싱한 콩가루는 제 몸을 부풀리며 커피 빵을 굽는다. 잘 부푼 빵이 꺼지지 않도록 포트를 쥔 손을 천천히 놀려 완만한 원을 그리듯이 가루를 적신다. 만들어진 커피를 미리 데워둔 잔에 가만히 담아 우선 선 채로 한 모금 후룹 하고 마신다.

아무리 바빠도 바늘허리에 실을 묶어 쓸 수 없다는 속담이 있다. 이 속담을 들으면 나는 속으로 괜히 한번 끼득 웃는다. 바빠 죽겠다는 표정의 바늘과 바늘허리를 둔하게 붙들고 있는 실의 난감한 표정이 자꾸만 떠오른다. 서로 마주 보고 땀을 뻘뻘 흘리며 어쩌지, 하고 있는 것 같다. 너무 바쁠 때 자꾸만 나 자신을 끊임없이 재촉하고 있다는 것을 깨달을 때 나는 이 속담을 생각한다. 아무리 바빠도 그럴 수는 없는 법이다. 정말 바쁘다고 느끼는 상황은 물리적인 시간이 촉박해서 생기는 문제보다는 마음의 분주함 때문인 경우가 더 많았다. 차라리 몸을 바삐 종종거려 해결될 일이라면 조금 나은 문제인 것이다. 그럴 때는 멈추고 다 내려놓고 정성스럽게 커피를 한 잔 만들어 마신다. 커피를 만드는 과정은 위에 적은 것처럼 명확한 순서와 일정의 시간이 필요하다. 그 순서와 시간을 잘 지키기만 하면 결국 맛있는 커피가 만들어진다. 그렇게 만들어진 커피를 한 잔 비우고 나면 어찌해도 들어갈 생각이 없던 실이 바늘구멍에 부드럽게 들어가 매듭지어지곤 했다. 그래 어디 해보자, 다시 일어설 기운이 나게 해주었다.

여전히 진행 중

커피 살림에는 잔잔한 변화가 많았고 또 여전히 진행 중이기도 하다. 커피를 만들어 마시는 일이 내게 소중한 만큼 관심이 많이 가기 때문인 것 같다. 많은 커피 살림 중에서 가장 좋아하는 것, 오래 아끼며 사용하고 있는 몇 가지를 적는다.

1. 케맥스 커피 메이커는 독일의 어느 화학자가 발명했다고 하는데, 그렇게 생각하고 다시 보면 과학실에 놓여 있던 유리 기구를 닮은 것 같다. 몸은 모두 유리인데 가운데 허리 부분에 두 쪽으로 된 나무 손잡이를 덧대고 가죽끈을 매어 고정해 쓴다(커피를 만들고 나면 유리가 정말 뜨거워지기 때문에 꼭 필요한 부분이다). 고유의 형태가 있어 고깔 형태의 전용 필터를 쓴다. 케맥스 커피 메이커는 말하자면 커피 가루를 올리는 부분인 드리퍼와 커피가 추출되어 담기는 저그가 일체형인 기구다. 작은 아파트에서는 케맥스 커피 메이

커를 '케 군'이라는 별칭으로 부르며 부드러운 커피가 마시고 싶을 때 사용한다. 보고만 있어도 예쁜 모양을 가지고 있지만 안쪽까지 설거지 손이 잘 들어가지 않아서 병 솔을 이용해 닦아야 한다. 나무 손잡이와 가죽끈 부분이 있기에 설거지가 살짝 번거로운 점도 있다. 몇 년 전에 부주의로 깨트린 일이 있는데 그럼에도 케 군이 내려주던 커피 맛을 잊지 못해 같은 것을 다시 들여 더 살뜰히 보살피며 사용한다. 조심한다고 하는데도 가죽끈에 설거지 물기에 여러 번 닿다 보니 끊어지는 일도 있었다. 케맥스 사용자가 늘어나면서 (아무래도 비슷한 고충들이 있었을 터다) 부속만 따로 파는 가게도 생겨나서 다행히 교체할 수 있었다.

이 커피 메이커는 커피만 내려 마시지 않고 차를 우릴 때도 쓰고 차가운 음료를 내는 저그 대용으로 쓰기도 한다. 때때로 나무 손잡이를 빼내고 꽃을 꽂아 화병처럼 쓰기도 하는데 워낙 아름다운 형태인지라 그렇게 사용해도 손색이 없다. 이렇게 사용하면 색다른 아름다움이 있다. 남편은 "정말 비싼 화병이네." 하고 놀릴 때도 있지만. 다시 잘 닦아 더운물로 뽀득 소독해 말리면 케 군으로 돌아온다.

2. 커피 가루 위에 데운 물로 완만한 동그라미를 그리며 커피 빵을 부풀린다. 천천히. 가만히. 섬세한 물줄기로 원을 그리려면 주둥이가 넓은 일반 주전자로는 좀 부족하다. 드립 포트라고 하면 얇고 섬세한 물줄기를 만들어주는 그 주둥이의 모양이 특별하다. 얇은 곡선을 따라가다 보면 그 끝에 섬세하면서도 아주 작은 조동이

가 달려 있다. 가장 많이 쓰는 것은 몸통이 미쉐린 맨의 동글동글 접힌 팔뚝을 닮은 구불구불한 곡선이 귀여운 드립 포트다. 또 한 가지는 브라운 빛의 법랑 포트이다. 법랑 포트는 바닥이 너무 좁아 가스레인지에서는 직접 가열이 어렵다. 물을 따로 끓였다가 덜어 써야 해서 조금 번거롭지만 쓸 때마다 기분이 좋아지는 아이다.

핸드 드립 커피를 만들어 마시고 싶은데 무엇을 사야 할지 잘 모르겠다는 분들을 만나면 "다른 것은 대체하거나 저렴한 것을 구비해도 괜찮지만 드립 포트만큼은 꼭 제대로 된 것을 사세요."라고 말해주고 싶다.

3. 커피는 400g씩 3주에 한 번 정도 새로 구입한다. 손님이 많이 오셔서 커피를 대접하는 일이 많아지거나 밤 커피가 늘면 조금 더 빨리 소진되기도 하지만 대체로는 이 정도. 다년간 마셔오면서 내가 마시는 커피의 양과 구입 주기를 기억하게 되었다. 때에 따라 조금씩 다르지만 오전과 오후, 다르게 마시는 것이 좋아 원두는 다른 종류로 두세 가지 정도를 고른다. 구입한 것은 봉투에 들어 있는 채로 절대 두지 않고 도착과 동시에 보관 용기에 덜어 넣는다. 200g이 꼭 맞게 들어가는 유리 용기를 사용하는데 특별한 것은 아니고 뚜껑이 꼭 닫히는 도톰한 유리병이다. 그라인더가 시원치 않았을 때는 커피 가게에 있는 좋은 분쇄기로 아예 갈아서 사 오는 일도 있었다. 이미 분쇄한 채로 보관하는 커피는 간편하기는 하지만 매일매일 맛과 향이 현저하게 떨어져 갔다. 맛의 차이를 안 후로는 홀 빈 상태로 구입하고 그때그때 그라인더를 이용해 갈아서 사용한다. 원

두는 아무리 소량을 구입한다고 해도 일정 시간 두고 먹는 것이라서 보관하는 과정의 숙성을 무시할 수 없다. 유리 용기에 보관하면 병을 마지막으로 비울 때까지 맛있는 커피를 마실 수 있다.

종이 필터를 보관하는 뚜껑이 있는 유리 자는 커피 만드는 시간을 즐겁게 해주는 아이다. 서양 영화를 보면 쿠키를 구워 자에 넣어두고 아이들이 그걸 몰래 꺼내 먹는 장면이 나온다. 꼭 그 귀여운 쿠키 자를 닮았다. 처음에는 원두를 보관하려고 산 것인데 크기도 너무 클뿐더러 뚜껑과 몸 사이에 틈이 있어서 공기가 오갈 수 있으니 보관용으로는 적합하지 않았다. 케맥스를 쓸 것인지 일반 드리퍼나 커피 스탠드를 사용할 것인지 그날의 커피를 내리는 도구에 따라 종이 필터도 달라지는데 그 필터들을 모두 가지고 있으려니 번잡한 느낌이 있었다. 이 유리 자에 종류대로 종이 필터를 몇 장씩만 꺼내 넣어두고 쓴다. 다 쓰면 또 채우는 식이다. 투명한 유리 안으로 차곡차곡 열을 맞춰 담겨 있는 종이 필터들이 기분을 차분하게 만들어준다.

4. 원래는 무슨 용도였는지 잘 모르겠지만, 무언가를 털기 위해 만든 것은 확실하다. 나무 손잡이 위에 좀 굵고 가슬가슬한 털이 달린 붓 혹은 솔이다. 그라인더에 원두를 갈고 나면 남은 가루를 털어낼 때 쓴다. 그라인더는 매번 물청소할 수 없으니 솔로 마른 청소를 하는 것이다. 커피를 만들고 나면 조심스럽게 한다고 해도 버적버적 가루가 떨어지는데 그럴 때마다 이 솔이 아주 유용하게 쓰인다. 정말이지 없어서는 안 될 물건. 그라인더의 틈새까지 깨끗하게

털어내고 나면 살림을 엄청 잘하는 깔끔한 사람이 된 것 같아 기분이 좋다. 가끔 토스터의 날카롭고 복잡한 속을 털어 낼 때도 쓴다. 누가 듣는 것인지 주체도 명확히 모르겠지만 어쨌거나 한 번만 빌려 쓸게, 말하고는 얼른 쓰고 제자리에 돌려놓는다.

커피를 다 만들고 남은 찌꺼기는 햇볕에 보슬보슬 말린다. 잘 마르고 나면 작은 상자나 공병에 담아 신발장 한쪽에 넣어 두는데 거짓말처럼 꿉꿉한 냄새가 사라지고 문을 여닫을 때마다 은은한 커피 향이 난다. 커피가 있어서 만들 때나 마실 때나 마시고 난 후에도 즐겁다. 커피가 없었으면 어떻게 살았을까.

천 가방

천으로 지어진 가벼운 가방이 좋다. 읽을 책 한 권, 손 노트와 펜, 핸드크림, 립밤, 작은 지갑, 휴대전화, 때때로 카메라가 외출할 때 가방에 넣는 품목들이다. 더 줄여야 한다면 그럴 수 있지만 이 정도는 챙겨 넣어야 마음이 편안하다.

전에는 손바닥만 한 가방을 즐겨 들었다. 립스틱 하나와 지갑을 넣으면 꼭 차는 작은 가방을. 그게 아니라면 벽돌이 몇 장이고 들어갈 수 있을 정도로 아예 큰 것, 바느질을 다 뜯어내면 점퍼로 입을 수도 있을 만큼 아주 낙낙한 편이 좋았다. 그런데 지금은 천 가방을 맨다. 고운 천으로 단정하게 지어진 가방을 보면 기분이 좋다. 무엇이든 담을 수 있는 유연한 품도 마음에 든다. 그때나 지금이나 내 취향의 큰 골자가 바뀐 것 같지는 않다. 그저 높은 구두를 신게 되는 빈도가 줄어들다가 이제는 거의 사라지게 된 것처럼 천 가방을 들게 된 것은 나이를 먹는 것처럼 자연스러운 일이었다.

천 가방이라면 디자인이 간략한 편을 좋아한다. 리넨 그대로의 색에 일러스트도 되도록 없는 것을 좋아한다. 천 가방의 가짓수가 이미 많지만 고운 것을 만나면 또 사게 된다. 새 가방이라고 보여주면 남편은 "이런 거 있잖아?" 하고 되묻는다. 하늘 아래 같은 리넨색은 없건만 닮았지만 세세한 부분이 많이 다르지 않은가, 하고 속으로 생각한다. 조금 큰 것, 그것보다는 조금 작은 것, 끈의 길이가 약간 더 긴 것, 폭이 높은 것, 심지어 두께에도 미묘한 차이가 있다.

천 가방은 주로는 외출 가방으로도 쓴다. 장을 보러 갈 때, 친구를 만나러 갈 때, 식사 약속에 갈 때, 거의 모든 외출에서 쓴다. 여행을 갈 때면 두어 개 정도를 챙겨 넣는다. 그날 입은 옷에 따라 또 기분에 따라 천 가방을 골라 든다. 천 가방은 편한 차림에도 잘 어울리지만 의외로 차려 입은 차림에 들어도 신선하다는 생각이다. 아래위 슈트를 멀끔히 차려입은 사람이 구두 대신 깨끗한 운동화를 신고 있다면 그 사람만의 재미있는 성격과 유연함이 담긴 것 같아 고개가 끄덕여진다. 나무랄 데 없이 빈틈없고 단정한 착장인데 손톱에 귀여운 네일 스티커가 발려 있다면 나는 또 반하고 만다. 아주 개인적인 취향이지만 나는 그것을 그 사람의 유머라고 생각한다. 사람은 여러 부분이 모여 이루어지는데 그렇다고 가진 모든 부분을 주렁주렁 꺼내 들고 다닐 수는 없으니 딱 하나만 보여줄 수 있다면 그건 무엇일까. 내 경우에는 그게 바로 유머다. 천 가방을 든 사람에게서도 비슷한 것을 느낀다. 유연하고 나름대로의 재미가 있는 사람이라는 느낌이 든다. 가방을 고르고 나면 키치한 캐릭터가 달린 귀여운 열쇠고리를 하나 달아준다. 누군가가 본다면 슬쩍 웃음이 났으면 좋겠다고 생각한다.

천가방은 아이들이 학교에 준비물을 가져갈 일이 있을 때 보조 가방으로도 쓴다. 톡톡한 질감의 끈이 튼튼한 천 가방들에는 네임펜으로 아이들 이름이 쓰여 있다. 다 같이 도서관에 갈 때는 각자의 천 가방을 하나씩 골라 맨다. 그리고 그 가방을 살뜰하게 채워 집으로 돌아올 때는 기분이 정말 좋다. 가까운 이에게 선물할 일이 있을 때는 깨끗한 천 가방에 넣어 그대로 보낸다. 두고 장바구니로도 쓰고 또 다른 이에게 선물할 때 보내도 좋을 것 같아 그렇게 한다.

청과물 가게에서 싱싱한 채소와 붉은 과일을 한 봉지 산다. 길 건너에 있는 빵 가게에 들러 아이들이 오후 간식으로 먹을 빵을 사고 남은 거스름돈으로 꽃집에 들러 꽃을 조금 산다. 이제 나의 늦점심인 참치김밥 한 줄과 커피를 사서 집으로 돌아온다. 나만의 동네 장보기 코스. 한 바퀴를 다 돌고 와도 40분이면 족한 이 짧은 외출을 나는 정말 좋아한다. 어깨에는 커다란 천 가방이 내내 함께한다. 과일을 많이 살 생각이라든가 장 볼 품목이 많을 때는 이 가방 속에 천 가방을 도로로 작게 말아 하나 더 넣으면 된다. 작은 리넨 주머니를 여러 개 사용하면 과일이나 채소를 살 때도 유용하다. 비닐봉지 대신 사용하면 되니 비닐 쓰레기 없는 장보기가 가능해진다. 천 가방에 에코 백이라는 애칭이 있는 이유다.

특별히 좋아하는 것은 어느 독일 마켓의 이름이 적힌 천 가방이다. 빈티지 가게에서 우연히 발견해서 산 것인데 노랑으로 쓰인 폰트의 산뜻한 느낌이 좋아서 참 열심히도 들고 다녔다. 내가 가진 것 중에 유일하게 글자가 적힌 것이다. 어느 날 어떤 분이 이 가방을 어디서 구했냐고 정말 반가워하며 인사를 건네 왔다. 독일에서 유학 생활을 오래 했다고 한다. 유학 시절은 돈을 아껴야 했으므로 아주 즐거운 날이나 위로가 꼭 필요한 날에만 그 마켓에 갔었다고 했다. 아마도 질이 좋은 대신 가격이 있는 물건을 파는 곳이 아니었나 짐작한다. 입구에 걸어놓고 파는 그 흔한 장바구니가 얼마나 갖고 싶은지 몰랐을 거라며 멀리 타국에서 이 장바구니를 들고 다니는 모습이 신기하고도 반가운 모양이었다. 아하, 그렇다면 이 앞의 글자는 우리나라의 이마트나 롯데슈퍼라고 적혀 있는 것일지도 모르겠다. 어쨌거나 나의 장바구니가 정말로 장바구니로 만들어진 녀석이었다니. 먼 타국에서도 제 역할을 충분히 하는 것만은 틀림이 없다. 나만의 루틴을 따라 동네 장보기 코스를 거치며 이 천 가방에 과일과 채소를 빵을 꽃과 신선한 바람을 담아 돌아온다.

검은색 줄무늬 패턴이 그려진 천 가방은 도서관에 갈 때 단골로 드는 것이다. 패턴이나 무늬를 좋아하지 않는 내가 유일하게 가진 것이다. 품이 넉넉한 반면에 손잡이 끈의 길이가 너무 길지 않아서 내용이 무거워져도 어깨가 아프지 않다. 어느 계절에나 즐겨 매지만 어떻게 해도 칙칙한 검은색 패딩 점퍼를 입어야 하는 겨울에는 항상 함께한다. 미운 패딩도 살려내는 세련된 패턴이 정말 마음에 든다.

천 가방은 손잡이 부분을 귀처럼 편 상태에서 세로를 삼등분하듯이 길게 접는다. 올린 귀를 내리고 귀까지 함께 가로를 삼등분으로 접으면 깔끔하다. 폭이 좁고 기다란 수납함이나 상자에 차곡차곡 세워 넣으면 된다. 이렇게 하면 색과 무늬가 잘 보여 고르기도 쉽다.

비우거나 비우지 않거나

무엇이 유행한다고 하면 너도나도 좇아 누구의 집도 아닌 것처럼 사는 것 말고, 내 일상을 나만의 역사와 취향으로 꾸려나가고 싶었다. 내 삶에 집중하고 내가 가진 것들을 자세히 들여다보며 비우거나 혹은 비우지 않는 법을 배워나간다. 집 안의 물건과 가구의 쓰임을 한 가지에 국한시키지 않고 동선을 정돈하여 꼭 필요한 역할을 부여해 주는 일은 결국 내 일상의 사소한 행복을 조금 더 많이 누리기 위한 노력이었다. 비우는 것이 삶을 환기하는 일이라면 비우지 않는 것은 내 역사와 취향을 견고히 다지는 일이다. 의지와 수고를 들여 비워낸 물건들과 집 안의 서사를 담은, 비우지 않은 물건들의 이야기를 적었다.

비우지 않은 물건들

공병 수집가

고백하자면 나는 공병 수집가다. 이렇게 적으니 꽤 거창한 취미를 가진 것 같지만 피클, 주스나 잼이 담겨 있던 유리병을 버리지 못한 지 오래되었을 뿐이다. 저장의 용도로 나온 말쑥하고 깨끗한 새 유리병을 사기도 하지만 역시 내 눈에는 들어 있던 내용물을 다 비우고 라벨을 지우고 더운물에 반짝반짝 삶듯이 닦아 무엇이든 담을 준비를 끝낸 공병이 훨씬 더 예쁘다. 공병은 모아만 두지 않고 잘 쓴다.

계절이 익으면 과일 가게를 그냥 지나치지 못하고 레몬이나 딸기, 포도를 담아와 달큰한 냄새를 풍기며 손 많이 가는 것들을 즐거이 만든다. 얄팍하게 저민 레몬을 켜켜이 쌓아 과일 청을 담그고 딸기나 포도를 으깨 오래오래 저어가며 잼을 졸인다. 모아놓은 공병을 여러 개 꺼내 새로 닦아 말려두고 청과 잼을 담아 선물하고 싶은 좋아하는 사람들을 떠올리는 것은 그 계절의 큰 기쁨이다. 공병에 커피콩과 마른 곡식들을 담아두기도 하고 케이크를 만들 때 크림을 짜는 깍지처럼 주방의 작은 물건들을 담아 보관할 때도 쓴다. 집 안에 꽂아 둘 꽃을 조금씩 사 올 때 실수로 꽃대가 부러지거나 머리를 숙인 아이들이 생기면 참 속상한데, 키가 낮은 작은 공병을 꽃병 삼아 꽂아 두면 일부러 그렇게 한 것처럼 근사하다.

아이들의 물건 중에는 자잘한 것들이 참 많다. 구슬과 딱지, 초콜릿 포장 속에 들어 있는 작은 장난감이나 여름에 속초 바닷가에서 주워온 조개껍데기와 어디에서 주운 것인지 잘 모르겠지만 절대 버리지 못하게 하는 돌멩이도 있다. 아이들 하는 대로 아무렇게나 두면 발바닥에 박히는 사고가 일어날 수도 있다. 정신만 사나운 것이 아니라 잊어버리기도 참 쉬워 가구 밑으로 도로로 굴러 들어가면 다음 이사를 할 때나 찾게 될지도 모른다. 이럴 때도 공병은 참 요긴하다. 벽이 도톰하고 크기가 낙낙한 공병을 가져다가 아이들의 작은 물건들을 담아 보관해 준다. 투명해서 내용이 잘 보이니 아이들이 굳이 꺼내 늘어놓지 않아도 이리저리 돌려보며 만족해한다. 혹 유리라는 예민한 성격이 위험할 수 있지만 아이들에게 깨질 수 있음을 잘 일러두면 오히려 더 조심스럽게 잘 다룬다. 물건을 모으는 동시에 소중히 여기는 방법도 배운다.

다재다능 책장

도장이 되어 있지 않은 튼튼하고 커다란 나무 책장은 신혼집 서재에 두었던 것이다. 다섯 칸씩 두 폭이고 나란히 서면 남편보다 키가 한 뼘쯤 더 크다. 책을 많이 수납하는 용도만 생각해 튼튼하지만 투박한 것을 샀고 책장으로서의 제 기능대로 성실히 오래 일해주었다. 살며 마음에 드는 책장을 하나 더 구입하고 책도 많이 비워냈기에 멋없는 책장은 이사를 준비하며 비움 쪽으로 마음이 기울어 베란다까지 밀려났다.

작은 공사가 끝난 후 싱크대와 마주 본 주방 벽 한 편이 허전하게 느껴졌는데 문득 책장을 주방 수납장으로 사용하면 어떨까 하는 생각이 들었다. 가구를 꼭 한 가지 용도로 사용하라는 법은 없으니까. 신기하게도 이 공간에 책장이 꼭 알맞게 놓였다.

좋아하고 자주 사용하는 주방의 물건들을 꺼내 칸칸을 채웠다. 커피콩과 차를 담은 유리병들이 손이 닿기 가장 좋은 자리에 놓였다. 모카 포트와 믹서, 토스터기처럼 자주 쓰는 작은 주방 가전들도 쓸모 있게 놓였다. 꺼내 놓으면 지저분해 보이는 것들은 작은 바구니에 담아 고운 리넨으로 위를 덮었다. 이렇게 해놓으니 어디에도 없는 나만의 주방이 만들어진 기분이 들었다. 새 집을 둘러보러 오신 시어머님께서 정말 주방 선반으로 아시고 이런 가구라면 하나 더 사서 둬도 될 만큼 괜찮겠다고 말씀하셨을 때 절로 어깨가 으쓱해졌다. 어떤 새 가구를 샀더라도 이만큼 만족하지는 못했을 것이다. 그 후로 가구의 쓸모와 배치에 대해 더 많이 고민한다. 잘 궁리하면 새로 들인 것 못지않게 충분한 만족을 얻을 수 있다. 이후에는 다시 아이들 책장으로 잘 사용하고 있다.

할아버지의 책상

돌아가신 할아버지는 그림을 그리는 분이셨다. 할아버지의 그림에서는 〈수궁가〉의 한 대목처럼 정말로 산 아래로 범이 내려오는 장면이 담겼다. 먹이 알맞게 갈아지고 나면 갸름하게 끝을 모은 가느다란 세필이 돋보기와 함께 아주 천천히 움직였다. 가까이 다가가 보면 이불만 한 화선지에 범의 털을 한 올 한 올 심듯이 그리는 것이었다. 화폭도 컸지만 손품이 정말 많이 가서 작품 하나를 완성하기까지 일 년 가까운 시간이 걸렸다.

한번은 두 살 먹은 여동생이 거의 다 완성된 그림으로 기어가 신나게 먹칠을 한 일이 있다. 그야말로 먹칠이다. 아, 어디 이것이 보통의 일인가. 먹으로 그린 낙서가 일 년의 노력 위에 그어져 도저히 회생할 수 없는 상태가 된 것이다. 엄마는 그 꼴을 뒤늦게 발견하고 어찌해야 할 줄을 몰라 땀을 뻘뻘 흘렸다고 했는데, 할아버지께서는 허허 그놈. 웃으시고는 어떤 말도 더 안 하시고 새 화선지를 꺼냈다고 한다. 내가 아는 한 이 세상에서 가장 선한 사람이 우리 할아버지인데, 누구에게도 싫은 소리나 나쁜 말 하는 법이 없고 화도 낼 줄 모르는 분이었다. 이것 또한 신의 계시였는지 할아버지의 그림에 회생불능의 낙서를 그려놓은 동생은 자라나 화가가 되었다.

할아버지의 업은 화가였지만 그것 말고도 워낙 손재주가 좋은 분이셨다. 지금 하는 말로는 금손 중의 금손. 내가 태어나 중학생이 될 때까지 살았던 2층집은 할아버지께서 직접 설계도를 그려 올린 집이었다. 거실의 나무 마루를 철마다 곱게 다듬고 새 칠을 하는 것부터 마당의 온갖 나무들을 아름답게 전지하고 장미 넝쿨의 모양을 잡아가며 담을 가꾸는 것까지. 집 안팎에는 할아버지 손이 가지 않은 곳이 없었다. 무엇이든 뚝딱 만들기도 잘하셔서 자투리 나무로 칠판을 만들어주시기도 하고 나무 우산대를 잘라 연을 만들어

날려주시기도 했다. 그것뿐인가 주방 칼이 잘 들지 않으면 숫돌을 꺼내 날이 총명해지도록 갈아주시고 집 안의 고장이 난 거의 모든 물건을 고치셨다. 그래서 나는 이 세상의 할아버지는 모두 그런 일을 할 수 있는 사람들인 줄 알고 자랐다.

초등학교 5학년이 되었던 해 임원이 된 나에게 선생님께서 학급문고를 꽂을 작은 책장을 하나 사 왔으면 좋겠다고 얘기하셨다. 지금이라면 말도 안 되는 일이지만 그땐 그런 일이 잦았다. 그래서 나는 너무나 당연하게 "그거라면 우리 할아버지께서 금방 만들어 주실 거예요." 했다. 선생님과 아이들이 놀라며 "너희 할아버지 목수야?" 하고 물었는데 그 질문이 무척 신선했던 기억이 지금도 선명하다. 목수는 아니지만 할아버지니까. "너희 할아버지는 못 만들어?" 하고 되물었던 것이 나의 대답이었다.

나무 공구함을 꺼내 들고 무엇이든 만들고 고치던 할아버지의 모습에서 내가 사는 곳을 내 손으로 정성스럽게 손보아 좋아하는 공간으로 꾸려가는 기쁨을 배웠다. 미문을 쓰고 싶다면 미문의 삶을 살면 된다고 했는데 그건 우리 할아버지를 두고 한 말이었을 지도 모르겠다. 주어진 것에 감사하되 그 자리에 머물지 않고 삶을 조금 더 곱고 단정하게 매만지거나 때때로는 조금 더 즐거이 지낼 수 있도록 새로운 쓸모를 늘 궁리하셨다. 내게 삶을 공들여 살아가는 방법을 가르쳐준 분이셨다.

주로는 화선지에 그렇게 큰 그림을 그리셨지만, 연습 삼아 작은 손 그림을 그리거나 4B 연필을 깎을 때 사용하던 낮은 책상이 있다. 손수 나무를 잘라 만들고 곱게 사포질을 한 책상 위에 정성스럽게 옻칠을 입힌 것이다. 책상에는 두 개의 서랍이 나란히 있어 작은 것들을 넣을 수 있는데 농도가 다른 연필과 연필을 깎는 칼, 연필의 분이 묻어 새까맣고 만질만질해진 지우개 조각들이 들어 있었다. 책상은 원래 친정아버지가 학생일 때 공부상으로 쓰라고 만들어주신 것이었단다. 할아버지께서 쓰시는 모습을 더 오래 보았으니 나에게는 할아버지 책상으로 익숙하다. 할아버지께서 돌아가시고 시간이 조금 흐른 뒤 친정 엄마께서 내게 넌지시 책상을 가져가고 싶으냐고 물어보셨다. 가만히 고개를 끄덕이니 엄마께서 어쩐지 네가 그럴 것 같아 남겨두었노라고 하셨다. 태어나 시집을 오기 전까지 내내 한집에서 함께 살았던 할아버지는 내게 아주 큰 존재이다. 살며, 나를 이루고 있는 우주 아주 많은 부분에 할아버지가 계신다는 것을 깨닫는다. 남편은 책상을 들여다보며 도대체 얼마나 울려고 그러느냐며 말렸지만, 먼 곳으로 보내드린 그 허허론 마음을 쓰시던 유품을 하나쯤 품는 것으로 달래고 싶었는지도 모르겠다.

큰아이에게 종이 인형 그리는 법을 가르쳐 준 일이 있다. 저를 꼭 닮은 똘똘하게 생긴 남자아이 인형을 만들고 갖가지 모자와 옷을 그려 입히며 한참을 놀았다. 심심해하는 어린 내게 조각 종이를 꺼내 그림을 그려주시던 우리 할아버지의 낮은 책상에서 이제 엄마가 된 손녀와 손녀의 아이가 종이 인형을 그리며 놀았다.

할아버지 책상은 아이들에게 간식을 차려줄 때도, 혼자 차를 마시거나 간단한 손 메모를 할 때도 늘 함께인 우리 집의 중요한 소가구가 되었다.

가끔 추억 속으로 사라진 싸이월드 '미니홈피'를 떠올린다. 비워진 방 안에 마음에 드는 가구를 사서 원하는 데로 배치하며 꾸미던 메인 화면 이야기다. 가구의 위치를 수시로 바꿀 수 있을 뿐 아니라 창문이나 방문도 원하는 벽으로 옮길 수 있다. 마음이 떠난 가구는 값을 조금 내리는 것을 받아들이기만 하면 마우스 클릭 한 번으로 되팔 수도 있다. 또 물건들을 꼭 집에 두지 않아도 보관이 용이하다. 지금 생각해 보면 판타지에 가까운 재미있는 집 놀이였다. 인형 놀이를 하기에도 너무 커버린 우리는 그럼에도 불구하고 미니홈피 꾸미기에 열을 올렸다. 누구나 집에 살고 있지만 내가 꾸미고 싶은 상상의 집은 모두 따로 있었는지도 모르겠다. 그래서 그 시절 우리는 그렇게 도토리를 모았나 보다.

당연한 말이지만 집의 물건들을 다 비우고 새로 사면 쉽다. 도토리, 아니 돈이 아주 많다면 말이다. 하지만 돈의 여유가 있다고 해도 부피가 큰 물건들을 되팔거나 새로 산 물건들을 들이고 원하는 자리에 배치하기까지는 너무 많은 수고가 든다. 이것도 어디까지나 물리적인 부분에 대한 이야기다. 집은 세세한 필요와 수많은 습관이 물리적인 물건과 얽히고설켜 있는 일상의 장소이다. 그러니 집 안의 물건들을 비우거나 채우는 것은 말처럼 간단한 문제가 아니다. 내 상상 속의 집에 가깝게 공간을 꾸며가고 싶다면 무엇보다도 흔들림 없이 단단한 취향을 만드는 것이 먼저이고, 이것은 시간을 켜켜이 쌓지 않고는 할 수 없는 일이기 때문이다.

마음에 꼭 드는 물푸레나무 식탁을 들이면서 자연스럽게 우리 집만의 톤을 만들어가기 시작했다. 가지고 있는 살림들을 하나씩 관찰하고 지난 유행의 어디쯤에 서서 홀로 튀는 것들은 비우기로 했다. 짙은 기하학 패턴이 그려진 패브릭과 형광 쿠션을 꺼내며 집에 어울리지도 않는 이상한 소비에 빠졌던 과거의 나를 꾸짖었다. 속상하지만 어쩌겠는가 아픈 만큼 배우는 것이다. 의도한 것이 아닌데도 이 과정에서 집 안의 색이 꽤 다듬어졌다. 내가 좋아하는 색은 고운 결이 들여다보이는 나무의 색. 하늘색을 딱 한 방울만 떨어뜨려 섞은 것 같은 연한 푸른빛이 도는 회색. 입에 넣으면 쌉싸름한 맛이 날 것 같은 초콜릿을 닮은 짙은 갈색. 이 세 가지 색과 그 사이를 부드럽게 이을 수 있는 색들이 집 안에 남았다. 쓸모에 대한 고민도 함께했다. 서로를 대체할 수 있는 것이 여러 개라면 유예의 시간을 두고 사용해 보면서 손이 가장 많이 가는 편을 남기고 나머지를 비웠다. 자연스럽게 잘 사용하지 않게 되는 것이 걸러지고 좋아하는 살림이 굳어졌다.

　　이번에는 가구 차례가 되었다. 앞에서도 이야기했지만 신혼살림으로 장만한 세트 가구는 아이보리색이다. 집 안의 가구를 유행의 주기에 따라 계속해서 바꿔 나갈 수는 없다. 우리는 이 세트 가구에게 일상의 많은 부분을 의지하고 있었고 생각보다 새로 들인 가구와도 나쁘게 않게 어울렸다. 다만 아이보리 가구마다 달려 있는 '{' 모양의 검정색 철제 손잡이가 눈에 내내 거슬렸다. 이 손잡이는 어딘지 모르게 엔틱한 느낌이 드는데 세트 가구로만 집을 꾸릴 때는 괜찮던 것이 여러 가구가 섞이니 확실히 튀어 보였다. 의외로 분위기는 이렇게 작은 부분들이 모여 만들어지는 것이다.

손잡이를 바꿔보기로 했다. 가구 자체와도 잘 어울리면서 집 안의 분위기를 이어줄 수 있는 것을 고민 끝에 골랐는데 바로 반달 모양의 주물 손잡이다. 한 가지 문제는 맞는 규격이 없어 가구에 새로 구멍을 내야 하는 것이었는데 의외로 이런 부분에서 꼼꼼한 남편이 나서주었다. 반달 안으로 감춰지는 부분이긴 하지만 기존에 나 있는 구멍을 퍼티로 말끔하게 메우고 새로 낼 구멍과 구멍 사이를 연필로 표시하고 수평을 맞춰 손잡이를 바꿔 달았다. 마음에 들어 "참 잘 바꿨네.", "참 잘 골랐네." 하며 남편과 좋은 말을 주고받았다. 주물은 손때가 묻을수록 짙고 투박했던 색에 천천히 길이 들면서 은은한 광택이 돈다. 가장 많이 사용하던 서랍의 주물 손잡이가 반질반질 예쁘게 길들여가는 모양을 보며 역시 비우지 않기를 잘했다고 생각했다.

비운 물건들

당연한 말이지만 비운 물건도 있다. 많다. 쓸모나 취향을 오래 고민하지 않고 충동적으로 구매한 물건들은 나에게도 있었다. 얼떨결에 받아 들게 된 사은품이나 어디에서 생겨났는지도 잘 기억이 안 나는 물건들도 있다. 쓸모가 영영 끝난 것들을 비운다. 당연한 말인데도 다 쓴 물건을 집에 그냥 두는 일이 참 흔하다. 죽을 때까지도 다 못쓸만큼 비슷한 쓰임의 물건이 여러 개라면 필요한 만큼만 두고 비웠다. 손이 안 간 지 오래인 것들은 결국 나에게는 쓸모가 없는 물건이라는 뜻이니 일정의 유예 기간이 끝나고 나면 비워나갔다.

비우려는 의지

작은 아파트에는 처음부터 기본 옵션으로 들어 있는 가구가 많았다고 한다. 이사를 들어올 때 작은 공사를 하는 과정에서 기본 가구 중 하나였던 아일랜드 식탁과 주방 수납장을 떼어냈다. 전에 사시던 분이 거실에 있던 유리문이 달린 장식장은 떼어낸 상태였지만(같은 아파트의 다른 집에 가보고 유리 장식장도 있었다는 것을 알았다) TV 대는 그대로 사용을 하고 있었다. 내가 가지고 있는 TV 대가 이미 있었기 때문에 비우기로 결정했다. 그런데 이 가구가 얼마나 무거운지 버리고 싶다고 해서 선뜻 버릴 수 있는 것이 아니었다. 우선은 베란다에 내놓았고 거기에 자리를 잡고 있으니 화분을 올려놓고 서랍에는 보기 싫은 물건들을(남은 전선이나 사은품으로 받은 플라스틱 부채, 다 쓴 건전지 같은 것들) 집어넣는 용도로 쓰게 되었다. 바로 비워낼 줄 알았던 물건을 생각보다 더 오래 가지고 있었던 셈이다. 안 써도 그만인 가구인데도 그 자리에 두니 자꾸 무엇을 채워 넣게 된다. 또 그 안을 채우는 물건들이라는 것이 집 안에 꼭 필요해서 둔다기 보다는 우선 보관만 하는 물건인 경우가 많았다.

큰 물건을 비울 때는 꽤 의지가 필요하다. 폐기물 스티커를 사다가 붙이고 수레도 빌려야 하고 버리는 장소까지 내려 끌고 가야 하니 사람의 도움이 필요할 때도 있다. 그 모든 수고를 할 만한 가치가 있을까. 가구 하나를 더 둔다고 뭐가 어떻게 되는 것도 아닌데 화분을 올려놓을 수도 있지 않은가, 하며 자꾸 비우지 않는 일의 편에 서서 합리화를 하고 싶어진다.

살면 살수록 채우는 것보다는 비우는 일이 더 어렵다는 생각이 든다. 비우는 일에도 돈과 시간이 들뿐 아니라 채우는 것만큼의 수고와 노력도 필요했다. 잘 비운다는 것은 그만큼 내가 내 삶을 잘 관찰한다는 뜻이다. 내 삶에서 이만 이별해도 좋을 것들을 추리고 기꺼이 비워내려는 의지는 내가 삶의 주인이 되는 주체적인 행동이라는 생각이 든다. '어떤 공간에서 살고 싶은가?'라는 질문은 '어떤 삶의 모양을 만들어가고 싶은가?'에 대한 질문이자 '어떤 사람이 되고 싶은가?'라는 질문과도 이어진다고 믿는다.

거슬리는 곳 없이 넓고 깨끗한 베란다가 있는 집에서 살고 싶었다. 진즉에 비워냈어야 할 가구를 버리면서 그 안의 잔짐도 함께 정리되었다. 깨끗하게 빨아서 물기를 꼭 짠 손걸레로 베란다 바닥을 반짝반짝 닦아냈다. 넓게 열린 시야에서 이 집에 처음 이사를 왔을 때부터 그토록 좋아했던 창밖의 나무가 바람에 일렁이는 모습을 오래 바라보았다. 캠핑 의자를 내어놓고 책을 읽거나, 좋은 계절에는 테이블을 꺼내 놓고 식사를 하기도 하는 정말로 내가 좋아하는 공간이 만들어진 것이다.

머그잔

찬장을 차지하고 있던 수많은 머그잔을 비웠다. 커피를 좋아해서 잔이 많은 편인데 좋아하는 잔을 꺼내 커피를 마시는 시간이 나에게는 꽤 큰 기쁨이다. 그러다 보니 투박한 머그잔은 아무래도 잘 사용하지 않게 된다. 연한 차를 우려 많은 양을 마실 때 사용하는 가장 두툼한 머그잔 딱 두 개(남편 것과 내 것)를 제외하고는 몇 년 지나도록 단 한 번도 꺼내지 않은 것들이었다. 찬장 가장 위 칸에 머물고 있는 머그잔을 모두 꺼내 보니 여러 행사의 이름이 적혀 있다. 누구의 돌에 받은 것, 어느 영화를 보고 나서 선물로 받은 것, 남편 회사의 로고가 박힌 것들 혹은 남편 거래처의 회사 이름이 적힌 것들, 커피 선물 세트에 들어 있던 것. 도무지 기억이 나지 않는 것 등등 여러 행사의 사은품 혹은 기념품들이 대부분이었다. 우선 받았으니 의미 없이 쌓아놓고 보관하던 것들이 넓은 찬장 한 칸을 다 채우고도 넘치려 하고 있었다.

중요한 것은 내가 내 손으로 직접 구입한 머그잔은 없다는 사실이다. 물건이라는 것이 내 의지만으로 늘어나는 것이 아니라는 사실이 놀랍다. 그러나 그 물건을 받아 집 안에 쌓아두는 것은 결국 내 의지인 것이다. 그중에서 실제로 사용하는 튼튼한 머그잔 두 개를 빼냈다. 그리고 남편이 몇 번의 이직을 하는 과정에서 거쳐 온 회사의 로고가 박힌 것들은 남편은 무덤덤한 표정으로 버려도 좋다고 했지만, 남편이 고생스럽게 거쳐 온 아카이브가 사라지는 것이 오히려 내 쪽에서 조금 속상해서 남겨두기로 했다. 나머지는 모두 비워냈다. 모두 한 번도 사용하지 않은 새것이라 그냥 버릴 생각을 하니 마음이 좋지 않았다.

　나에게는 필요 없어진 것이지만 사용감이 없는 새것이라든가 가짓수를 줄이는 과정에서 비워낸 좋은 물건들은 나눔을 하기도 한다. 잘 닦고 먼지를 털어 튼튼한 상자에 담고, "필요하신 분은 가져가세요."라는 쪽지와 함께 사람들이 잘 오가는 통로에 내어놓는다. 혹 가져가는 이가 없다면 몇 시에 다시 수거하겠다는 설명도 꼭 덧붙인다. 그렇게 적었지만 다시 수거를 하는 일은 한 번도 없었다. 한 번은 "감사히 잘 가져갑니다."라는 답 쪽지를 받은 날도 있다. 누군가 꼭 필요한 이에게 갔다고 생각하면 기분이 정말 좋다. 쓸모 있는 살림이 되기를.

커피 머신

　큰돈을 주고 산 것 중에서 가장 후회한 물건은 커피 머신이다. 게다가 무척 가지고 싶었던 물건이라는 점에서 미련을 지우고 비워내기까지 시간이 가장 오래 걸렸다.

　쨍한 파랑이 정말 예쁜 유명 브랜드의 반자동 커피 머신이다. 포터 필터에 분쇄한 커피를 얹고 템퍼로 꾹 눌러 예열한 머신에 끼워 넣으면 에스프레소를 추출한다. 그즈음 나는 커피 바리스타 수업을 듣고 있었는데 맛있는 커피를 만들어 마시고 싶다는 생각과 실습할 머신이 필요하다는 생각이 만나 구입하게 된 것이다. 또 집

주변에 변변한 커피집이 없었기에 머신만 있으면 집에서도 원할 때마다 커피를 마실 수 있겠다고 생각했다. 물론 영 틀린 생각은 아니었다. 다만 머신이 일을 하는 동안 뿜어내는 소리와 진동이 얼마나 요란한지. 어린 아가를 키우는 나로서는 안 될 물건을 들였구나 싶었다. 큰아이가 두 살배기였을 때인데 녀석은 무척 예민해서 머신을 돌릴 때마다 잔뜩 긴장을 하거나 울음을 터트렸다. 커피 한 잔을 마시자고 아이를 힘들게 할 생각은 없었다. 커피라는 것이 여유가 있을 때 생각나는 것인데 이렇게 시끄러운 머신은 아가가 낮잠을 잘 때도 남편과 조용히 이야기를 나누고 싶은 밤에도 사용이 불가한 것이었다. 또 바리스타 수업에서 쓰는 전문가용 머신과도 차이가 컸다. 바리스타 연습용으로는 사실 있으나 마나 한 물건이었던 것이다. 조금 더 고민하고 잘 알아보았더라면 들이지 않았을 터다.

소리가 요란하지 않았다만 조금 더 가지고 사용했을까 싶지만, 오랜 시간 핸드 드립 커피에 익숙해졌던 터라 기계로 진하게 내린 커피의 맛도 나에게 별 감흥을 주지 못했다. 그야말로 물건을 가지고 싶다는 욕망을 잘도 합리화해서 들였다가 이러지도 저러지도 못하는 상황이 돼버린 것이다. 머신은 예쁘고 비싼 장식품으로 집에 오래 머물게 되었다. 차마 비우려는 생각도 못 해보고 한 번씩 미련에 못 이겨 머신을 돌려보곤 했다. 맞다, 이래서 안 썼었지. 다시 깨치고 나면 내내 마음이 좋지 않았다. 물건은 또 무슨 죄랴. 내 삶에 맞지 않을 뿐 기계 자체는 아무 문제가 없었다. 이 좋은 물건을 장식품으로 두고만 볼 수는 없어 결국 비워내기로 했다. 좋은 가격에 내놓았더니 금세 주인이 나타났고 보낸 후에는 잘 사용하고 있다는 연락도 받았다. 그곳에서는 사랑받는 물건이 되었다니 정말 기쁜 일이다.

새로운 물건을 들일 때 늘 성공만 할 수 있다면 좋겠지만 꼭 그렇지는 못하다. 진부한 명언이지만 이럴 때 맞는 표현이 있으니 실패는 성공의 어머니라고 했다. 이런 실패를 경험할 때마다 나의 집과 나의 삶에 조금 더 맞는 물건에 대해 생각한다. '잘 들이는 방법'을 고민하고 배워간다.

책

책장 정리는 계절이 돌아올 때마다 꼭 하는 연례행사이다. 책은 작심해서 비우지 않는다면 나이처럼 늘어갈 일만 있는 대표적인 물건이다. 특히 아이들의 책이 그렇다. 새로운 것을 끊임없이 읽기 때문에 계속해서 사들인다. 종종 선물을 받고 때때로 더 큰 형들에게 물려받는 일도 흔하다. 반면에 책을 비울 생각은 잘하지 못한다.

아이들의 연령이나 학년에 따라 권장 도서라는 것이 있지만 권장 연령보다 높은 것을 읽는 것만 아니라면 그 기준은 늘 적용되지는 않는다. 글 밥이 적거나 내용이 쉬워도 또 백 번쯤 읽은 것이어도 내내 좋은 책이라면 아이가 그 책의 권장 연령을 훌쩍 뛰어넘은 후에도 즐겁게 읽는다. 그런 책이라면 어른이 되어서도 다시 읽힐 것이니 영구 보관을 꿈꿔볼 만하다. 낡아도 손때가 많이 묻어도 아무 상관이 없는 물건이 또 책이다. 오히려 나의 손때가 묻은 채로 함께 늙어가는 것이라면 같은 열 권의 새 책을 주어도 바꾸지 않을 나만의 한 권이 된다. 내 역사의 한 부분이기 때문이다. 덧붙이자면 나는 책 욕심이 꽤 있는 편이다. 만약 책을 보관할 공간과 책장 사다리를 타고 오르내릴 기력과 어디에 어떤 책이 꽂혀 있는지 기억하는 기억력만 있다면 이 집에 들어온 모든 책을 다 지니고 살고 싶다. 다행인지 아닌지 모르겠지만 작은 아파트에는 그럴 공간이 없을뿐더러 나의 기력도 기억력도 결국 작아질 수밖에 없다는 것을 잘 알기에 이런 로망은 비밀 도서관이 등장하는 영화 속에서 풀어 보곤 한다.

　해마다 책장 정리를 하고 비워내는 일을 하는 이유는 이미 적은 것 같다. 첫째는 공간이 허락하지 않기 때문이다. 읽기 위한 책장이라면 책은 여유 있게 꽂혀있는 편이 좋다 이렇게 해야 책을 고르기도 쉽고 뽑아 드는 데도 어려움이 없다. 손가락 하나 들어갈 틈도 없이 빽빽하게 꽂혀 가로 틈까지 모두 점령당한 책장 앞에 서면 읽고 싶다는 생각보다는 책을 구출하고 싶다는 생각이 먼저 든다. 앞에서도 적었지만 이것은 욕심이기 때문이다. 둘째는 책을 정리하는 기력의 문제다. 책만큼 무거운 짐이 또 없다. 책의 무게에 휘어지거나 무너져 내린 수많은 책장과 선반들을 애도한다. 먼지는 또 얼마나 잘 타는 물건인지, 장식처럼 보관만 하는 책은 금세 테가난다. 책은 어쨌거나 내 손가락의 온기로 종이 낱장을 날리며 읽어주어야만 나에게로 와서 꽂이 된다. 너무 많은 책을 가지고 있다면

(계속해서 늘어나는 속도까지 가세하여) 먼지를 닦고 무너진 것을 다시 쌓다가 하루를 보내게 될 것이다. 셋째는 책의 기억에 대한 이유이다. 재미있게 읽었거나 감명이 깊었던 것은 그게 언제라도 다시 꺼내게 되는데, 같은 책이라도 그것을 읽는 나이에 따라 이해하는 깊이가 달라지고 계절이나 사소한 상황에 따라 또 달리 읽히는 경험은 너무나 값지다. 좋아하는 책의 어느 구절은 내 삶의 중요한 순간에서 성실하게 모아 놓은 저금처럼 요긴하게 쓰인다. 순간을 버틸수 있게 하는 위로가 되기도 하고 선택의 결단을 하게 돕는 힘이 되기도 한다. 그렇게 써버리기만 하는 것이 아니라 더 좋은 경험이 되어 다시 저금이 되니 나에게는 재산이나 마찬가지이다. 안타깝지만 모든 책이 그렇지는 못하다. 여러 이유로 더는 손이 안 가는 책이라면, 책을 정리하는 과정에서 다시 발견했지만 그래도 더 읽고 싶다는 생각이 안 드는 책이라면 기꺼이 비워주기로 한다. 좋아하는 것들을 기억하는 데 쓰기에도 나의 기억력은 모자라다.

책장을 정리하는 날은 모두 모여 앉아 각자의 책을 추려 비워낸다. 아이들은 쓸모를 다한 어린 책을 골라낸다. 어린 책이라도 좋아하는 것이라면 얼마든지 두게 한다. 자기의 책을 스스로 추려내는 아이들을 보면 어느새 이렇게 자랐구나 하는 기특한 마음이 든다. 내용이 조잡하고 어설퍼서 마음에 내내 걸리던 책을 걸러내고, 일구어 가는 가치관에서 멀어진 것도 추려낸다. 이 과정에서 책의 섹션을 새로 나누고 위치를 바꾸어주기도 한다. 인성과 철학동화, 과학지식에 관련된 것, 요리나 음식, 전통에 대한 것, 동물과 곤충, 건축 관련, 좋아하는 특정 출판사나 작가를 기준으로 나누기도 한다. 의외로 아이들에게 맡겨도 잘하는데 아이들만의 기준으로 나누어 놓은 섹션을 구경하는 것도 큰 재미다. 이렇게 나누어 놓으면 마치 새 책을 발견한 것처럼 한참을 또 즐거이 읽는다.

책장을 비우고 나면 다시 여유가 생겨나고 그 여유에는 새로운 책이 다시 자리를 잡는다. 책장이 순환할 때마다 오히려 내게 남은 것들을 더 오래 그리고 또렷하게 기억하게 된다. 나의 재산이자 역사가 되어줄 꽃들이 여기에 남아 있기 때문이다.

4년, 작은 집 곳곳에 일기를 쓴다

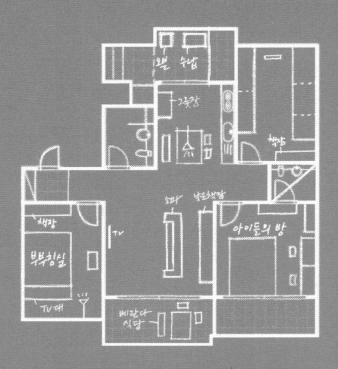

큰아이가 학교에 입학하게 되면서 작은 아파트에도
새로운 변화가 필요해졌다. 아이들의 수면 독립이
큰 축이 되어 모두의 침실로 사용하던 큰 방과
아이들 장난감 방으로 사용하던 작은 방을 비우고
새로운 계절을 입히기로 한 것이다.

일상을 산다는 것은 세세한 계절의 갈피를 넘기는
일이다. 강낭콩 같던 아이들이 자라고 부부가 나이를
먹어가는, 사소하지만 소중한 일상이 이 작은 집
곳곳에 일기처럼 쓰였다. 집 안의 물건을 비우거나
새로 들이고 가구의 쓰임과 자리를 부지런히 바꾸어
가며 집과 함께 삶의 계절을 걷는 법을 배워나가고
있다.

각자의 침실

방을 나누다

큰아이가 초등학교에 입학하게 되면서 작은 아파트는 새로운 계절을 맞이하게 되었다. 부부에게는 학부모라는 새로운 직함이 생겼다. 조금 겁이 나긴 하지만 이제 엄마, 아빠 없이 자보고 싶다는 큰아이의 생각을 존중해 주기로 했다. 준비하고 있던 아이들의 잠자리 독립을 시작할 때가 된 것이다. '모두의 침실'이었던 가장 큰 방을 아이들의 방으로 꾸며주고, 아이들의 놀이방으로 사용하던 작은 방에 부부의 침실을 만들었다.

모두의 침실로 사용하던 안방을 비우며 부부와 아이들 중 누가 이 방을 사용할 것인지를 나누는 것이 첫 번째 일이었다. 우리가 흔히 '안방'이라고 부르는 집의 가장 큰 방은, 대부분 집의 어른이 사용한다고 어려서부터 배웠다. 비슷한 구조의 아파트를 가만 떠올려보면 안방은 항상 부부의 침실로 꾸려져 있다. 어른의 짐은 특별히 늘거나 줄 것이 없지만 아이들의 살림은 끊임없이 늘어난다. 작은 아파트는 수납에 한계가 있기 때문에 계속해서 늘어나는 아이들의 살림살이가 좁은 방에 꾸역꾸역 쌓이다 못해 거실과 베란다까지 비집고 나와 있는 모습은 사실 너무 흔하다. 굳이 집의 구조에 전통적인 의미를 부여해 공간과 동선을 낭비하고 싶지 않았다. 어른들께 이런 이야기를 드렸다가 안방을 아이들에게 내어주면 집안의 기강이 흔들린다며 꾸중을 듣기도 했다. 기강은 생각과 행동으로 만드는 것이지 방의 크기가 만들어주는 것은 아니기에, 사용해야 하는 가구의 수가 많고 활동 선도 더 넓은 아이들이 큰 공간을 사용하는 편이 좋겠다는 생각이 확고해졌다.

아이들의 방

짐을 모두 덜어낸 방은 작은 소리도 공명했다. 이삿날이 아니면 가늠키 어려운 공간의 크기도 새삼스러웠다. 눈에 띄는 낙서나 상처가 없는 벽에도 가구가 오래 머문 자리는 시간의 때가 묻는다. 신기하게도 해가 들고 덜 드는 면도 미묘하게 색이 달리 바랜다. 새 역할을 부여받은 새 방이니 우선 벽부터 깔끔하게 손보고 싶었다. 페인트 집으로 달려가 만장일치로 연한 구름 색 페인트를 골랐다. 이날 남편과 둘이서 원 없이 페인트칠했다. "이건 사람 불러야 돼."

를 외치며 드러눕고 싶은 순간도 있었지만, 무모한 용기의 결말치고는 너무 아름다워서 내 집을 내가 직접 손보는 것은 해볼 만한 가치가 있는 일이라고 꼭 말하고 싶다. 아무리 애를 쓴다고 해도 내가 전문가의 손길을 흉내 낼 수는 없을 것이다. 하지만 전문가가 아무리 정성을 다한다고 해도 내가 매일 앉고 누울 자리를 만드는 것처럼 마음을 쏟지는 못할 것이다.

아이들의 방이 된 큰 방은 책상과 의자, 책장과 교구장 그리고 침대가 들어갔다. 짐을 모두 빼고 다시 자리를 잡아가는 과정에서 아이들의 묵은 살림들은 자연스럽게 정리되어 양이 가볍게 줄었다. 덜 가지고 놀게 되는 장난감들은 더 어린 동생들에게 나누거나 비워내기로 했는데, 이 일은 아이들 스스로가 결정할 수 있도록 했다. 무엇이 내게 필요한 것이고 덜 필요한지를 고민하는 시간은 나이를 떠나 누구에게나 필요한 과정이라고 생각한다.

새로운 장난감을 사주어도 이삼일이면 시들해지는 경험은 너무 많았다. 매일매일 손이 가는 것은 사실 한두 가지 정도이고 나머지는 먼지를 쓰고 있다가 잊혀진다. 장난감은 주나 달의 기간을 정해 가지고 놀 수 있는 만큼만 꺼내놓고 나머지는 수납함에 넣어 아이들의 손과 눈이 닿지 않는 곳에 보관한다(숨겨둔다). 일정 기간이 끝나면 보관했던 것을 꺼내주고 나머지를 수납함에 넣어 다시 보관한다(숨긴다). 이렇게 하면 아이들은 마치 새 장난감을 만난 것처럼 반기며 논다. 장난감 순환(숨기기)만큼 서로를 모두 만족시키는 방법은 없는 것 같다. 괜히 먼지를 쓰고 있지 않아도 되는 장난감도, 정돈이 쉬워진 나에게도, 새 장난감을 만난 것 같이 즐거워하는 아이에게도 모두에게 윈윈이다.

그렇지만 무엇이든 스스로 하는 법을 언젠가는 배워야 한다. 나에게 꼭 필요한 것인지 이제 그만 놓아주어도 되는지를 생각해 보도록 하고 있다. 이 판단들은 앞으로 살아가며 비단 물건에만 적용되지 않을 것이기 때문이다.

익숙해지기만 하면 의외로 아이들은 물건을 잘 비워낸다. 오히려 내 쪽에서 놀라 "정말 비워도 괜찮겠어?" 하고 묻는 일도 생긴다. 그 장난감을 가지고 놀며 좋아하던 아이의 얼굴이 떠올라, 물건의 주인은 버리겠다는데 오히려 사준 쪽에 미련이 남아 주저할 때도 있다. 이럴 때는 아이들의 생각이 크는 속도를 내가 못 따르는구나 싶다. 작은아이는 작동이 멈춘 로봇은 버리고 버스 놀이 시리즈들은 더 작은 동생에게 물려주겠다고 했다. 코딱지만 한 메모나 딱지 하나도 소중히 여기던 큰아이는 나름의 추억에 잠겨 있다가도 비우기 통에 많은 물건을 분류해냈다. 제 방 꾸려줄만 하네, 하는 생각이 들 만큼 아이가 한 뼘 더 자라있는 것을 발견하는 순간이었다. 아이들은 자기들만의 공간이 생긴 것이 너무 기뻐 책상과 침대를 오가며 기쁨의 세리머니를 했다.

부부의 침실

아이들 장난감 방으로 사용하던 작은 방은 이제 부부의 침실이 되었다. 거실에 모든 가구와 짐을 펼쳐 놓고 몇 날을 보낼 수는 없으니 방 두 개를 순서를 두고 꾸리기로 했다. 먼저 아이들 방을 정돈하고 그다음 주말 다시 페인팅이 시작되었다. 한 번 해보았다고 준비가 한결 수월했다. 마스킹테이프로 문과 모서리들을 여미고 의자를 옮겨가며 시간의 때가 묻어 남루해진 벽과 천장에 새로운 색을 발랐다. 머리는 질끈 묶고 가진 것 중에 가장 낡은 옷을 입었다. 조심한다고 하는데도 어깨와 머리칼에는 자꾸 페인트가 묻었다. 우스울 일이 하나 없는데도 허리가 끊어질 것 같은 와중에도 남편과 나는 자꾸 신혼집을 꾸미던 생각이 난다며 낄낄거렸다. 아이들은 중간 과정을 구경하며 완전 새 방이 된 것 같다고 좋아했다. 점심에는 이사하는 날처럼 짜장면도 시켜 먹었다.

  이 방은 베란다가 확장되어 있어 천장에는 등 자리가 두 곳이다. 베란다였던 공간의 천장에는 동그란 반달 모양의 등이 달려 있는데 얼마나 꽉 붙어 있는지 그걸 떼는 것이 정말 힘들었다. 우여곡절 끝에 떼어내고 보니 등 모양의 동그란 자욱이 그대로 남고 말았다. 최초의 벽지 위에 몇 번의 도배가 있었는지를 가늠할 수 있을 것 같은 벽지 나이테가 겹을 만들었다. 등이 붙어 있는 채로 도배를 한 탓이다. 페인트로 위를 발라도 겹이 진 곳은 어쩔 수 없이 테가 났다. 그게 조금 속상했지만 '나 셀프 공사입니다.' 하는 표시쯤이라고 생각하면 기분이 괜찮아졌다. 오랜 시간 고심해 고른 것은 레이스 치맛자락처럼 생긴 맑은 유리 등이다. 등을 바꿔 다는 법은 작은 아파트에 와서 집을 단장하며 배웠다. 전기선을 만진다는 것이 겁이 나서 그렇지 실제로 등을 열어 보면 생각보다 할 만한 일이다. 선은 단 두 개, 피복을 벗겨내 서로를 이어주고 안전하게 전기전열 테이프로 감싸주기만 하면 된다. 브래킷(고정 쇠)으로 천장에 튼튼하게 고정을 하고 후렌치(정확한 스펠링은 모르지만 기사님들은 그렇게 부른다) 속에 남은 전선들을 정리해 넣고 내리는 선은 원하는 길이로 자르거나 묶는다. 전구를 끼우고 내려놓았던 두꺼비집을 올리면 끝. 점등식이라고 하면 너무 거창하지만 짠. 불이 들어오자 아이들과 박수를 쳤다. 노란빛이 반짝하고 들어오던 그 예쁜 순간을 잊지 못한다.

화장을 거의 하지 않는 나는 애초에 화장대가 없고, 옷 방을 따로 사용하고 있어서 부부의 가구는 침대 하나가 전부다. 침대가 자리에 놓이니 제 주인이었던 것처럼 정말 아늑한 침실이 꾸려졌다. 방 한 켠에 작게나마 좋아하는 내 물건들을 놓을 자리는 갖고 싶었다. 비워진 책장 하나를 폭이 꼭 맞는 벽에 세워놓고 읽어도 또 읽고 싶은 책 몇 권을 뽑아다가 채웠다. 괜히 아이들 손이 탈까 걱정스러워 높이 올려놓곤 하던 오일 병과 작은 장식 몇도 함께였다. 이렇게만 했는데도 너무 좋아서 소녀처럼 설레었다. 아이들의 물건들에 천천히 너무나 자연스럽게 잠식당한 집 안에서 나만의 이야기가 담긴 물건들이 놓인 작은 공간을 가져 보는 것. 아이들에게 자기만의 방이 필요해졌던 것처럼 나에게도 계절의 변화가 절실히 필요했던 것이겠지.

두 방의 역할을 바꾸며 거실에 있던 TV를 벽에 거는 작업도 함께했다. 새로운 공간을 꾸리는 것이 일종의 나비효과가 되어 내내 마음에 걸리는 TV 자리도 바꿔보기로 한 것이다. 거실 폭을 차지하며 둔하게 놓여 있던 TV가 벽에 걸리니 거실이 한층 넓어졌다.

다만 TV를 올려두었던 낮은 장이 좀 안타까웠다. 비워내기에는 아직 튼튼하고 깨끗해서 궁리하다가 부부 침실로 옮겨보기로 했다. 침대 옆으로 옮겨오니 세상에 높이가 정말 꼭 맞아떨어졌다. 헤드와 프레임이 없는 침대는 남편의 안경을 벗어놓거나 읽고 있던 책을 내려놓을 자리가 늘 마땅치 않았는데 넓고 튼튼한 낮은 장은 원래가 그 쓸모였던 것처럼 잘 어울렸다.

할아버지의 좌식 책상도 꼭 맞는 자기 자리를 찾았다. 침대 옆벽에 놓고 잠깐 바닥에 앉아 손 메모를 할 때 쓴다. 작은 서랍에는 휴대전화 충전기와 노트를 넣어두고 위에는 초콜릿색 데스크 등을 놓았다.

가구가 모두 제자리를 잡고 빛도 생겼는데 한쪽 벽을 거의 차지하는 커다란 창이 좀 아쉬웠다. 오래전 사용하다가 넣어둔 리넨 커튼을 다시 꺼냈다. 길이가 긴 것이라서 수선이 필요했는데 한 장으로 하되 노렌暖簾처럼 가운데를 터서 걷어 올릴 수 있게 만들고 싶었다. 우리 동네 세탁소에는 수선의 신이 계시는데, 내가 상상 속의 무언가를 말해도 찰떡같이 알아듣고 그대로 만들어준다. 둘째 따님의 이름이 나와 같다며 늘 이름을 불러주시는 세탁소 아주머니는 이 작은 아파트에 이사와 가장 처음 사귄 친구이자 이웃이었다. 이번에도 아주머니께서는 내 마음에 꼭 드는 가리개로 넓은 리넨 커튼을 다듬어주셨다. 작은 침실의 창을 열면 바람이 불 때마다 트인 자락이 예쁘게 날렸다.

작은 손걸레로 바닥을 닦다가 문득 햇살이 들어오는 부부의 방을 바라보았다. 오래전부터 꿈꾸던 어떤 것이 아주 찬찬히 그렇지만 구체적으로 내 삶 안에 그려지고 있다는 생각이 들었다. 남편에게 리넨 커튼을 단 모습을 담아 사진을 보내주었던 날, 남편은 8년 만에 부부의 침실이 생겼다며 꽃을 사 들고 퇴근했다.

각자의 침실에 누워 잠을 자게 된 첫 밤, 아이들은 저희끼리 재미난 이야기를 나누는가 싶더니 금세 잠이 들었고 부부는 빈 벽에 고요한 영화를 비추어 놓고 아주 오래간만에 긴 이야기를 나누었다. 가장 친하게 사귀는 내 평생 친구와 하루를 정리하는 온전한 시간을 갖게 된 것은 침대 자리를 바꾸고 난 후의 가장 기쁜 변화였다.

엄마의 책상을 아이에게 물려주다

어느 날 책상다리가 부러져버렸다. 이사를 오면서부터 끄덕끄덕하며 안 그래도 힘없던 책상이 작은 녀석의 발차기 한 번에 영이별을 고하고 만 것이다. 다행히 아무도 다치지 않았지만 상판이 떨어지는 소리가 대단해서 많이 놀랐다. 내가 처음 이 책상을 사들였을 때 남편은 "책상다리 굵기가 네 손목만 한 데 얼마나 버티겠어?" 하며 영 탐탁잖은 표정을 지었다. 그 말이 맞았다. 처음부터 다리가 부실한 가구를 사는 것이 아니었구나 반성했지만 어쨌거나 어이없는 결론이었다. 계속해서 사진 작업도 하고 글도 써야 하니 새 책상이 필요했다. 이번에는 아주 튼튼한 것을 사겠다고 마음먹고 도톰하고 반듯하게 지어진 나무 테이블을 샀다. 2인용 식탁으로 나온 아이이지만 용도는 쓰는 사람의 마음이니까.

컴퓨터 모니터를 올려두고 작업을 하거나 책을 꺼내 읽으며 손 메모를 하기에도 꼭 알맞은 크기였다. 거실 한쪽 해가 잘 들고 바람이 오가는 곳에 자리를 잡고 남편과 아이들이 모두 출근하고 나면 이 책상에 앉아 많은 일을 했다.

책상의 대물림

큰아이가 장난감보다 연필로 노는 일이 더 많아지면서, 어느 순간부터 나보다 책상 앞에서 보내는 시간이 더 많아졌다. 제 몫의 동그란 어린이용 테이블이 있었지만 녀석은 꼭 엄마의 책상에 앉아 받아쓰기 연습을 하고 숙제를 했다. 그즈음 녀석이 푹 빠져 있는 놀이는 책을 만드는 것이었다. A4용지를 여러 장 겹치고 반으로 접어 책 모양을 만들었다. 그림을 그리고 이야기를 쓰고 때때로 이야기를 먼저 쓰고 그림을 덧붙여 그림책을 만들었다. 녀석에게도 자기만의 생각에 빠질 공간이 필요해졌다는 것을 알아챘다.

아이들의 방을 꾸려주기로 구상하면서 큰아이에게 어떤 책상을 사주면 좋을까 오래 고민했다. 높이 조절이 되는 것, 책장과 일체형인 것, 고급 수종으로 지어진 것, 알록달록한 색이 상상력을 키워준다는 것 등등 종류도 가격도 천차만별 가지각색이었다. 아이와 함께 가구점을 돌아보기도 하고 인터넷으로 검색도 수차례 해보여주었지만 어쩐지 녀석의 반응은 시큰둥했다. 물건을 사는 일은 재미있지만 한편으로 꽤 고단한 일이다. 아마도 실패를 하고 싶지 않은 마음 때문이었을 것이다. 고단한 외출이 몇 번 반복되던 어느 날 집에 돌아온 아이가 다시 엄마의 책상 앞에 앉아 그림을 그리고 책을 만들며 노는 모습을 보고는 답은 사실 가까이에 있었음을 깨달았다. 생각해 보면 책상의 주인은 이미 자연스럽게 바뀌어 있었는지도 모르겠다. 새로운 계절을 맞이한 큰아이에게 엄마의 책상을 물려주기로 마음먹었다.

아이들 방과 부부의 침실을 나누어 꾸리던 날 드디어 책상 대물림을 거행했다. 그저 아이들의 방 한쪽에 엄마의 책상을 옮겨준 것뿐이지만 내 마음만큼은 꽤 비장했다. 책상 앞에서 보내는 너의 시간을 나의 것처럼 존중한다는 의미를 담았다. 항상 문이 열려 있지만 방에 들어갈 때 노크를 하기로 약속한 것과 같은 맥락이었다. 늘 사용하던 것인데도 책상이 온전히 제 것이 되었다는 기분은 조금 특별했던 모양이다. 녀석은 내내 책상맡에 앉아서 시간을 보내며 좋아했다. 어느 날 스탠드를 켜고 책상 앞에서 턱을 괴고 앉은 녀석의 뒷모습이 꽤나 골똘한데, 한참이 지나 생각이 맺어졌는지 제 책상 한 귀퉁이에 무언가를 적었다. 나중에 살그머니 살펴보았더니 그 자리에는 큰아이의 이름을 적은 '재희의 연구실'이라고 쓰여 있었다.

나란히

어린 형제나 자매를 키우는 집이라면 이 문장에 공감할 것이다. 동생은 형을 (무조건) 따라 하고 싶어 한다. 큰아이가 책상에 앉아 그림을 그리기 시작하면 작은 녀석은 동그란 발뒤꿈치를 들고는 책상 귀퉁이에 매달려 고개를 빼 들고 구경을 했다. 그러다 종이를 한 장 구해다가 겨우 책상 귀퉁이 자리를 얻어 제 형을 따라 그림을 그렸다. 넓은 식탁에서 다 같이 그리자고 불러보기도 했지만, 여덟 살은 막 만들어진 자기의 연구실에 머무르고 싶고 다섯 살은 그런 제 형을 똑같이 따라 하고 싶을 뿐이었다. 형을 부러워하는 마음이 너무 짠하게 전해져 사실 조금 이른 것은 알고 있지만 다섯 살 작은 녀석에게도 꼭 같은 책상을 선물해 주기로 했다.

방의 한쪽 벽을 비우고 두 아이의 책상을 나란히 놓았다. 아이들은 좋아하는 물건들로 책상 앞을 꾸미고 시간이 날 때마다 의자에 앉아 그림을 그리고 만들기를 하며 재미나게도 놀았다. 한번은 "형아, 풀 좀 빌려줄래?", "응, 여기 있어." 국어 교과서에 나오는 지문 같은 대화를 나누는 아이들이 귀여워 웃다가 노는 모습을 가만히 들여다보았다. 녀석들은 책상에 나란히 앉아 자기들만의 사소한 규칙을 만들어가는 중이었다. 이를테면 물건을 나누어 갖고 각자의 이름을 적어 구분하기, 서로의 물건을 쓸 때는 허락을 구하고 소중히 대하기 같은 것들이었다. 작은 공간이지만 자기만의 책상이 생긴 아이들은 서로의 공간과 물건을 구분하고 소중히 여기는 법들을 자연스럽게 배워나가고 있었다.

책상은 내 안의 우주가 그려지는 최소한의 공간이다

내 최초의 책상은 친정 엄마의 화장대였다. 학교에서 돌아와 보니 안 쓰던 방 하나가 새 방으로 꾸며져 있었다. 잡동사니와 낡은 1인 소파가 들어 있던 이 방이 오늘부터 내 공부방이라고 했다. 커다란 반달 거울을 떼어낸 엄마의 화장대와 바퀴가 달린 네모 스툴이 창 앞에 단정히 놓여 있었다. 스툴 위에는 예쁜 방석도 함께였다. 초등학교 1학년이 된 어느 날 나는 근사한 책상을 선물 받게 된 것이다. 거울을 떼고 서랍을 깨끗하게 비운 엄마의 화장대는 그대로 훌륭한 책상이 되었다. 엄마는 종종 화장대 앞에 앉아 손 노트를 꺼내 들고 무언가를 쓰곤 하셨는데 어린 나의 눈에는 그 모습이 너무 예쁘고 부러웠다. 그래서 나도 숙제할 것이 생기면 꼭 화장대 앞에 앉았다. 연필을 잡은 손목이 스칠 때마다 고운 결이 느껴지는 좋은 가구였다. 내가 우리 큰아이의 마음을 읽은 것처럼 아마 엄마도 어린 내 마음을 다 읽으셨을 것이다.

책상 위에는 두 칸짜리 작은 나무 선반을 올려주셨는데 여기에 아까워 쓰지 못하는 색색 예쁜 지우개들과 빨강 체크무늬 지갑을 올려두었다. 내겐 너무 소중한 보물이었다. 서랍에는 작은 상자들을 넣어 칸을 나누고 선물 받은 연필과 작은 수첩들, 플라스틱 반지나 구슬들을 정리해 놓고 생각날 때마다 열어보며 좋아했다. 의자는 나중에 등받이가 있는 것으로 바꾸었지만 책상만큼은 중학생이 될 때까지 부족함 없이 썼다. 이 책상 앞에 앉아 그리고 쓰고 오리고 붙이며 무엇이든 만들었고 테이프 레코더를 가져다가 동화 테이프가 늘어지도록 듣고 또 책을 읽고 숙제를 했다.

큰아이에게 책상 물려준 일을 쓰다가 문득 잊고 있던 나의 어린 날들을 떠올렸다. 학교에 다녀온 나에게 새로 꾸린 방문을 열어주던 엄마의 얼굴과 "진짜 내 책상이야?" 하고 되물으며 좋아하던 어린 나의 얼굴이 옛 앨범을 펼쳐본 것처럼 생생히 그려졌다.

신혼집을 꾸릴 때 공간이 워낙 작아 화장대와 책상 중에 하나를 선택해야 했다. 당연히 나는 화장대를 포기하고 책상을 샀다. 책상은 내게 정말 중요한 가구였다. 신혼은 인생 가장 행복한 날들이었지만, 일을 놓은 채 연고도 벗도 없는 낯선 도시에서 보내는 일상은 한편으로 무료하고 쓸쓸하기도 했다. 이른 아침에 나서 밤이 늦어야 돌아오는 새신랑이 없는 종일, 많은 시간을 이 책상 앞에서 보냈다. 책을 읽고, 음악을 듣고, 사진의 색감을 매만지거나 긴 일기를 썼다. 그동안은 바빠서 잘하지 못했던 내가 정말 좋아하는 일들을 책상에 다시 꺼낸 것이다. 몇 번의 이사를 거치면서 자리만 바뀌었을 뿐, 책상은 나를 아내나 엄마가 아닌 온전한 나로서 즐거울 수 있도록 지켜준 고마운 공간이다. 아가가 낮잠에 빠진 짧은 시간, 모두가 잠든 밤, 이불을 살금살금 빠져나온 새벽, 거창한 무언가를 하는 것이 아니지만 내가 나를 위해 만든 그 시간은 너무나 소중했다.

그렇게 책상에서 보낸 시간은 너무나 감사하게도 소중한 일이 되어 나에게 되돌아왔다. 마우스를 똑딱이며 그려낸 그림과 폰트를 이리저리 옮겨 넣은 사진 편집이 누군가의 눈에 띄게 된 것. 그것이 기회가 되어 기업의 사보를 만들고 포스터 작업을 하고 로고를 디자인하는 일을 잠깐 하기도 했다. 또 성실하게 일기처럼 적어온 글을 감사하게도 알아봐 준 이가 있어 책으로 엮어내었다.

　나에게 그랬듯이 아이들에게도 책상에서 보내는 시간이 즐겁고 값지기를 바란다. 엄마에게 물려받은 책상 앞에 앉아 무언가에 골똘한 아이의 뒷모습을 보면 자기만의 이야기를 그려나가기 시작한 것 같아 기특한 마음이 든다. 나만의 책상을 갖게 된다는 것은 나의 우주를 짓고 다듬을 수 있는 공간이 생긴 것과 같다. 책을 펼치거나 거창한 공부를 하지 않아도 좋다. 그저 빨강머리 앤처럼 턱을 괴고 앉아 공상에 빠져 있어도 충분한 그런 공간 말이다. 책상 앞에서 좋아하는 것들을 하며 보낸 시간은 반드시 나에게 즐거운 에너지가 되어 되돌아올 것이라고 믿기 때문이다.

집에 쓰는 계절 일기

어렸을 때 어느 외국의 유명 인테리어 프로그램을 보다가 처음으로 데드 스페이스dead space라는 단어를 듣게 되었다. 직역하자면 죽은 공간이라는 뜻이다. 문을 여닫아야 해서 어쩔 수 없이 비워두어야 하는 방문 뒤, 침대처럼 면적이 넓고 들어낼 일이 거의 없는 가구들의 밑, 방의 구석같이 공간에서 거의 쓸 수 없는 부분을 말하는 단어였다. 이러한 집 안의 데드 스페이스를 잘만 활용하면 수납을 늘릴 수 있다는 취지의 방송이었는데 나는 내용보다는 그 단어가 내내 마음에 남았다. 공간의 주인은 나인데 주인도 영영 사용하지 못하고 '죽어 버리는' 공간이 있다니 어쩐지 서글픈 생각이 들었다.

　나는 조금 넓은 의미에서 데드 스페이스를 바라본다. 집 곳곳 우리가 사용하지 못하는 공간은 사실 꽤 많다. 사전에 나오는 예처럼 구조적인 데드 스페이스도 있지만 잘못된 가구 배치와 수납, 나

쁜 습관들이 쌓여 후천적으로 만들어진 것도 많다는 것을 깨닫는
다. 틀이 정해진 채 소비되는 아파트에 비정형인 나의 삶의 모양을
들여놓다 보면 아무렴 곳곳 데드 스페이스가 생길 수밖에 없을 것
이다. 조금 서글프고 어쩐지 억울하기까지 한 이 단어를 들은 후로
나는 집 안에서 보내는 시간과 공간의 쓸모에 대해 많은 것을 궁리
한다.

　　같은 모양의 아파트에 산다고 해서 일상도 같은 모양일 필요
는 없다. 가구를 꼭 그 자리에 놓아야 하는 것도 아니고 한 번 자리
를 잡았다고 해서 내내 그렇게 지낼 필요도 없다. 스페이스 킬러가
되는 대신 작게는 낮과 밤 동안, 크게는 네 개의 계절이 오가는 동
안 집의 곳곳을 아주 잘 사용하는 사람이 되고 싶다고 생각했다. 작
은 아파트는 계절이 오갈 때마다 그 시간을 행복하게 보낼 준비를
한다. 계절에 따라 집의 공간을 잘 활용하면 일상은 즐거운 놀이가
되곤 했다.

집의 사용기

봄과 가을의 베란다 식당

　　아침 창을 열어 베란다에 나갔다가 아파트 화단의 나뭇가지
끝에 여문 봉오리 하나가 하얀 꽃잎 자락을 숨기고 있는 것을 보았
다. 일을 마친 세탁기에서 빨래를 꺼내 나가보니 그 짧은 사이 신기

하게도 하얗고 보송보송한 꽃이 틔어 있었다. 따뜻한 해가 닿을 때마다 살구나무는 오후 내내 소리도 없이 팝콘을 튀겼다. 꽃이 보이는 베란다 창을 열어 놓고 의자 하나를 살그머니 가져다가 볕 쬐는 화분처럼 앉아 짧은 책을 읽었다. 순전히 꽃 때문이었다.

봄이 오면 작은 아파트는 참 예뻐진다. 무엇보다도 나무와 눈이 마주치는 2층 창가는 정말이지 너무나 근사하다. 도르르 말려 있던 연한 새잎이 봄볕을 쬐며 제 모양을 찾아가는 장면은 보고 또 보아도 신기하다. 막 돋아나온 새잎은 반짝반짝 윤이 난다. 얼마 전부터 보소소한 봄눈이 돋더니 얼굴을 막 내밀기 시작한 목련이 좋아서 자꾸 베란다에 나와 놀았다. 의자를 꺼내놓고 커피를 만들어 오니 아이들도 줄줄이 의자를 가져와 곁에 앉았다. 이런 날이면 봄맞이 베란다 식당을 열기에 충분하다.

거실과 베란다 사이의 창은 총 세 장인데, 세 장을 잇는 두 개의 잠금장치를 모두 열고 한쪽 끝으로 모두 밀면 폭의 절반까지 문이 열린다. 이렇게 해두면 거실과 베란다가 마치 연결된 느낌이 들고 시야가 트여서 춥지 않은 계절 동안은 창의 폭을 넓게 열어 쓴다. 이제 주방의 식탁을 베란다로 옮기고 스탠드 두 개를 가져다가 식탁 위에 하나, 오가지 않는 창 앞에도 하나, 이렇게 세워두면 식당 준비는 끝이다.

베란다 식당 오픈 첫날은 마침 봄비가 내렸다. 비가 오는 날 유독 지글지글 기름에 굽고 튀기는 음식이 당기는 이유는 빗소리와 기름 튀는 소리가 닮았기 때문이라고 한다. 남편이 우산을 받치고 나서 동네 정육점에서 삼겹살을 사 왔다. 아이들이 삼겹살 파티를 하느냐 물었다. 특별할 것 없는 이름인데 뒤에 파티를 붙이고 나면 기분이 들뜬다. 삼겹살을 바삭하게 구워 나누어 먹는 소박한 파티가 끝나고 나면 고기 구운 냄새를 지울 겸 초를 찾아 켜고 커피를 만든다. 창 곁에 앉아 있자면 산산한 꽃바람이 분다. 봄밤, 베란다 식당에서 마시는 커피 맛은 정말이지 최고다.

초가을 산산한 바람이 찾아들면 여름내 닫아두었던 베란다 식당을 다시 연다. 게를 좋아하는 남편은 따로 찬 없이 꽃게 찌개 하나만 잘 끓여놓아도 칭찬을 한다. 가을 찌개를 끓이려고 게를 배달시켰는데 어찌나 싱싱한 놈이 왔는지 녀석들이 들어 있는 봉지가 내내 꿈질거렸다. 집게발을 정교하게 움직여 봉지의 매듭을 풀고 기어 나오는 것은 아닐까 조마조마할 지경이었다. 멀찍이 선 채로 팔을 길게 뻗어 국자로 봉지를 툭 툭 쳐보기는 했지만, 그 이상으로 무엇을 해볼 용기는 도저히 안 났다. 맛에는 생물이 좋다지만 결국 봉지째 냉동실에 잠깐 넣어두는 것을 선택했다.

꽃게가 만 원어치. 큰 무 반쪽에 대파 한 단. 꽃게와 무의 앞에 '가을' 단어가 붙으면 그 맛이 참 달다. 냄비 바닥에 통통한 가을무를 깔고 된장을 풀어 넣고 바그르르 끓여 밑 국물을 만든다. 꽃게는 솔로 등딱지와 배딱지 구석구석을 꼼꼼히 닦아내야 한다. 배꼽을 뜯어내고 두 손으로 등과 배 쪽을 각각 나누어 잡고 두 엄지가 만났다 떨어지면서 사이를 힘 있게 가른다. 안쪽의 아가미를 깨끗이 제거하고 약하게 흐르는 물에서 안쪽도 씻어낸다. 가위로 대칭되는 반을 가르고 다시 그 반을 가르면 딱 먹기 좋은 크기가 된다. 무가 살강 익어가고 된장국이 팔팔 끓으면 잘 씻어 받쳐둔 꽃게를 넣는다. 게는 금방 익으니 이어 대파를 듬뿍 얹고 고춧가루를 한술 넣어 알큰하게 간하면 가을 찌개가 완성이다.

베란다에 식탁을 내어놓고 진짜 식당처럼 휴대용 버너를 가져다가 찌개를 천천히 달이며 먹는다. 남편이 게살을 발라 먹는 모습을 구경하는 것을 나는 참 좋아한다. 섬세한 구석이라고는 없는 사람이 예민하고 깔끔하게 살을 발라내느라 다른 때보다 아주 긴 식사를 하는 모습을 보면 신기하다는 생각이 든다. 한입도 크고 삼키는 속도도 빠른 남편은 두 공기를 먹어야 내가 한 공기 먹는 시간과 비슷하게 식사를 끝낸다. 그런 남편이 오로지 게를 먹을 때만큼은 모든 집중을 다 해 시간을 들인다. 고고학자가 옛 시간을 품은 돌조각 하나를 쥐고 털고 쓰다듬으며 각인된 역사를 발굴해 내는 모양이 그럴지도 모르겠다. 차가운 바다에서 집게발로 파도를 가르며 속살을 단단히 채워나갔을 이 가을 꽃게의 역사를.

설거지를 끝내고 잘 발라 먹고 쌓아 올린 게 총總을 버리러 밖으로 나섰다. 게를 끓여 먹은 냄새는 집 안에 꽤 오래 머문다. 짜고 단 냄새야 어쩔 수 없지만 기껏 잘 마른 그릇에서 다음날 엷은 비린내를 맡는 것은 반갑지 않아 설거지에도 공을 들인다. 게 껍질도 쌓아두지 않고 되도록 없던 일처럼 어서 비우는 것이 상책. 봉지에 도로 담긴 게는 더 이상 꿈질거리지 않는데 어디서 나타난 고양이 한 마리가 야옹야옹 내 곁(봉지 곁)을 따랐다.

　신혼살림을 준비할 때 부부는 침대를 사용하니 침대용 커버와 이불 세트만 있으면 되는 줄 알았다. 이불 가게 사장님도 친정 엄마도 그것 말고 손님용 이불이라는 것이 꼭 한 채 필요한 법이라고 성화를 해서 바닥 요와 누빔 이불, 베갯잇 두 장이 세트인 혼수 이불을 한 채 샀다. 옷장 중 칸막이가 없는 가운데 칸이 이불장인데 혼수 이불 한 채는 이 공간의 반을 꼭 채웠다. 신혼집에서 시작해 몇 번의 이사를 거치는 동안 집들이와 식사 초대로 다녀간 손님들은 꽤 되지만 이 손님용 이불에서 잠을 자고 간 적은 많지 않다.

　그러나, 중요한 말은 지금부터다. 그렇다고 해서 손님용 이불은 없어도 되는 물건은 절대 아니었다. 갑작스럽게 부모님이 오신다거나 어쩌다가 멀리 사는 친구가 하룻밤 묵어가게 되면 바로 오늘을 위해 기다렸다는 듯이 옷장을 열어 이 이불을 척 하고 꺼내 쓰게 되는 것이었다. 이불은 잇몸으로 대신 할 물건이 아닌 것이다. 이렇게 큰 물건은 갑자기 구하기도 어렵고 한 번 쓰자고 아무 때나 아무것이나 살 수 있는 품목도 아니다. 이것이 바로 횟수와 상관없이 꼭 필요한 물건이다.

　모두의 침실을 만들기 전에 작은 아가가 사용하던 바닥 요는 빅 쿠션이라는 이름으로 유행하던 도톰한 매트를 맞춤 제작한 것이다. 좌식 소파처럼 사용하는 물건인데 꽤 묵직하고 탄탄했다. 매트리스 대용으로 사용할 수 있도록 크기를 늘려준다는 설명을 듣고 냉큼 사들였다. 침대만 사용하던 내가 아가를 돌보느라 바닥 잠을 자기 시작하면서 무척 심한 허리 통증에 시달릴 때였다. 일반 바닥 요보다는 도톰해서 허리가 편안했고 매트리스보다는 높이가 낮으니 어린 아가가 사용하기에도 좋았다. 다만 한 가지 흠이 있다면 너무 무겁다는 것이었다. 이 매트가 배달되던 날 현관 밖에 짐을 진 택배 기사님은 찰진 험한 말을 신음처럼 뱉으며 벨을 눌렀다. 깜짝 놀라 문을 열었을 때 짐을 들쳐 엎은 그 모양을 보니 세상에 절로 죄송하다는 말이 나왔다. 압축 포장이 되었는데도 그 부피도 대단했지만 무게야말로 정말 대단한 것이었다.

　침대를 하나 더 들이고, 두 개의 킹사이즈 침대를 이어 붙여 모두를 위한 4인 가족 침실을 만들었다. 그 과정에서 침실에서 밀려난 이 패드는 거실에 두고 한동안 아가의 놀이 매트 혹은 낮잠 요로 썼다. 성인 한 명과 아가가 누울 수 있을 정도의 크기인데 작은 아파트의 거실에 늘 놓아두자니 갑갑했다. 침대와 소파가 있으니 매트리스 대용으로도 소파 대용으로도 쓸 이유가 없었다. 억지로 둘 이유도 없는 물건이 되어버리고 만 것이다.

　깨끗하게 짧은 기간 쓴 것이라서 누구 필요한 이에게 나누거나 그것도 아니라면 비우고 싶었다. 그런데 이 무게가! 발목을 잡았다. 실제로 가져가고 싶다고 하신 분도 있었지만 '운반이 가능하다면'이라는 전제를 해결하지 못했다. 보관마저 쉽지 않았다. 이 도톰한 패드는 접는 것도 어렵지만 어찌어찌 압축을 하는데 성공을 했다 하더라도 이미 절반이 차 있는 이불장에는 (눈으로 보아도) 절대 들어갈 리가 없었다. 이런저런 이유로 상대적으로 눈에 더 거슬리는 옷 방바닥에 옮겨 두고는 먼지가 쌓여가는 꼴을 모르는 척할 뿐이었다. 차일피일 거취, 혹은 존망의 결정을 미루다 보니 정말 애물단지가 따로 없는 지경이 되었다.

무더위와 폭염이 계속되던 어느 해 여름 설상가상 에어컨마저 고장이 나버린 일이 있었다. 선풍기 두 대에 의지해 맞창을 활짝 열어 놓고 거실 바닥에 네 마리 소금쟁이처럼 누워 잠을 잤다. 그런데 이 일을 아이들이 너무 즐거워하는 것이었다. 마치 캠핑이나 소풍을 온 것처럼 좋아하며 두고두고 이 일을 기억했다. 그래서 해마다 여름이 찾아오면 거실에 아이들 잠자리를 꾸려준다.

필요하지만 평소에는 쓸 일이 거의 없어 보관해 오던 손님용 이불과 비우기도 어려운 애물단지 매트를 차에 싣고 솜 타는 집을 찾아갔다. 예전에는 '이불 탑니다.', '솜 탑니다.'라고 적힌 가게가 많았던 것 같은데 막상 찾으려고 하니 잘 없었다. 한참을 검색하고 전화를 넣어 본 후에 우선 한번 가져와 보라는 가게를 겨우 찾았다. 요즘은 맞춤 이불을 제작하는 곳에서 일종의 서비스로 묵은 솜을 타서 넣어준다고 하는데(그마저도 많지 않다) 알아보니 맞춤 완제품을 주문하지 않으면 솜 타는 일은 해주지도 않을뿐더러 그 완제품의 가격이 또 만만치 않았다. 가진 것을 이용하자고 더 비싼 비용을 지불해야 한다면 내가 생각하는 가치의 저울이 편을 들어 줄 리 없다. 이 무거운 것을 이고 지고 찾아갔는데 가격이 맞지 않아 못하게 되면 안 되니 되도록 결론을 얘기하고 싶었지만, 내가 최종 가격을 물으면 "아무 솜이나 안타요." 하는 거절의 말이 되돌아왔다. 그 와중에 "우선 가져와 보세요."라는 말은 한 줄기 희망이었다.

도착한 곳은 솜 타는 기계와 어마어마한 솜먼지가 휘날리는 작은 공장이었다. 사장님은 쭈뼛거리는 우리에게 아무것도 묻지도 따지지도 않고는 이불 커버를 벗겨 내 날렵한 솜씨로 속통(겉 커버를 끼우기 전 솜을 감싸는 얇은 커버)을 북 하고 찢었다. 아니 안 한다면 어쩌시려고. 하는 마음으로 놀란 내 눈이 남편 것과 만나는 사이 "이 이불은 새 거네." 첫말을 하시고는 다음 타자인 매트를 보고는 "이건 솜이 아닌데." 하며 쯧쯧 혀를 차셨다. 그럴 리가 하는 마음으로 하시는 대로 두고 보니 세상에 솜은 그 안에 3분의 1 얇은 한 켜만 깔려 있고 나머지는 이름도 모를 스펀지 같은 것이 채워져 있었다. 아이고 이러니 무겁지. 그런 줄도 모르고 폭신한 솜을 꽉 채운 줄 알고 좋다며 지냈구나. 배신감과 속상함에 한숨을 푹 쉬었다. 이 화끈한 사장님은 그런 것에는 아랑곳없이 "계산은 아내에게."라는 말을 남기고는 홀연 사라지셨다. 좀 놀라긴 했지만 군더더기 없는 사장님의 솜씨에 어쨌거나 속이 다 시원했다. 솜을 타서 속통으로 옮겨주는 일까지만 해주시겠다고 했는데 바로 우리가 원하는 공정이었고 게다가 비용도 좋았다. 다만 그 이름도 모를 무거운 스펀지와 충전제를 폐기하는 비용이 좀 컸다.

언젠가 〈생활의 달인〉이라는 TV 프로그램에서 이불 솜 달인을 본 일이 있다. 묵은 이불의 솜을 타서 손과 기계를 이용해 수백 번의 빗질을 한다. 그렇게 하니 사이사이 공기를 불어 넣은 듯 납작해졌던 솜이 보소소 살아났다. 사용하며 뭉개졌던 부분의 결이 살아나고 잔 먼지가 털어지면서 누렇게 바랬던 색도 하얗게 다시 돌아온다. 어마어마한 솜먼지와 싸우며 솜의 결을 읽고 보듬을 수 있는 전문가(달인)만이 할 수 있는 일이었다.

쿨한 사장님의 공정은 직접 보지 못했지만 빗질이 다 끝나 깨끗한 속통을 입고 집으로 돌아온 새 솜은 정말이지 구름 같았다. 여기에 깨끗하게 세탁한 커버를 씌워 우리 집만의 폭닥한 요를 만들었다.

한여름 밤. 다시 거실 잠을 자는 계절이 돌아오면 남편과 아이들이 씻는 사이 바닥을 깨끗하게 닦고 여름 요를 편다. 까슬까슬한 아사면 패드 한 장을 요 위에 깔고 두 아이 베개와 나풀나풀 홑이불을 올려두면 여름밤, 거실 잠을 위한 준비가 끝이 난다. 맞창을 열고 폭닥한 여름 요 위에 누운 아이들은 금세 곤한 숨소리를 내며 잠이 들었다.

작은 집 바람길

여름이 다가오면 집을 조금 더 간결하게 만든다. 겹겹 붙여두었던 메모들은 떼고 장식도 줄인다. 봄에는 계절의 꽃을 집 안으로 들인다면, 여름의 집에는 바람을 들인다. 그러니 되도록 잔짐이 없이 비어 있는 편이 좋다. 책장에서 읽지 않는 책을 추려 비우는 것도 여름 초입에 하는 중요한 일이다. 책은 먼지가 가만히 쉬기 참좋은 장소다. 손길이 닿지 않는 것일수록 책 위로 잘 보이지도 않는 먼지가 두껍게 내려앉아 있다. 본격적으로 여름의 바람을 들이기 전에는 반드시 책의 먼지 터는 일을 한다. 책등을 잡고 낱장을 후두

루룩 털어내고 마른걸레로 닦는다.

거실 창을 큰 폭으로 밀어 열고 반대편의 주방 창을 열어두면 맞바람이 인다. 나는 이것을 '작은 집 바람길'이라고 부른다. 에어컨은 말할 것도 없고 선풍기도 별로 좋아하지 않는 나는 무더위가 찾아오기 전까지 이 바람길에 앉아 시원한 것을 만들어 마시며 쉰다. 본격적으로 차가운 음료가 마시고 싶어지면 냉동고를 정돈하고 보관해 두었던 얼음 트레이들을 꺼내 깨끗하게 닦는다. 모양과 크기가 다르다고 얼음의 맛이 달라질 리 없는데도 자꾸 모양이 다른 트레이를 사 모으게 된다. 왜 이렇게 얼음 트레이 욕심이 있을까. 이유를 곰곰 생각해 보니 그 소리가 미세하게 다르기 때문인 것 같다. 얼음을 가득 채운 컵에 음료를 부어 넣을 때 들리는 소리. 손톱만 한 작은 얼음이라면 다그랑 다그랑 맑은 종소리가 난다. 기다란 막대 얼음은 파자작 소리를 내며 균열을 만들다가 해에 고드름이 녹아 부러지듯 똑 깨져 물속으로 들어간다. 정석의 정육면체 얼음은 달강달강 안정감 있는 소리를 내며 뱅글뱅글 돌다가 천천히 녹는다.

차가운 커피를 만들어 먹고 뛰어노느라 땀을 흘린 아이들도 얼음 한 알 넣은 음료를 찾으면 냉장고에 달려 있는 트레이만 가지고는 그 양이 어림도 없었다. 본격 여름이 도래하면 도톰하고 넉넉한 통 하나를 얼음 박스로 만들어 쓴다. 일삼아 하면 하염없이 귀찮은 것이니 대개는 아침과 저녁 설거지가 끝나면 마치 설거지 안의 일련의 과정처럼 얼음 얼리는 일을 한다. 얼추 단단해졌겠다 싶을 즈음 냉장고 앞을 지나갈 일이 있을 때 무심히 얼음 박스에 탁 털어 옮긴다. 얼음 박스가 가득 찰수록 그렇게 든든할 수가 없다.

어느 날 오후 우연히 돌린 채널에서 영화 〈쥬만지〉가 방영되고 있었다. 젊은 로빈 윌리엄스와 어린 커스틴 던스트를 보니 왈칵 반가운 마음이 들었다. "와 정말 나 어렸을 적에 보던 그 영화네." 하고 중얼거리니 큰아이가 다가와 관심을 보였다.

영화를 보던 날은 늘 특별했던 것 같다. 어렸을 때 부모님과 어떤 놀이를 하며 놀았다 하는 기억은 희미한데 함께 영화를 보며 보냈던 시간은 또렷이 떠오른다. 작은 브라운관 TV 앞에 모여 앉아 보던 외화들. 줄거리도 그 안에 품은 뜻도 아주 나중이 되어서야 문득 '아!' 하고 깨치는 것이 대부분이었지만 엄마, 아빠 사이에 앉아 함께 영화를 보던 몽글몽글한 시간은 지금까지도 특별한 기억으로 남아 있다. 방으로 쏟아져 들어오던 햇볕과 한쪽에 놓아둔 엄마의 커피포트가 부르르 끓는 소리까지 함께. 나와 나의 부모님은 영화를 보며 사소한 교감을 나누고 어느 때보다 많은 이야기를 나누었다.

엄마는 겨우 초등학교 2학년이었던 나를 영화관에 데리고 가서 〈죽은 시인의 사회〉를 보여주셨다. 내용은 사실 거의 이해하지 못했지만 나를 둘러싼 수많은 어른들이 같은 장면에서 웃고 같은 장면에서 탄식하는 것이 신기해서 그것을 구경하는 것만으로도 충분히 재미있던 기억이 난다. 학생들이 책상을 밟고 올라서는 장면에서는 결국 참지 못하고 "엄마 저 사람들 왜 그러는 거야?" 하고 묻기는 했다. 대답 대신 엄마의 검지가 내 입을 다물렸고 영화관에서 나와 집에 돌아오는 길에 충분히 설명을 해주셨던 것 같지만, 그 의미를 제대로 깨친 것은 아주 오랜 시간이 흐른 후 내 힘으로 이 영화를 다시 찾아보았을 때다. 어쨌거나 그 날의 나는 (입이 다 물려진 채로) 잘 이해가 되지 않는 그 영화를 끝까지 다 보았다. 영화가 끝이 나자 나를 둘러싼 어른들은 모두 박수를 치기 시작했다. 엔딩 크레딧이 오를 때까지 박수는 끊이지 않았다. 잠깐 잦아드는가 하면 다른 쪽에서 새것 같은 박수가 다시 쏟아졌다. 아하, 영화가 끝이 나면 그렇게 인사를 하는 것이구나 하고 생각했는데, 나중에 할아버지와 사촌 언니와 함께 〈영구와 땡칠이〉를 보러 갔지만 영화가 끝나고 박수를 치는 사람은 아무도 없었다. 그 후 어른이 될 때까지 수없이 영화관에 가고 영화를 보았지만 마지막에 박수를 치는 것을 다시 본 일은 없다. 오로지 단 한 편, 〈죽은 시인의 사회〉가 끝난 후 나는 그 귀한 광경을 목격했다. 생각해 보면 그것은 내가 처음으로 영화관에서 본 영화이자 (비록 그 뜻은 뒤늦게 이해했지만) 다시 더 없을 나의 인생 영화였다. 〈쥬만지〉가 내게 특별한 것도 〈죽은 시인의 사회〉의 주연인 로빈 윌리엄스가 나오기 때문인지도 모르겠다. 내가 얼굴을 기억하게 된 첫 번째 배우였으니까.

TV 채널 몇 개가 전부였던 예전을 생각해 보면 지금은 영화만을 전문적으로 틀어주는 채널도 몇 개씩이나 된다. 꼭 영화관에 나서지 않더라도 집 안에서도 충분히 원하는 것을 골라 종일이라도 볼 수 있는 시대. 결국 나도 '라떼는'을 외치고 마는 것은 자꾸만 좋아지는 시대를 당연한 것으로 받아들이는 세대에 대한 질투인지도 모르겠다.

늦은 밤 심야 극장처럼 열어 보여주던 TV 속 더빙 외화들을 기다리며 들뜨던 나의 젊은 엄마와 아빠(생각해 보면 지금의 나보다도 어렸다). 무엇인지도 잘 모르면서 엄마, 아빠의 설렌 마음이 좋아서 또 설레던 나. 아빠는 광고를 하는 동안 슬쩍 밖으로 나섰다가 돌아와 찬바람 나는 외투 속에서 마술사처럼 맥주 한 병과 바닐라 아이스크림을 꺼냈다. 그러면 엄마는 커피포트를 데워 진한 커피를 끓이고 그 위에 바닐라 아이스크림을 듬뿍 퍼 올려 호록호록 맛있게도 비웠다. 나에게도 조금 나누어주셨는데 쌉쌀하고 뜨거운 커피와 차갑고 달콤한 아이스크림이 함께 입안으로 들어올 때 이것이 바로 근사한 어른의 맛이구나 하고 생각했다. 그때의 어린이는 아홉 시면 잠이 들어야 했지만 토요명화를 하는 날만큼은 늦게 깨어 있어도 크게 나무라지 않으셨다.

생각해 보면 어릴 적 내가 바라보던 어른들의 삶은 퍽 고되었다. 더 많이 참고 더 많이 일하고 그렇지만 더 조금 누렸고 그러면서도 부족한 줄도 잘 몰랐다. 그때의 아버지와 같은 나이가 되고 나서야 아버지의 낡은 수첩에 적혀 있던 고단한 삶의 기록들이 무슨 뜻이었는지 깨치게 되었다는 어느 가수의 노래 가사처럼, 나도 어른이 되고 또 엄마가 되고 나서야 깨닫는다. 고된 회사 일과 크고 버거운 살림과 육아를 마친 밤, 젊은 엄마와 아빠가 그 밤 토요명화에 기대어 누리던 그 소박한 행복이 어떤 의미였는지를.

시간이 허락하는 한여름 밤에는 영화를 보았다. 여름 해에 달궈진 공기가 밤이 되어도 식을 줄 모르면 기분은 마치 종이 같은 것이라서 그 덥고 눅눅한 밤공기를 빨아들이고 말았다. 퇴근한 남편이 시답지 않은 말장난이 오가는 예능을 틀어놓고 꾸벅꾸벅 졸다가, 진득진득 자꾸만 더운 살을 부비며 심심해하는 아이들에게 "그런데 오늘 아빠 피곤해." 카드를 내밀면 거절을 한 본인이나 거절을 당한 어린아이들이나 (이해는 무척 하지만) 그걸 바라보는 나까지도 마음이 좋지 않았다. 낮 동안 내내 아이들과 한 몸이었던 나 역시도 축 늘어진 눅눅한 마음을 부여잡고 더 어찌할 줄을 몰랐다.

"우리 그럼 다 같이 영화 한 편 볼까?" 하고 우연히 꺼낸 말에서 아주 시원한 바람이 날아들었다. 영화 속 슬로우 모션처럼 그 말이 모두의 앞 머리칼을 산뜻하게 날리며 순식간에 기분을 바꿨다. 그 날 이후 작은 아파트에서는 한여름 밤에는(또 지치는 날에는) 영화를 보는 작은 전통이 생기게 되었다.

그러던 어느 날 남편은 보여줄 것이 있다며 우리를 불러 모아 놓고 작은 상자를 내밀었다. 상자 속에는 손바닥만 한 기계가 들어 있었는데 바로 빔프로젝터라고 했다. 모두 "우아" 환호성을 질렀다. 이 작은 빔이 생긴 후 우리는 밤마다 영화관에 가는 것처럼 들떴다. 저녁 식탁을 물리고 나면 바삐 씻고(씻기고) 가장 편안한 차림이 되어 다시 만났다. 작은 프로젝터가 빈 벽이나 리넨 커튼 위에 비추는 상은 진짜 영화관처럼 또렷하지는 않지만 TV로 보는 것과는 그 느낌이 사뭇 다르다. 거실 벽 하나를 넓게 비우고 바닥에는 도톰한 여름 요를 깔았다. 잠옷으로 갈아입은 아이들이 요 위에 편안한 자세로 자리를 잡으면 집 안의 빛을 모두 지웠다. 남편이 두꺼운 책으로 빔의 높이를 맞춰 영화를 틀고 스피커를 연결해 소리를 키우고 나면 진짜 영화관에 들어온 것처럼 몰입하며 벽 위에 그려지는 그림을 따라 눈을 빛냈다. 때때로는 침실을 상영관으로 만들기도 했다. 리넨 커튼 한쪽이 스크린이 되고 눕거나 나란히 앉아도 좋은 넓은 침대가 우리의 전용 좌석이 되었다. 전자레인지에 넣고 3분만 돌리면 봉투가 풍선처럼 부풀어 오르면서 튀겨지는 종이봉투 팝콘을 미리 사두었다. 팝콘 풍선을 부풀리고 평소에는 별로 꺼내 쓸 일 없는 귀여운 캐릭터 물병을 꺼내 음료수를 담아냈더니 별 것 아닌데도 모두 열렬히 환호했다.

한여름 밤의 거실 영화관 첫 번째 상영작은 바로 그 영화 〈쥬만지〉였다. 신기하게도 거의 20년 만에 다음 편 〈쥬만지 2〉가 나왔다는 소식을 듣게 되었고(마치 우리를 위한 것만 같았다) 당연히 다음 상영작이 되었다. 내가 어릴 적 보았던 영화를 나의 아이들과 보는 기분은 아주 색다른 것이었다. 아이들과 눈을 맞추고 같은 부분에서 울고 웃으며 닮은 마음을 나누었다. 양푼 가득 팝콘을 끌어안고 궁금한 것은 언제든 엄마, 아빠에게 물어볼 수도 있는 영화관이다.

어릴 적 나의 젊은 엄마, 아빠가 그러셨던 것처럼 남편과 시원한 맥주와 바닐라 아이스크림을 나누어 먹었다. 그 소박한 행복이 그 지리하고 무더운 여름과 버거운 어깨를 견디게 해주는 힘이었다는 것을 이제야 진심으로 깨치게 되었다. 손바닥만 한 작은 빔프로젝터 하나가 우리에게 선물해 준 근사한 여름밤들.

장마를 즐기는 법

남편은 예전부터 '낭만돼지'라는 별명을 가지고 있는데 비 내리는 날을 무척 좋아하고 빗소리 듣기를 즐겨 내가 붙여준 별명이다. 어느 공간에 가든지 큰 창만 발견하면 비 오는 날 앉아 있으면 좋겠다고 말한다. 좋은 풍경을 보면 "비 오는 날 오면 더 멋지겠네."라고 하고 야외 수영장에 가면 비 맞으면서 수영을 하고 싶다고 한다. 뜨끈한 어묵탕을 끓이면 비가 오면 더 맛있겠다고 하며 비가 오면 먹고 싶은 음식도 많아지는 사람. 오래 그 별명을 불러주고 있다.

나도 물론 비 내리는 날을 좋아한다. "어머, 우리에게 닮은 점이 있네요." 하고 수줍게 웃던 그 여자와 그 남자는 부부가 되고도 시간이 아주 많이 흐른 뒤에야 그날 서로 다른 것을(그것도 아주 많이) 얘기하고 있었다는 사실을 깨닫고 만다. 남편은 비 내리는 날 조금 더 비 가까이 다가가는 것을 원하는 사람이었다. 맨 발등 위로 차가운 빗방울이 떨어지는 것을 좋아했고 빗소리를 더 가까이 들으려고 일부러 우산을 쓰고 장대비 속으로 산책을 나서는 사람이었다. 상황이 여의치 않으면 창을 열어 꼭 손바닥에라도 비를 맞았다. 나는 비 내리는 날의 고요하고 낮은 조도를 좋아하는 사람이다. 정확히 말하자면 비가 내린다는 날씨의 움직임보다는 비가 내릴 수도 있겠다는 정적을 즐긴다. 멀리 빗소리가 들리는 것과 촉촉한 습도도 비가 살짝 적시고 난 땅의 냄새도 좋아한다. 다만 비가 내리는 날은 나가고 싶지 않다.

그런데도 이 사실을 아주 뒤늦게 깨친 이유는 서로가 좋아하는 점이 녹아들어 있는(반대로 말하자면 서로가 싫어하는 부분이 없는) 우연한 데이트 덕분이었다. 비가 오는 날이면 그 여자와 그 남자는 뜨거운 커피를 사서 차를 타고 데이트를 나섰다. 차 천장에 떨어지는 빗방울 소리는 더 과장되어 들린다. 그걸 두고 우리는 '콩 볶는다.'라고 불렀다. 번화가를 벗어나 고요한 길에 정박한 차 안은 따뜻하고 아늑했다. 차창으로 간판의 빛이 빗물에 녹아 천천히 흘러내리는 것을 바라보면서 투두둑 콩 볶는 소리를 듣는 데이트는 꽤 근사했다. 남자는 빗소리를 실컷 들어 좋았고 여자는 비를 맞지 않고 아늑한 공간에 머무는 것이 좋았다.

부부가 한집에 살다 보면 (결국은) 서로 닮아 간다. 좋든 싫든 내가 해본 일 없는 다른 경험 안으로 자연스럽게 들어가게 된다. 지금까지 내가 했던 것과 다른 것을 듣게 되고 보게 되고 먹거나 읽게 된다. 그 과정에서 새로운 나를 발견하기도 한다. 잦게 배우고 때때로는 오랜 나쁜 습관을 비우게 되기도 한다. 닮아가는 동시에 더 자라나고 있는 것.

이제는 정확히 서로가 '비 오는 날'의 어느 부분을 좋아하는지를 알고 있지만 여자는 남자의 것을 남자는 여자의 것을 즐겨도 나쁘지 않다고 생각한다. 우연히 만들어진 콩 볶는 데이트가 교묘한 교집합 점을 그렸다면 지금은 교집합 원 자체가 젤리처럼 몽글몽글 유연하다.

늦여름 장마가 시작되면 식탁을 창가로 옮겨가서 종일 빗소리를 들으며 논다. 휴대용 버너에 라면을 끓여 먹으면 어쩐지 맛이 더 좋은 것 같다. 국물까지 깨끗하게 다 비우고 나면 주전자를 데워 뜨거운 커피와 코코아를 만들어 마셨다. 또 어느 날은 잘 익은 김치를 작게 썰어 넣고 반죽을 만들어 부침개를 부치기도 한다. 투두둑 떨어지는 빗소리와 부침개가 기름에 지글지글 익어가는 소리는 정말 닮았다. 버너 앞에 모여 앉아 남편이 프라이팬 손잡이를 휘둘러 부침을 후룩 뒤집는 것을 구경한다. 막 부쳐낸 부침개를 젓가락으로 찢어 스스 호호 집어먹으며 막걸리를 같이 곁들이면 어느 파전집이 부럽지 않다.

베란다에 저마다의 캠핑 의자를 꺼내놓고 각자의 책을 읽었다. 비가 오면 차분히 가라앉는 큰아이는 내가 작게 틀어둔 음악 소리에 귀를 기울이며 생각에 빠져 있는데 작은아이는 곧 흥미가 떨어졌는지 놀이터에 나가자고 꿀꿀꿀이다. 비가 와서 안 된다고 했더니 그것이라면 아무 문제 없다는 듯 우비를 입고 우산을 쓰면 된다며 허락도 떨어지기 전에 신이 났다. 그 말에 바로 남편이 흥흥흥 웃더니 자리를 털고 일어났다. 조금 고민하던 큰아이까지 남편은 두 아이를 데리고 비 산책을 나섰고, 나는 뜨거운 차 한 잔을 새로 만들어놓고 비를 맞출 겸 창틀에 식물들을 내어놓았다. 그러다가 문득 창밖으로 손바닥을 내밀어 보았다. 손바닥 위로 빗방울이 톡 하고 떨어진 순간 교집합의 젤리가 몽글하고 움직였다.

아이들이 자라며 살림도 변화를 맞는다. 작은 아파트에서 다섯 해를 함께한 2.5인용 소파는 눈길을 달려 온 새 주인에게 보냈다. 소파는 음악을 만드는 작은 작업실의 한 편에 놓일 거라고 한다. 정말로 필요한 사람에게 보내는 것이라서 서운한 마음이 조금 줄었다. 소파에 작은 아이들이 나란히 앉아 TV 만화에 푹 빠져 있는 모습이라든가 남편이 양옆에 아이들을 끌어안고 책을 읽어주던 모습들도 눈에 선하다. 작은아이가 이 자리에 앉아 졸음을 이기지 못하고 꿈뻑꿈뻑 조는 모습은 영상으로도 남겨두기도 했다. 정이 든 물건이라서 오래 고민했지만 결국 비우기로 마음먹는다.

아이들이 자랄수록 소파는 더 작아졌다. 물건의 크기는 그대로이고 사람이 자라는 것인데 사람이 아니라 물건이 자꾸만 작아지는 것처럼 느껴진다. 더 이상은 넷이 아니라 셋도 엉덩이를 붙이고 앉기 어려워지니 작은 아파트에서 저의 쓸모는 다 했다. 쓸모가 있는 채로 낡아 가는 것과 쓸모 자체가 줄어드는 것의 차이를 생각한다. 내게 아직도 소중하고 필요한 물건이라면 낡거나 헤지는 것은 괜찮다. 고치고 덧대어 보살피면서 쓰면 된다. 그런데 쓸모가 줄어드는 것은 좀 다른 문제다. 크기가 작아진 바지를 그냥 입을 수는 없는 일과 같다.

네 식구가 다 같이 앉을 수 있는 낙낙한 크기로 다리가 없이 평평하고 낮은 소파를 새로 들였다. 남편은 작은 거실에 부피가 큰 가구가 놓이는 것을 반대했지만 나에게는 그럴듯한 생각이 있었다. 그즈음 가로 폭이 넓고 높이가 낮은 책장을 들였다. 높이가 꼭 맞아떨어지지는 않더라도 키가 얼추 맞는 소파를 고른 것은 눈높이의 균형을 맞추기 위한 것이었다. 작은 거실에는 높은 것보다는 낮은 가구가 어울린다. 이렇게 하면 시선에도 여백이 생겨 공간이 더 넓게 느껴졌다. 책장-공간-소파의 배열로 거실 한쪽 벽에 낮은 책장을 세우고 사람이 앉을 만큼의 폭을 남긴 후 소파를 배열했다.

어렸을 때는 꼭 피아노 의자 밑에 들어가 놀았다. 담요를 끌어다가 의자에 덮어씌워 텐트처럼 드리우고 몰래 가져온 할아버지의 손전등을 켰다. 작지만 아주 아늑한 공간이었다. 뭐가 그렇게 좋은지 그 작은 공간에 동생과 무릎을 포개고 앉아 많은 시간을 보냈다. 가장 많이 한 놀이는 각각 사전을 하나씩 나누어 들고 단어의 뜻을 찾는 것이었다. 번갈아 가며 궁금한 단어를 말하면 각자의 사전에서 그 단어를 찾아 조금씩 다르게 적힌 뜻을 소리 내어 읽는다. 뭘 찾아볼까. 귀신, 방귀 같은 단어들은 뱉자마자 너무 웃겼다. 정말 있을까 싶은 그 단어들이 너무나 정제된 말로 반듯하게 풀이된 것을 찾으면 웃기다 못해 신기한 기분이 들었다. 먹고 싶은 음식의 이름과 주변의 사물들을 찾아보고 나면 마지막에는 별 달 해 바다처럼 사람보다 더 먼 시간 동안 그 자리를 지키고 있는 것들이 궁금해졌다. 사전 놀이가 시들해지면 작은 문고판 책을 쌓아 놓고 읽거나 직접 이야기를 지어 동생에게 들려주기도 했다.

소파와 책장 사이. 남편은 넓은 자리를 다 놔두고 이 기찻길 같은 틈을 왜 들어가는지 알 수 없다는 표정을 지었지만, 소파 등에 내 등을 기대고 앉아 책 몇 쪽을 읽는데 아, 너무 좋은 거다. 금세 이 공간의 재미를 알아차린 아이들은 나를 따라 나란히 자리를 잡고 앉아 책을 펴들었다. 우리 셋의 모양을 보고 홍홍 웃던 남편은 더는 뭐라는 말이 없었다. 매일매일 아이들은 이 틈 사이에 앉아 책을 읽는다. 아이들이 어디로 사라졌다 싶으면 그사이에 앉아 있었다. 낮고 옆으로 긴 책장과 등이 평평한 소파의 틈을 아지트라고 부르기로 했다. 책장 위에 올려놓은 작은 전등을 초처럼 켜 비추자 문득 피아노 의자에 담요를 덮어 만든 텐트가 떠올랐다.

온도나 소리 빛과 냄새가 유난히 좋았던 사소한 순간들을 조각보를 깁듯 이어 그리움이라는 이름으로 끌어안고 사는 것이 아닐까. 작은 아파트에서 보낸 계절들도 우리에게 그렇게 기억되겠지.

계절의 꾸밈

꽃을 산다

부부의 결혼기념일은 가을 초입인데 남편은 고맙게도 매해 내게 꽃을 사준다. 내가 가장 좋아하는 꽃은 작약이지만 가을이 철이 아닌 것을 잘 안다. 몇 해는 감사히 받았지만 구하기 힘든 줄 아니 이제 다른 것을 사주어도 괜찮다고 얘기했더랬다. 그런데도 남편은 좋아하는 것을 사주고 싶어 매년 어찌어찌 작약을 구해 돌아온다. 철이 아닌 때 비싼 꽃을 찾는 남편을 보며 단골 꽃집 언니도 참 애가 탔나 보다. 5월 로즈 데이에(이날에도 남편은 장미를 사주는데, 생각해 보니 나는 정말 좋은 남편과 살고 있다) 꽃집에 갔더니 지금이 바로 작약 철이라며 장미 대신 나 좋아하는 작약을 선물하라고 했단다. 남편은 작약을 들고 퇴근을 했고 덕분에 나는 내가 본 중 가장 아름다운 꽃다발을 받았다.

싱싱한 제철 과일을 사 먹는 것처럼 제철 아름다운 꽃을 집에 들이며 산다. 어느 계절에나 꽃은 곱지만 봄의 꽃은 유난하다. 꽃을 사 오면 큰 키를 자르지 않고 우선 그대로 본다. 손님에게 내기 전 다듬는 과정에서도 키를 잘라내지 않은 꽃이 있다면, 그 꽃은 농장에서부터 잘 키워 싱싱하게 데려왔다는 뜻이라고 꽃집 언니가 가르쳐 주었다. 그런 것을 집에 데려왔다고 내 꽃병에 맞춰 댕강 잘라내기는 어쩐지 미안한 생각이 든다. 삼천 원어치를 사도 오천 원어치를 사도 꽃집 언니는 내가 고른 꽃에 어울릴만한 초록 소재를 하나 골라 엮고 꼭 예쁜 리본을 매어 안겨준다. 별일 아닌 것 같지만 내 마음에도 예쁜 리본이 묶어져 꽃집 문을 나서 집으로 돌아오는 길의 모든 것들이 선물이 되는 기분이 든다. 어떻게 살아야 하는 고민이 들 때, 오늘의 나를 기쁘게 만들어주었던 사소한 일을 떠올려 본다. 나도 누군가에게 예쁜 리본을 매어줄 수 있는 사람이 되고 싶다고 생각한다.

기쁜 마음으로 데려온 꽃으로 봄의 집 안 곳곳을 꾸민다. 매일 매일 깨끗하고 차가운 새 물을 갈아주며 줄기의 끝을 조금씩 다듬는 아침의 일까지도 즐겁다. 꽃이 천천히 부피를 줄이기 시작하면 작은 것으로 병을 옮기고 한 곳에만 두지 않고 부지런히 자리도 바꿔가며 본다. 사소하지만 그래서 더 아름다운 일이다.

여름과 겨울이 문득 찾아온다면 봄과 가을은 서서히 다가온다. 특히 가을은 잘 들리지 않는 전주前奏처럼 긴 그림자를 드리우며 집 안에 천천히 스며들었다. 왕왕 돌던 선풍기가 슬그머니 멈추고 나면 더워 죽겠다던 마음이 간사하게도 팔랑 뒤집혔다. 은근슬쩍 바닥이 두꺼운 냄비를 꺼내 무언가를 뭉근히 달이고 싶어지기까지 했다.

집 안 구석구석 들러붙은 여름 먼지들을 닦는 동안 남편은 선풍기들을 닦아 창고에 들여놓고 동면에 들어갈 에어컨 필터를 터는 것으로 남은 여름을 정돈했다. 한여름 잠깐을 빼고는 내내 추위를 타는 나는 해가 없는 시간이 되면 벌써부터 어깨와 발가락이 시렸다. 서늘해진 바닥에 러그를 그리고 소파 팔걸이에는 얇은 담요 한 장을 가져다가 건다. 집 안에 가을이 찾아왔다는 뜻이다. 그런 날이면 이 계절에 대한 의식처럼 따뜻한 밀크티를 마시러 나선다. 커피 가게의 2층 창가 자리에 앉아 천천히 차를 비우고는 단골 꽃집에 들러 유칼립투스 한 단을 사 왔다. 한여름에는 특별한 일을 빼고는 꽃을 사지 않는다. 사람도 겪기 어려운 더위에 여린 고개를 꺾고 마는 꽃에 미안해서다. 꽃집에 다시 가고 싶어졌다는 것은 계절이 바뀌었다는 뜻이기도 하다.

가을의 화단 목은 그림 같다. 나뭇잎 한 장에도 색이 여러 가지 담기는 데 물감으로 정교히 흉내를 내려고 하면 오히려 거짓말 같아지고 만다. 진짜 자체가 거짓말처럼 아름답기 때문이다. 연두가 초록으로, 초록이 짙은 풀빛으로, 풀빛은 노랑으로 물들어 주홍으로, 주홍에서 다시 갈색빛으로 천천히 익어간다. 시간을 들여 나뭇잎을 줍는 수고만 한다면 가장 자연스러운 색상표를 만들 수 있을 정도다.

창이 액자가 되는 이 아름다운 계절에는 등지고 있던 소파를 돌려 창을 마주 본다. 매일매일 익어가는 가을을 구경하기 위해서다. 계절마다 가장 아늑한 자리를 궁리해 가구를 옮기고 눈이 머무는 자리를 바꾸는 일은 작은 아파트의 데드 스페이스를 줄이는 방법이다. 그 옛날부터 차경(借景)이라는 말이 있었다. 창을 통해 바깥의 경치를 빌려와 집 안에 들인다는 뜻이다. 시원하게 걷어 올린 긴 창으로 산의 능선을 이어본다거나 집 앞 개울의 윤슬을 들여 방안에서도 눈의 티를 닦아내는 한옥 창의 고귀한 아름다움을 설명하는 단어이지만, 소파에 앉아 가을 화단 목이 바람이 불 때마다 노랗게 반짝이며 일렁이는 모습을 바라볼 때마다 감히 차경이라는 단어를 쓰고 싶어진다. 도시 속의 이 작은 2층 아파트에서 작은 화단 목 하나로도 계절의 아름다움을 차경 할 수 있음에 정말 감사하다.

집안일을 하는 동안 영화를 노래처럼 가만히 틀어두기도 하는데 주로 대사를 외울 만큼 많이 보았고 또 좋아하는 영화들이다. 가을이 되면 좋아하는 영화를 틀어둔 것처럼 창을 본다. 일하다가도 문득, 책을 읽다가도 글을 쓰다가도, 어떤 날은 차가 식는 줄도 모르고 창 앞에 아주 오래 앉아 있곤 한다.

종이 물건과 겨울의 오너먼트

종이로 만든 예쁜 것을 보면 좋아서 어쩔 줄을 모르겠다. 엽서나 작은 카드는 귀여운 것을 발견할 때마다 여러 장 사 모은다. 성의 있게 만들어진 제품의 카탈로그나 디자인이 특별한 명함, 은은한 향이 담겨 있는 종이는 말할 것도 없고 새 물건 속에 들어 있는 빳빳한 태그를 보면 한참을 앞뒤로 돌려보고 매만지며 논다. 선물을 받으면 고운 포장지가 구겨지지 않게 살살 벗겨 갖는다(어떨 때는 내용물보다 더 좋아하기도 한다). 가끔 호두과자 봉지처럼 생긴 무지 봉투를 발견하면 좋아서 발이 동동거리는 것을 숨기며 산다. 가지각색의 종이 물건들은 한곳에 차곡차곡 모아둔다. 가장 오랜 시간 가장 많이 모은 것은 필름이 들어 있는 작은 상자였다. 처음에는 신발 상자에 모으는 것으로 시작했지만 나중에는 그 양이 어마어마하게 많아져서 눈물을 머금고 브랜드와 종류별로 딱 하나씩만 남기고 비우기도 했다. 내가 하는 모양을 무연히 바라보고 있던 등 뒤의 친정 엄마와 남편의 표정이 꼭 닮았다. 이 종이들을 모아서 도대체 무얼 하느냐 하는 근본적인 의문이 담긴 표정이다. 정해진 용도가 있다기보다는 한 번씩 열어 구경한다. 이 종이들을 넘겨다 보고 있으면 오래된 책이나 앨범을 보는 것과 비슷한 기분이 든다. 예쁜 카드들은 싱크대 밑에 붙이거나 선반 위에 기울여 세워둔다. 의외로 그림이 고운 엽서 한 장, 귀여운 일러스트가 담긴 메모지 한 장이 집 안의 세세한 분위기를 만든다. 선물을 포장할 일이 많은데 이럴 때도 참 든든하다. 무지 봉투를 활용해서 리본 하나만 잘 묶어도 훌륭한 포장이 된다. 빳빳하고 작은 종이에 구멍을 뚫어 즉석 태그를 만들면 포장 가게에 맡겼던 것처럼 특별한 포장을 할 수 있다. 선물 받을 사람을 생각하면서 엽서를 고르는 일도 참 즐겁다. 아주 아끼는 것을 보낼 때는 아쉬운 마음도 들지만 내 손 글씨와 마음이 담긴 채로 누군가의 집에 머무는 것도 행복한 일이라는 생각이 든다.

여전히 서랍 한 칸을 종이 물건들을 보관하는 장소로 쓴다. 예전만큼 거의 모든 태그와 명함을 다 모아두지는 않고 서랍 한 칸 이상의 양을 더 많이 늘리지 않겠다는 각오로 정말 마음에 드는 것만 정제해서 들이고 종종 마음이 덜 가는 것을 추려 비운다. 이 서랍 속에서 내가 가장 아끼는 종이 물건은 겨울이 되면 밖으로 나온다. 작은 아파트의 겨울은 이 종이 오너먼트를 꺼내면서 시작된다고 해도 틀리지 않다.

초등학교 운동회가 열리는 날이면 운동장 한쪽 옆으로 장사꾼들이 즐비했다. 빳빳한 전단지를 아이스크림 콘처럼 접어 다슬기를 담아주는 리어카가 가장 먼저 자리를 잡으면 그 옆으로 핫도그와 솜사탕, 응원 도구를 빙자한 온갖 조잡한 장난감을 파는 장사가 자리를 폈다. 그 장난감 노점 앞에 쪼그리고 앉아 현란하고도 조잡한 장난감을 구경하다가 마침내 집어 드는 것은 백 원짜리 주름 종이였다. 아이스크림 막대기 두 개 사이에 아코디언처럼 접힌 종이가 붙어 있는 노리개다. 무지개 색으로 물든 종이는 펼치면 공작새가 깃털을 다 펴고 선 것처럼 아름다웠고 막대를 이리 돌리고 저리 돌리며 새로운 모양을 빚으면 색의 조합이 또 바뀌었다. 그런데 안타깝게도 이 얇고도 조잡한 종이는 운동회가 다 끝나기도 전에 찢어져 버렸다. 그야말로 찰나의 황홀함이었다. 학생들을 재우치는 선생님의 목소리와 아이들의 함성과 틀어놓은 동요가 시끄럽던 운동장은 운동회가 끝나고 나자 갑자기 쓸쓸해졌다. 흙바닥을 처연하게 나뒹구는 찢어진 무지개들을 괜히 발로 차며 텅 빈 운동장을 가로질러 집으로 돌아갔다.

어른이 된 후 고급 문구를 파는 어느 가게에서 이 주름 종이를 발견하게 될 줄은 생각도 못 했다. 접으면 납작해졌다가 펼치면 오린 모양대로 입체가 되는 그 아름다움에 나는 다시 아이처럼 홀리고 말았다. 현란하고 조잡한 무지개 색이 아니라 은은하고 고운 색이 담긴 아름다운 물건이었다. 펼쳐서 작은 홈에 끼워 넣으면 크리스마스트리와 작은 은종이 되는 것 두 가지를 집으로 데려왔다. 얄따란 종이로 어떻게 이렇게 예쁜 물건을 만들 수 있을까. 감탄스럽다. 그 후로 작은 아파트에는 겨울이 찾아올 때마다 이 종이 모빌이 걸렸다. 가을에 유칼립투스 가지를 걸어두던 창가 커튼 봉에 달아두기도 하고 아이들 방문에 늘어트리거나 식탁 위 전등갓이나 스탠드 머리에 매달아 주기도 한다. 참 별것 아닌데도 이 종이 모빌이 달리고 나면 눈이 닿을 때마다 설레어 겨울이 온 것이 행복하게 느껴질 정도다. 모빌은 하도 여러 해를 사용하다 보니 모양을 잡아주는 작은 홈은 이미 닳아 뜯어지고 언젠가 바람에 엉켜버리는 통에 하는 수 없이 실을 잘라 길이가 짧아졌다. 하지만 괜찮다. 매년 투명 테이프를 작게 잘라 홈을 잇고 닳은 색실을 길게 이어 붙여 세심한 수선을 해서 쓴다. 새 제품을 한 개 더 사도 좋겠지만 겨울마다 테이프를 이어 붙였던 흔적이 남은 낡은 내 것이 좋다. 이 작은 아파트의 역사가 담겨가는 것이기 때문이다.

크리스마스가 다가오면 특별히 반짝이는 오너먼트를 꺼내둔다. 유리 공예를 하는 작가님께서 만들어 선물해 준 유리 새(납땜으로 틀을 잡고 자른 유리 조각들을 이은 것)와 작은 거울집(박공지붕의 작은 집, 사방이 거울이다)이 그것이다. 유리라는 가녀린 소재만이 낼 수 있는 유려함은 이 계절에 꼭 어울린다. 낮아진 겨울 해가 집 안쪽으로 깊숙하게 들어오기 시작하면 작은 오너먼트들은 눈부시게 반짝였다. 작지만 충만한 아름다움이다.

계절의 맛

봄날의 라비올리

반짝반짝 파스타 기계를 얼마 만에 꺼내는지. 반죽기만 꺼냈을 뿐인데도 아이들의 반응이 최고다. 엄마에게 이런 것도 있었냐 물으며 어서 만지고 싶어 아이들의 엉덩이가 들썩였다. 두 가지 맛의 라비올리를 만들기로 했다.

라비올리에 넣을 두 가지 맛 소를 준비한다. 미트볼과 새우 리코타 치즈. 토마토소스에 졸인 미트볼은 포크로 굵게 으깨고 자숙 새우는 올리브유에 살짝 볶아 씹히는 맛이 있는 정도로만 굵게 다지고 리코타 치즈를 섞는다. 후추, 소금으로 간하면 끝. 세몰라는 듀럼밀을 굵게 빻아 만든 가루다. 파스타를 만들기에 좋은 점성과 탄력을 가지고 있다. 당근에 들어 있다는 카로티노이드 색소가 많아 가루 자체가 연한 노란빛을 띤다. 가슬가슬한 세몰라에 달걀 두 알을 깨트려 넣는다. 손가락을 모아 달걀을 살살 휘젓다가 가루를 뭉치고 물을 조금씩 부어가며 매끈한 반죽을 만든다. 물 붓는 것은 작은아이가 했다. "한 번에 쏟으면 안 돼. 천천히 살살 조금씩 넣어줘."라는 주문에 맞추어 아주 진지하게, 병아리색이 된 반죽을 두 덩이로 만들어 하나씩 나누어주었다. 반죽을 만지는 아이들 얼굴에 순식간에 미소가 퍼졌다. 반죽을 조금만 잘라 파스타 기계를 닦는다. 종이처럼 얇은 반죽이 오가는 길은 손도 솔도 잘 들어가지 않아 아무리 깨끗하게 관리를 한다고 해도 안 닦이는 부분이 생긴다. 본격적으로 반죽을 밀기 전에 반죽에서 작은 한 덩이를 떼어 먼저 기계를 닦고 길을 들이는 용도로 쓴다. 넓게 펴가며 구석구석 밀어 닦아내고 이 반죽은 버린다.

재미있는 이야기지만, 나는 파스타를 정말 좋아해서 한때 파스타에 대한 내용을 나름대로 공부하고 정리해 블로그를 열었다. 그림판에 마우스를 똑딱여 그린 그림을 넣어 꽤 공을 들여 만든 블로그였다. 전문적인 지식도 없이 갑자기 시작한 파스타 블로그라니 지금 생각해 보면 대체 무슨 용기였던가 싶지만, 블로그 안의 가득한 허당미 때문이었는지 나름대로 인기도 있고 종종 피드백도 있어 즐겁게 운영했다.

중학생 때부터 용돈을 모아 재료를 사다가 만든 요리는 거의 빵에 관한 것이었다. 지금도 그렇지만 그때는 그렇게 빵이 만들고 싶었다. 조금만 더 일찍 엄마께서 오븐을 사주셨더라면 나의 인생은 달라졌을지도 모를 만큼 빵이 좋았다. 어렸을 때 엄마께서 만들어주시던 카스텔라를 흉내 내어 달걀과 밀가루를 가지고 전자레인지로 말도 안 되는 빵을 만들어 여동생에게 시식을 맡기는 일은 나의 큰 즐거움이었다. 뻑뻑하고 밀가루 냄새가 나는 세상 맛없는 빵을 군소리 없이 가장 많이 먹어준 것도 역시 동생이다. 심지어 동생은 맛있어했다. 그러다가 영화 〈시월애〉를 본 후로 나는 파스타에 빠지고 말았다. 영화의 내용도 좋지만 파스타를 만드는 장면이 유난히 좋았다. 고등학교 1학년 때 우리 동네에는 없는 스파게티 면을 사려고 옆 동네 큰 마트에 걸어갔던 날을 아직도 기억한다. 마트의 한 귀퉁이에서 찾는 이도 없이 먼지를 쓰고 누운 프레스코 스파게티 면과 병에 담긴 오뚜기 토마토소스를 발견하고는 가슴이 두근거렸던 그 날을. 그 후로 토마토에 십자 무늬를 넣고 삶아내 껍질을 벗기고 으깨가며 끓이면, 케첩 맛에 가까운 시판 토마토소스보다 훨씬 더 좋은 맛이 난다는 것을 깨쳤다. 오레가노와 바질을 넣으면 더 맛있어진다는 것도.

동생 말고 내 음식을 처음 맛보인 것은 고등학생 때 늘 붙어 지내던 단짝 친구였다. 친구는 부모님이 맞벌이를 하셔서 집이 비어 있는 날이 많았는데, 내가 파스타 이야기를 했더니 자기도 한 번 해줄 수 있느냐 물었다. 안 해줄 이유가 없었다. 재료를 잔뜩 사 들고 친구 집으로 가서 신이 나서 스파게티를 만들었다. 친구는 아주 맛있게 먹었다. 그 후로 좋은 파스타 집이 생기면 가서 먹어보고 그 맛을 기억했다가 흉내 내보기도 하고 친구들을 불러 만들어주기도 했다. 대학 때 친구들이 집에 놀러 온 날은 삶은 토마토를 으깨 즉석에서 소스를 만들어 스파게티를 대접했다. 친구들이 먹어보고는 "이거 리꼬네에서 먹은 맛인데?" 했다. 리꼬네는 내가 사는 그 작은 도시에서 내가 아는 한 가장 비싼 파스타를 파는 이탈리안 레스토랑이었다. 얼마나 기뻤는지 하던 전공이 다 무슨 소용인가 이탈리안 아카데미에 들어가 파스타 요리사가 되어야겠다고 잠깐 생각했다. 라비올리는 맛있는 토마토소스를 만들게 된 후 도전해 보았다. 영화인지 다큐멘터리였는지 그도 아니면 여행 프로그램이었는지도 모르겠다. 어느 날, TV에서 유럽의 한 시골집 할머니 한 분이 라비올리를 빚는 장면을 보고는 반해 버리고 말았다. 그것을 따라 하겠다고 토마토소스를 끓여놓고 열심히 반죽을 밀었다. 잘하겠다고 반죽을 얼마나 주물렀는지 그 찰기가 대단했다. 그것으로 수제비를 끓였다면 쫀득쫀득 맛있었을 텐데. 내가 만들고 싶은 것은 피가 얄팍한 라비올리니 제대로 되었을 리가 없다. 아무리 밀대로 밀어도 쫀-득하고 제자리로 돌아오는 밀가루 반죽의 위대한 탱탱함이란. 아버지께서 나서 반죽을 밀어주셨는데도 결국 망하고 말았다. 내가 너무 실망하니 소는 맛있다며 식구들이 위로를 해주었다.

십여 년 전에 이 파스타 기계를 발견하고 얼마나 가슴이 뛰었는지 모른다. 드디어 집에서도 생면을 만들어 먹을 수 있겠구나! 기뻤다. 가슬가슬한 세몰라를 구할 수 있게 된 날의 기쁨도 이루 말할 수 없다. 신혼집에서는 종종 파스타 기계를 꺼내놓고 생면을 뽑아 남편과 파스타를 만들어 먹었다. 아이들이 많이 어린 동안은 손 많이 가고 시간을 많이 쓰는 요리에서 잠시 멀어진다. 다시 파스타 기계를 꺼내볼까 마음이 먹어진 것은 계절이 다시 돌아오고 있다는 뜻일 테다.

반죽은 한 번에 완성하지 않고 밀고 접어 다시 미는 것을 반복한다. 이렇게 하면 매끈하고 평평한 반죽을 얻을 수 있다. 원하는 넓이의 매끈한 생지가 만들어지면 세몰라 가루를 뿌린 도마에 올린다. 나는 피가 얇은 편이 좋아서 밀대로 조금 더 얇게 밀어주었다. 얇게 편 생지 위에 간격을 두고 소를 조금씩 올린다. 그 위에 또 한 장의 얇게 편 생지를 덮는다. 잘 붙이기 위해 물을 조금 바르기도 한다. 이제 손으로 하트를 만들 때처럼 두 손을 모아 오므린다. 소가 있는 부분을 감싸는 느낌으로 두 생지가 잘 붙도록 새끼손가락의 옆면으로 꾹꾹 눌러준다. 기포가 생기지 않도록 잘 눌러주어야 삶을 때 터지지 않는다. 이제 낱개로 잘라낸다. 누가 그러자 한 것도 아닌데 어느 순간 살뜰히 일을 나누어 한다. 남편과 작은 아이는 반죽을 밀고 나는 소를 넣어 누르고 큰아이는 포크로 모양을 낸다.

자르면 지그재그 모양이 나는 라비올리 전용 커터를 이용해도 좋고 동그란 피자 커터로 잘라도 좋지만 나는 역시 포크로 꾹꾹 눌러 투박한 무늬를 내며 자르는 것이 좋다. 같은 반죽에 같은 소인데도 새댁이 어여쁘게 빚어 놓은 것보다 쥐고 꼭 눌러 손자국이 그대로 남은 할머니 송편이 제일 맛있는 이유와 통하는 것이 아닐까. 반죽이 많이 남았다면 내 마음대로 모양을 내 숏 파스타를 만든다. 모양내는 기구가 없으면 어떠랴, 작은 네모로 잘라 대각선 모서리를 꾹 누르기만 해도 된다. 작은 아파트만의 파스타는 이렇게 만든 귀여운 편지 모양이다.

물에 소금을 넣어 짭짤한 면수를 끓인다. 물이 팔팔 끓으면 라비올리와 숏 파스타가 서로 붙지 않도록 가만히 저어가며 삶는다. 라비올리가 동동 떠오르면 다 된 것. 건져 물기를 빼고 올리브유에 마늘과 페페론치노를 볶아 향과 맛이 우러나면 건져둔 것을 넣어 빠르게 볶아낸다. 소금, 후추로 간하고 마지막에 올리브유를 한 번 더 둘러 내면 완성. 레몬과 파르미지아노 레지아노 치즈를 곁들여 먹기도 한다.

반짝반짝 파스타 기계를 꺼내놓고 병아리색 세몰라 가루를 포슬포슬 날리며 라비올리와 생면을 만들어 먹는 일은 봄이 찾아오면 꼭 하고 싶어지는 즐거운 이벤트가 되었다.

솥 밥과 차 말이 밥 그리고 토마토

여름의 음식들은 되도록 간결하게 하려고 노력한다. 조리법을 간단하게 줄이고 불 앞에 서 있는 시간도 최소한으로 한다. 우리 집 여름 식탁에는 단품 솥 밥이 자주 오른다. 영양가 있고 맛도 좋은 여러 재료를 올려 밥을 짓고 그 밥에 잘 어울리는 양념장만 만들어 곁들인다. 가자미 솥 밥은 여름날 꼭 해 먹는 음식이다. 불린 쌀에 연한 간장으로 향을 입히고 다시마 한 쪽을 위에 올려 밥을 하면 감칠맛이 돈다. 그 사이 가자미를 굽는다. 엑스 자 무늬로 칼집을 넣은 가자미는 기름을 두른 팬에서 앞뒤로 노릇노릇 굽는다. 밥솥의 김이 오르기 시작하면 밥 위에 구운 가자미를 올리고 뚜껑을 덮는다. 약한 불에서 천천히 뜸을 들이며 익힌다. 쪽파를 쫑쫑쫑 썰어 올려도 좋다. 밥에 은은한 간이 되어 있지만 따로 양념장을 만들어 곁들인다. 간장과 식초에 마늘 다짐을 조금 넣고 깨를 갈아 넣으면 너무 간단하게 맛있는 초간장이 된다. 쪽파나 양파를 조금 다져 넣어도 좋고 식초 대신 레몬즙을 짜 넣어도 산뜻한 맛이 난다. 솥째 식탁에 올리고 김이 폴폴 새어 나오는 뚜껑을 열어 밥 위에 예쁘게 누워 있는 가자미를 보여주는 것부터가 식사의 시작이다. 주걱을 세워 밥을 설설설 섞고 가자미 살을 발라 넉넉한 그릇에 퍼 담는다. 생선 살을 으깨가며 초간장에 비벼 먹는 그 맛이라니.

여름이 무르익으면 저녁이 다 되었는데도 낮 동안 내내 달궈진 땅의 온도가 식을 줄 몰랐다. 그런 날에는 창만 열어도 더운 열기가 훅하고 끼쳐 든다. 밥을 짓고 국을 삶고 뭐라도 볶겠다고 하면 가스레인지의 3구가 부족할 때도 있다. 에어컨은 내내 윙윙 돌아가지만 불을 켜는 순간 집 안의 온도는 더 빠르게 올라 오히려 밖보다 못해진다. 땀범벅이 되어 기진맥진 상을 차리다 보면 이건 도대체 무엇을 위한 수고인가 싶어진다.

너무 더운 날에는 차 말이 밥을 한다. 명란이나 낙지 젓갈, 통통한 새우 육젓을 꺼내 작은 종지에 조금씩 예쁘게 담는다. 참기름과 깨소금을 얹고 부부가 먹을 자리에는 청양고추를 조금 다져 올리기도 한다. 차 말이 밥을 해야겠다는 생각이 들면 낮에 미리 차를 우려둔다. 더운물에 우리는 것은 금방이지만 냉침을 하면 아무래도 우러나오는 시간이 더디다. 커다란 찻주전자에 차를 조금 넣고 찬물을 부어 1~2시간 정도 냉장고에 넣어두면 된다. 넉넉한 그릇에 갓 지은 밥을 담고 차가운 차를 부어 짭짤한 젓갈과 함께 먹는다. 뜨거운 밥과 차가운 차가 만나면 입안에서 두 온도가 오묘하게 느껴져 재미있다. 담백한 차와 짭짤하고 골콤한 찬의 만남은 여름 더위에 지친 입맛을 제자리로 돌려주었다.

　　여름은 사실 토마토의 계절이다. 지금은 사시사철 언제나 먹을 수 있어 토마토를 일년감이라고 부르기도 한다지만. 잘 익은 토마토 냄새를 맡으면 나는 아직도 어린 시절의 어느 여름날로 돌아가곤 한다. 토마토를 키우는 농장에 가본 일이 있다. 어린 내 키 높이까지 튼튼하게 줄기를 키워 주렁주렁 열매를 매단 풍경은 지금도 눈을 감으면 그대로 떠오른다. 그보다도 온실 안에 들어서자마자 진동을 하던 어마어마한 토마토 향기를 잊을 수가 없다. 토마토는 신기하게도 줄기와 잎에서도 열매와 같은 냄새가 난다. 오히려 열매보다 더 진하고 강렬한 그 싱싱한 풋내에 아찔할 지경이다. 안 그래도 무더운 날, 토마토 온실 속은 무언가를 은근한 불에서 달달달 오래 삶는 것 같은 온도였다. 줄기에서 막 딴 토마토는 온실 속 온도를 닮았다. 냉장고에 넣었다가 차갑게 먹는 토마토도 물론 맛있지만, 가만히 있어도 땀이 찌걱찌걱 묻어나오는 온실 속에서 맛본 따뜻한 토마토에서는 여름날의 해 냄새가 났다. 차가운 것이 아닌데도 목 안이 시원해지면서 갈증이 사라졌다.

토마토를 먹으면 나는 열심히 산 것 같은 기분이 든다. 고기를 먹은 것보다 더 산뜻하고 씩씩한 기운이 난다. 아마도 여름날의 해 냄새를 담고 있기 때문이겠지. 괜히 지치는 여름날에는 신발 끈을 탄탄히 동여매고 동네 과일 가게에 가서 토마토를 한 꾸러미 사 온다. 냉장고에 넣기 전에 우선 그대로 한 입을 베어 문다.

작은 아파트에서는 여름 내내 토마토 요리들을 만들어 먹는다. 믹서가 아니라 강판에 득득 갈아 소금, 후추만 살짝 뿌려 숟가락으로 떠먹는 초 간단 수프를 만든다. 껍질이 단단한 것을 사게 되면 속을 파내 그릇처럼 만들고 파낸 속과 베이컨 양파를 넣어 볶아낸 밥을 듬뿍 담아 위에 치즈를 올려 오븐에 구워 먹는다. 속은 다 익은 것이니 토마토 그릇이 너무 무르지 않을 정도로만 구워내 한 개씩 차지하고 먹는다. 무르기 시작한 것이나 조금 비뚤한 것은 껍질을 벗겨 마리네이드했다가 냉장고에서 차갑게 식혀 먹는다.

수프와 만두

수프 책이 읽고 싶어지면 진짜 겨울이 되었구나 싶다. 잠이 일찍 깬 새벽에는 책장에서 수프 책을 꺼내다가 아직 온기가 남아 있는 이불 속에 도로 폭닥 들어가 낱말들로 뜨끈뜨끈한 상상 수프를 끓여 먹는다.

　겨울 수프의 첫 번째 재료로는 닭고기를 고른다. 닭고기 육수
만 넉넉히 만들어 두어도 할 수 있는 음식이 많아지기 때문이다. 수
프를 조금 더 맛있게 먹고 싶어서 날씨가 더 쌀쌀해지기를 기다린
다. 쨍하게 코가 시린 날 맛보는 김이 모락모락 나는 뜨거운 수프의
맛은 다른 어느 계절의 것에 비할 수 없다. 커다란 냄비에 닭다리와
셀러리, 양파를 넣고 오래 끓이는 것부터 시작한다. 뭉그러진 채소
는 건져내고 닭다리는 먹기 좋게 살을 바른다. 담백하고 맑은 닭 육
수가 만들어지면 그다음은 쉽다. 작은 냄비에 숏 파스타와 작게 깍
둑썰기한 감자나 당근, 양파 같은 채소를 넣고 육수를 부어 바그르
르 끓이다가 먹기 좋게 바른 닭고기를 올린다. 여기에 소금, 후추로
간을 하면 완성이다. 한 그릇 듬뿍 퍼 담아 커다란 스푼으로 후후
불어가며 떠먹으면 겨울이 든든하다. 영화 속 주인공들은 감기에
걸리면 꼭 치킨 수프를 마셨다. 담요를 푹 뒤집어쓰고는 찬 코를 훌
쩍여가며 후룩 떠넘긴 수프 한 모금에 이제 좀 살겠다는 표정을 짓
곤 했는데 맑지만 깊고 뜨거운 국물이 속으로 넘어갈 때 하-아 절
로 좋아 앓는 소리가 났다. 직접 만든 수프를 맛보고 난 후로는 그
느낌이 무엇인지 너무 알 것 같아 영화 속에 그 장면이 나오면 주인
공의 표정을 따라 하게 된다.

　큰아이는 한 번씩 만두가 먹고 싶다는 이야기를 한다. 날씨가
갑자기 추워지면 곧잘 배앓이를 하는데 이것만은 닮지 않았으면
하는 내 모습이라서 늘 미안하다. 녀석은 배앓이가 끝나고 속이 헛
헛한 마음이 들면 많은 음식 중에서 따뜻한 만둣국이 생각난다고

했다. 냉동실에 떡과 함께 늘 상비하고 평소에도 참 흔히 먹는 것이지만 이렇게 직접 '만두'라고 말하는 것은 '빚어서'라는 수식이 생략된 단어다. 점점 좋아하는 음식의 폭이 넓어지고 있어 다행이지만, 예전에는 고기는 고기라서 싫고 그렇다고 채소도 썩 즐기지 않고 익숙한 것만 찾던 입 짧은 아이가 바로 우리 큰 녀석이었다. 고기와 채소를 두루 잘 먹이고 싶어 생각해 낸 음식이 만두였는데 직접 빚어보면 낯선 마음이 줄어들까 싶어 놀이처럼 만두를 종종 만들어 먹었다. 그 후로 큰아이는 '만두'와 '만두를 빚어 먹는 저녁'을 좋아하게 되었다.

김치만큼이나 집집마다 만드는 법도 세세한 맛도 다른 것이 만두인데, 우리 집 만두는 '채소야 꼭꼭 숨어라.'라는 특명을 받은 약식 만두다. 재료도 간소화했지만 어지간한 재료는 아주 잘게 다지거나 아예 곱게 갈아서 숨겨버린다. 소에 들어가는 마늘과 양파, 대파의 하얀 부분은 믹서로 곱게 갈아서 고기와 잘 섞는다. 여기에 생강 청을 반 술만 넣으면 고기 비린 냄새를 잡으면서 은은한 단맛과 향이 나고 풍미가 좋아진다. 그냥 보기에는 고기만 있는 것 같지만 사실 필요한 향신 채소는 다 넣은 셈이다. 당근이나 호박, 고추처럼 색 있는 채소를 쓰지 못한다고 해서 아작아작한 맛을 포기할 수는 없으니 숙주를 넣는다. 물에 데쳐 물기를 꼭 짜고 잘게 쫑쫑 썰어 아작아작 씹는 맛을 더한다. 고기만 들면 뻑뻑하니 물기를 꼭 짠 두부를 칼을 뉘어가며 으깨 넣고 마지막으로 후추와 소금, 간장, 여기에 참기름 한 술을 더 해 간을 하면 소가 완성된다. 잘 어우러지도록 주물러가며 치대고 얇은 피를 사서 식탁에 다 같이 모여 앉아 만두를 빚는다. 작은 종지에 물을 담아주면 소를 넣은 피를 오므릴 때 검지로 물을 찍어 풀처럼 바른다. 커다란 접시에 아이들 손 크기의 모양도 다양한 귀여운 만두들이 쌓이면 기분 좋게 허기가 밀려든다.

닭 육수를 넉넉히 끓여두면 이럴 때 참 요긴하게 쓴다. 멸치나 사골을 우린 육수에도 좋지만 맑은 닭 육수에 넣어 끓인 만둣국도 정말 맛이 좋다. 딱 한 가지 다르게 한다면 이 만둣국에는 쯔유를 크게 한 술 넣는다는 것. 한 그릇 가득 담아준 만둣국을 맛있게도 비운 아이는 이제 배가 하나도 아프지 않다고 다 나았다고 얘기해준다. 동서양을 막론하고 예로부터 엄마들은 닭을 삶은 국물 요리로 앓는 가족의 속을 든든히 채워주곤 했다. 조금 아픈 날 또 위로가 필요한 날에 먹으면 어쩐지 마음이 푹 놓이는 그런 맛. 그래서 그 앞에 '내 영혼의'라는 수식이 붙곤 하는 모양이다.

크림을 넣은 수프를 먹으면 겨울의 한가운데 그 추운 곳으로 걸어 들어가도 거뜬할 것 같다. 약한 불에서 오래 끓이는 음식을 할 때는 불 앞을 지키는 무료함을 책을 읽는 것으로 달랜다. 읽다가 잠깐 엎어놓은 책은 프랑스 알자스Alsace 지방에 대한 이야기다. 이따금 책을 내려놓고 수프가 눌어붙지 않도록 냄비 바닥을 나무 숟가락으로 휘저으면서 그 페이지 속으로 걸어 들어가 무릎까지 쌓인 눈을 푹푹 패면서 걷고 싶다고 생각했다. 한참을 걷다가 목도리 밖으로 내놓은 코가 시큰하게 시려질 무렵에는 시장 노전에 서서 잔 가득 퍼 담아주는 뜨거운 와인을 호호 불며 마셔야지 하는 공상을 한다.

오늘 아침은 유난히 쌀쌀해서 눈을 뜨자마자 감자 수프를 끓였다. 감자는 바구니나 종이가방을 접어 만든 상자에 담아 다용도실 실온에서 보관한다. 어디선가 감자를 냉장고에 넣으면 암을 유발하는 물질이 나온다는 이야기를 들은 후부터는 반드시 그렇게 하고 있다. 닭볶음탕과 된장찌개를 자주 하는 집에서 감자는 늘 두고 먹는 재료이지만 살뜰히 보살핀다고 하는데도 잠깐만 놓치면 어느새 묵히게 되어서 무르거나 싹이 트는 것이 나온다. 감자 바구니를 꺼내놓고 쓸 만한 것들을 추린다. 묵혀서 겉이 쭈글쭈글해진 것이나 싹이 틀까 말까 하는 것은 두껍게 껍질을 깎고 상한 곳을 도려내면 수프용으로는 괜찮다. 수프를 끓이겠다고 일부러 재료를 사기보다는 집에 남은 자투리 채소들을 이용하려고 한다. 감자와 양파, 마늘 한 쪽을 넣고 크림을 넣어 뭉근히 끓인 수프. 소박한 재료들만으로 든든한 것을 만들면 기분이 정말 좋다.

다시 엎어두었던 책을 펼쳐 알자스로 걸어 들어 간다. 오래 그 마을을 지켜온 빵집 문을 씩씩하게 밀고 들어가 단단하고 담백한 빵 하나를 골라온다. 예쁘게 썰지 않고 손으로 투박하게 뜯어낸 빵 한 조각을 뜨거운 수프에 적셔 먹는다. 파스타 집의 가장 맛있는 파스타는 낮 동안 면을 수없이 삶아 면수가 진하다 못해 되직해졌을 때 마지막으로 삶아 낸 것이라고 한다. 오후 내내 먹을 사람이 있을 때마다 한 번씩 새로 데우느라 걸쭉하고 간간해진 수프. 가장 맛있는 수프는 사실 지금일지도. 퇴근이 늦은 남편에게 그 가장 맛있는 수프를 덜어 빵과 함께 곁들여 냈다.

크림은 우유보다 빨리 상하고 유통기한도 짧다. 늘 사두는 재료가 아니다 보니 수프를 끓이고도 남으면 냉장고에 머물다가 버리게 되는 일이 많았다. 살뜰하게 끝까지 다 먹을 방법이 무얼까 궁리하다가 이 레시피를 배우게 되었다. 오븐에서 중탕으로 익혀내는 크림을 넣은 달걀찜. 남편과 내가 한집에서 막 살기 시작했을 때는 이런 음식을 만들어 먹곤 했다. 작은 수플레 볼에 버터를 살짝 바르고 볶은 시금치와 베이컨을 넣는다. 이때 시금치는 되도록 아주 살짝만 볶는다. 달걀을 하나 깨트려 넣고 소금, 후추로 간한 후에 크림을 붓는다. 따뜻한 물이 찰방찰방한 트레이에 수플레 볼을 놓고 중탕하듯 오븐에 익힌다. 아주 간단한 것인데도 크림의 묵직한 맛과 부드러운 달걀이 어우러진 맛이 근사하다. 30년 만에 달걀을 처음 먹는다는 줄리는 수란 한 조각을 입에 떠 넣고 이렇게 말한다. "미끄덩하고 비릴 줄만 알았는데 치즈 소스 맛이 나." 영화 〈줄리 앤 줄리아〉에 나오는 대사다. 딱 그 표현이 어울리는 크림 달걀찜이다.

내 작은 오븐

무언가 내릴 것 같은 날씨가 되면 오븐을 돌리고 뜨거운 차를 만들어 마신다. 오븐은 10년 넘게 나와 손을 맞추어 가장 성실히 일하는 주방 살림살이다. 신혼집 살림을 꾸릴 때 내게 조언을 해주던 결혼 선배들은 냉장고는 무조건 큰 것을 고르고 오븐은 사봤자 안 쓰게 되는 물건이라고 했다. 칼은 종류별로 많이 그릇은 모두 짝을 맞추라고 얘기했지만 살면 살수록 느끼는 것은 그 조언들이 내 삶의 모양에는 하나도 맞지 않았다는 것이다. 구체적인 내 삶의 방향과 결에 대해 고민도 해보지도 않고 먼저 살아본 사람들이 그렇게 하라니 그런 줄로만 알았다. 그나마 내가 가장 잘한 일은 그 와중에도 고집을 부려 꽤 좋은 오븐을 산 것이다. 얼마 안 가 오븐은 그릇함이 될 거라며 조언을 해준 선배들은 핀잔했지만 지금껏 아주 잘 사용하고 있다. 한번은 어느 식사 자리에서 오븐은 정말 쓸데없는 물건이라고 얘기하는 사람의 말에 엉덩이가 들썩들썩하던 남편은, (평소에 그런 말을 하는 사람도 아닌데) "우리 집에서는 오븐에 이런 거 저런 거 매일 해 먹어요." 하고 말해버렸다. 집으로 돌아오는 길에 남편에게 왜 그런 말을 했나 타박 아닌 타박을 하면서 속으로 뿌듯하고 으쓱한 기분을 느낀 것도 사실이었다.

빵을 참 좋아하는 집. 나와 남편이 그런 것처럼 아이들도 못지않은 빵돌이로 커간다. 주말 아침에는 주로 빵식을 하고, 낮에 아이들 간식으로도 자주 내놓기 때문에 식빵이나 모닝 빵은 작은 아파트에서 거의 떨어지지 않는 재료다. 사 온 빵은 바로 먹을 것이 아니라면 냉동실에 넣어 보관한다(냉동실 한 칸을 빵 칸으로 쓴다). 냉장실에 넣으면 수분이 서서히 말라 푸석해지기 때문에 그대로 얼려두는 편이 낫다. 아침에 일어나 과일을 깎거나 차를 만드는 동안 오븐을 예열하고 얼려두었던 빵을 데우면 금방 사 왔을 때처럼 포슬포슬해진다. 따뜻하고 폭신한 빵을 먹는 것은 인생의 행복을 딱 열 가지로 추린대도 순위에 들어갈 일이다.

베이킹과 초콜릿 수업을 오래 들었다. 매주 새로운 빵을 굽고 디저트를 만들어 주위 사람들에게 맛보이는 것은 나의 아주 큰 즐거움이었다. 할머니와 할아버지께서는 내가 베이킹 수업을 가는 날이면 점심도 드시지 않고 만들어오는 빵을 기다리셨다. 아마 그즈음 가족과 친구들은 말할 것도 없고 직장 동료들을 비롯한 주변 사람 중에 내가 만든 쿠키를 먹어보지 않은 사람은 아무도 없을 것이다. 한 집에서 보내는 남편의 첫 생일날에는 머핀을 잔뜩 구워 축하했고 간식으로 브라우니를 굽고 때때로 많이 무료한 나는 날이면 아이들과 버터 쿠키를 굽고 그 위를 색깔 아이싱으로 꾸미며 놀았다. 예전만큼 열심히 하지는 못하지만 반죽을 만들고 오븐에서 굽는 일은 여전히 즐겁다. 밀가루와 버터만으로 평범한 날이 특별해지는 것은 마법 같은 일이다. 달큰한 냄새를 풍기며 빵과 과자가 익어가면 오븐 앞에 서서 납작했던 밀가루 반죽이 포슬포슬 따뜻한 공기를 끌어안고 부풀어 오르는 모습을 구경한다.

종이 포일 안에 새우를 넣고 포장을 하듯 벌어진 귀를 여며 굽는다. 이렇게 하면 수분이 날아가지 않아 촉촉한 새우를 맛볼 수 있다. 십자로 등에 칼집을 낸 가자미 위에 레몬 조각을 올려 노릇노릇 구워내면 식탁이 정말 근사하다. 여유가 있을 때는 방울토마토를 반으로 갈라 약한 불에서 말리듯 구워 썬드라이 토마토를 만들기도 하고 날씨가 많이 추워지면 껍질에서 바스락 소리가 나도록 고구마를 굽는다. 오븐을 켜고 따뜻한 무언가를 굽고 나면 집 안의 온도가 포근해진다. 잘 마른 수건에 볼을 부비는 것처럼 기분이 좋아진다.

하얗고 통통한 밥알 몇이 동동 떠오르기 시작할 때, "이리 와서 맛봐라." 친정 엄마께서 사발을 슬쩍 뉘여 후룩 떠주시던 따뜻한 식혜의 맛이 그리울 때가 있다. 다 끓인 식혜 솥은 차가운 뒤꼍에 내놓고 식혔는데 아침에 열어보면 사각사각 살얼음이 져 있었다. 손님 오시기 전에 다 마셔버리면 안 된다며 꾸중을 들었지만, 자꾸만 생각나는 달고 시원한 식혜를 그냥 둘 수는 없었다. 동생과 슬그머니 슬리퍼를 꿰신고 나가서 국자로 얼음을 톡톡톡 깨트려 너 한 번, 나 한 번 그러면서 몰래 마셨다. 그러다가 슬리퍼와 양말 위로 끈적끈적한 국물을 떨어트리곤 했는데 아직도 식혜라는 단어를 읽으면 괜히 발가락이 시리고 끈끈한 기분이 들어서 발을 한번 꿈지럭거리게 된다.

어마어마한 김장을 하는 날이면 할아버지와 아버지가 뒤꼍을 파고 내 키만 한 독을 묻었다. 그러면 거기가 김치냉장고가 되었다. 할머니의 지휘 아래 콩을 삶고 빻아 메주를 띄우고 된장 고추장 간장까지 만들어 먹던 집. 송편을 빚는 날에는 할아버지를 따라 산에 솔가지를 뜯으러 가는 것부터가 시작이었다. 모든 가족이 상에 둘러앉아 송편을 빚고 커다란 떡시루 사이사이를 흰 반죽으로 메워가며 김을 풉풉 냈다. 어린 시절을 떠올리면 음식에 얽힌 추억이 정말 많다. 기제사도 여러 번이고 어른들의 손님치레도 참 많은 집. 먹을 사람은 많은데 음식 만들 사람은 우리 엄마뿐인 친정집의 맏딸은 자연스럽게 그렇지만 부지런히 음식 하는 법을 배워갔다.

우거지를 넣고 구수하게 끓인 감자탕, 코가 쨍하게 맵고 개운한 겨자 해파리 냉채, 오징어를 듬뿍 넣은 파전과 살이 톡톡 씹히는 코다리 찜, 일일이 껍질을 긁어내고 깨 빻는 방망이로 슬슬 밀어 납작하게 만들어낸 후 구워낸 더덕구이 같은 것들. 묵은 총각김치에 돼지고기 썰어 넣고 들기름에 자글자글 지져낸 반찬이나 고소한 봄동 겉절이, 채를 썰어 볶다가 으깨가며 끓이는 진한 감자 국, 양파를 강판에 갈아 소금 후추 간에 조물조물 문질러 재웠다가 전분 반죽만 살짝 묻혀 두 번 튀겨내는 닭튀김, 꾀부리지 않고 진짜로 흰자를 오백 번 쳐서 만든 머랭으로 굽는 카스텔라와 송화에 꿀을 섞어 고운 틀에 찍어내는 다식까지. 내 가족 먹일 음식을 짓는 사람이 되어보니 어릴 적부터 내가 당연한 듯 먹어온 엄마의 음식들은 참으로 대단한 것이었다. 특별히 이렇게 해야 한다거나 순서를 꼽아가며 가르쳐주신 적은 없지만, 내가 음식 만드는 일에 겁이 없는 사람으로 자라난 것은 다 엄마 덕분이다. 언젠가 아버지께서, "너 시집보낼 때는 엄마가 아무 걱정도 없었어."라고 얘기하신 적이 있다. 시집보낸 딸의 걱정이라는 것이 음식 만들어 먹는 일만을 말하는 것은 아니지만, 나를 생각하는 엄마의 믿음이 큰 힘이 되어 나는 겁도 없이 여러 음식을 지어먹는다. 종류별로 김치를 담그고 전을 부치고 튀김을 하고 국을 달이며 손 많이 가는 음식도 별로 어렵다 생각하지 않고 해먹는다. 방법이야 조금 틀릴 수는 있겠지만 겁 없이 하다 보면 비슷한 맛으로 또 흉내가 내지니 그것도 참 다행이다.

남편은 김치를 거의 안 먹는 사람이다. 그래서 작은 아파트에는 김치 냉장고가 없다. 5년 가까운 시간을 교제하고 결혼했지만 남편이 그렇게 심하게 편식을 한다는 사실을 나는 알아채지 못했다. 떠올려보면 데이트를 할 때 먹는 음식들이 그렇다. 파스타와 피자, 햄버거, 국수라든가 삼겹살 같은 것들이 대부분이니 못 먹는 것이 많고 특별히 밀어내는 느낌보다는 잘 먹는 이미지를 가질 수밖에 없었다.

밥을 몇 번 지어 먹여보고서야 알았다. 채소는 싫어한다는 느낌보다는 못 먹는 부분(이를테면 장식이나 가시나 뼈처럼 발라내는 것)이라고 생각하는 것 같았다. 버섯에서는 수영장 냄새가 나서 싫고, 감자나 고구마는 옷을 살짝 입혀 튀겨 주어야만 좋아했다. 김치의 경우에는 스스로 집어 먹는 법은 거의 없었다. 그나마 먹는 것은 금방 담근 깍두기 몇 알, 고기나 햄을 듬뿍 잘라 넣고 볶아준 김치볶음밥 속 볶아진 김치뿐이었다. 생 채소를 깎아먹고 나물 반찬과 잘 익은 김치를 종류대로 늘 먹어오던 나는 나름대로 열심히 식탁을 차려도 어딘가 내내 시큰둥한 남자와 신혼을 보내게 된 것이다. 그러다가 햄 구이나 불고기 어묵 볶음을 해주면 어린아이처럼 좋아했다. 아, 이렇게 단순한 음식과 뻔한 맛만 좋아하는 사람이라니. 연탄불에 가래떡을 굽는 냄새나 차가운 동치미를 아작아작 씹는 상쾌한 기분 같은 것, 싱싱한 가지를 깎아 먹는 맛이라든가 매운 생선 조림 바닥에 깔려 있는 무의 단 맛 등, 음식에 얽힌 추억이 많은 나는 이런 대화가 안 통하는 남편에게 대단한 문화 충격을 받았었다고 고백한다. 물론 그렇다고 해서 나만 좋은 음식을 지을 수는 없었다. 남편이 잘 먹고 좋아해야 나도 좋으니까. 남편이 잘 먹는 것이 있으면 기억해 두었다가 조금 더 고안해 곁들이는 채소의 양을 늘여갔다.

긴 시간이 지나고 두 아이의 아빠도 되었으니 남편의 편식은 꽤 많이 고쳐졌다. 아이들에게 시금치나물이나 오이무침을 먹이고 안 맵게 담근 아가김치부터 김치를 먹는 법을 천천히 가르쳤다. 골고루 먹어야 튼튼해지고 키도 쑥 큰단다. 한 식탁에 앉아 가르치려니 본인이 먹지 않고는 어쩔 도리가 없었을 것이다. 그러나 아이들은 금세 아빠도 자기들처럼 채소와 버섯, 김치를 먹기 싫어한다는 것을 알아채고 말았다. 그래서 제 몫들을 얼른 먹어치우고는 아빠가 먹기를 기다리며 놀리기도 했다. "엄마! 아빠 시금치 안 먹었어요." 이렇게 이르는 날도 많았다. 어떻게 생각하면 아이들이 아빠의 편식을 고쳐준 셈이다.

남편은 김치가 푹 익은 편을 싫어하기 때문에 작은 아파트는 김치를 아주 조금씩만 담가 많이 익기 전에 먹는다. 알배추가 나오면 딱 하나만 사다가 겉절이를 담그고 커다란 무 하나를 반으로 잘라 깍두기와 물김치로 나누어 담근다. 평소에도 냉장고의 반 정도만 채우기 때문에 이렇게 딱 한 통씩 담근 김치는 냉장고 안쪽에 넣어두면 딱 맞다. 그때그때 가장 맛있는 채소로 담근 김치들로 우리들만의 맛에 대한 추억을 새로 쌓아가는 중이다.

남편에게 처음 만들어준 김치는 오이소박이다. 고기를 먹을 때 파 무침을 곧잘 집어 먹는 것을 보고 파를 부추로 바꿔보았다. 그 부추무침을 조금 더 짭짤하게 만들어 살짝 절인 오이 사이에 끼워 넣은 것이 바로 오이소박이의 맛이라고 알려주니 다른 김치는 안 먹어도 갓 담가 손으로 쪽쪽 찢어주는 오이소박이는 한 접시씩 뚝딱 먹어치운다. 남편이 아작아작 시원한 소리를 내며 오이소박이를 먹으면 기분이 정말 좋다. 또 한 가지는 달래. 달래 철이 되면 꼭 사두었다가 고춧가루 넣고 새큼하게 무쳐주면 참 좋아한다. 가끔 생각이 나는 지 "요즘 달래 안 나오나?" 하고 먼저 묻기도 한다. 그 옛날의 편식쟁이를 생각하면 정말 장족의 발전이다. 파스타를 삶아 마늘 볶던 올리브유에 후룩 볶아내고 그 위에 레몬즙과 설탕 간장으로 새큼하게 무친 달래를 올리면 근사한 달래 파스타가 된다. 드디어 좋아하는 채소(나물)가 생긴 남편을 위해 작은 아파트에서 꼭 해먹는 음식이다.

살림 노트

옷장 정리

아침 창을 열자 거짓말처럼 따뜻한 바람이 불어 들었다. 공기를 바꾸느라 한참 창을 열어두어도 쌀쌀하기보다 산뜻한 기분이 든다면. 짧은 외출 길에 불과 며칠 전까지도 단추를 목까지 여며 입던 두터운 외투가 둔하게 느껴진다면. 겨우내 출타를 준비하는 바쁜 손이 옷장의 옷을 봐줄 수 없게 어지럽혔다면 바로 그 날이 온 것이다.

옷장 정리는 계절의 나날로 걸어 들어갈 준비를 하는 중요 행사이다. 대개 초봄에 한 번, 가을에 한 번 이렇게 두 번의 옷장 정리를 한다. 날짜를 정했다기보다는 문득 깨치는 날 비장하게 소매를 걷고 옷 방에 들어선다. 작은 아파트에 사는 네 사람은 사실 옷이 많지 않다. 부부는 조금 깊은 선반 이 세 단, 내 어깨 폭 정도의 걸이 봉이 있는 단칸 옷장을 각각 하나씩 쓴다. 두 아이는 여섯 칸짜리 서랍장 한 개와 비슷한 크기의 서랍장 반을 쓴다. 네 사람의 사계절 옷 전부의 양이다. 그래서 옷장 정리는 사계절마다 한 번씩이 아니라 두꺼운 것과 얇은 것을 나누는 두 번이면 족하다. 봄여름 옷을 앞으로 꺼내고 가을, 겨울옷을 안으로 들인다. 다음에는 그 반대가 된다. 날씨가 세세히 바뀌는 절기에 더 두꺼운 것과 더 얇은 것을 바꾸는 정도는 어느 날의 십 분의 수고면 충분하다.

봄날의 옷장 정리는 얇은 원피스들을 꺼내 옷걸이에 걸고 해 바람을 쏘이는 것부터 시작한다. 아이들을 낳고 살림을 꾸려나가면서 딱 하나 내려놓은 것이 있는데 바로 다리미질이다. 면바지는 물론이고 원피스에 티셔츠 한 장까지 다려 입던 사람이 바로 나다. 코드를 빼고 남은 열로 손수건을 빳빳하게 눌러 작은 네모로 접어 가지고 다녔다. 참 피곤하게 살았구나 싶지만 그땐 그저 다리미질 냄새가 나는 옷을 입는 게 정말 좋았다. 작은 아파트에 사는 네 사람 옷을 그런 정성으로 다렸다면 지금도 부실한 내 손목은 더 나빠졌을 것이다.

다리미질을 안 하는 대신 세탁이 끝난 빨래들을 펴 말릴 때 공을 들인다. 빨래는 착착 털어 옷걸이에 걸고 접히거나 주름진 부분을 당겨 편다. 젖었을 때 조금만 손길을 더 얹어 쨍한 해 바람에 내어 말리면 다리미질을 한 효과를 낼 수 있다. 언젠가 어느 에디터가 광고 촬영을 할 때 구겨진 커튼을 펴는 것을 보고 배운 일도 있다. 같은 맥락이다. 급하게 다리미질을 할 수가 없다면 구겨진 부분을 물뿌리개를 이용해 충분히 적시고 판판하게 당겨서 말리면 된다. 주름은 금세 펴지고 그 자리는 다리미질을 한 것처럼 판판해진다. 조심히 보관한다고 해도 외투 사이에 끼어 있던 얇은 원피스들은 구겨져 있기가 일쑤여서 막상 입으려고 꺼내면 바로 입을 수 없을 때가 많았다. 세탁소에 맡겼다가 부지런히 찾아온 겨울 외투들을 안으로 들여놓고 봄여름 원피스를 꺼내 주름을 펴고 언제든 입을 수 있게 걸어둔다. 가을, 겨울 니트나 스웨터들은 접은 자욱이 남지 않도록 하기 위해 도로로 말아 넣는다. 기본이 되는 반팔 티셔츠는 계절에 상관없이 입는 것이니 눈에 가장 잘 띄는 곳에 둔다.

이런 정리를 하면서 여러 이유로 손이 잘 가지 않는 것들과 계절이 다시 돌아올 동안 한 번도 꺼내 입지 않은 것들을 추려 비운다. 10년 동안 겨울 손을 지켜주었지만 구멍이 나버린 장갑과 패키지에 딸려왔던 신으면 우주인이 되는 연회색 레깅스를 비운다. 잘못 세탁해서 못 쓰게 된 니트 머플러와 좋아했지만 더는 입을 일이 없을 것 같은 짧은 시폰 원피스 하나도 버리기로 한다.

톤만 조금씩 다를 뿐 모두 같은 색으로 보이는 옷장의 옷들을 보며 피식 웃었다. 이 작은 옷장에서도 내 취향이 읽히기 때문이다. 매해 두 번의 옷장 정리를 하지만 나이가 들어가고 보는 눈이 조금씩 자라면서(또 바뀌기도 하면서) 취향의 밖으로 밀어내고 싶어지는 것들이 또 생긴다는 것이 재미있다. 몇몇을 꺼내 입고 거울 앞에 서서 나를 비춰본다. 오래되었지만 여전히 너무 좋은 것, 맨살에 닿는 감촉이 부드러워 입기만 해도 기분이 절로 느긋해지는 것, 조금 더 늘씬해 보이게 만들어주는 것, 색이 고운 것, '아, 이런 게 있었지 그

동안 왜 안 입었을까.' 옷에 담긴 미련이 깊어 보관만 하고 있던 것, 쓸데없이 너무 비싼 값을 주고 산 것이 아까워 가지고 있는 것, 입기만 해도 까슬까슬 여기저기가 거슬리는 것, 실수했던 날 입어서 보기만 해도 그 실수가 떠올라 아찔해지는 것, '아! 이래서 안 입었지.' 깨치는 것들을 비운다. 다가오는 계절마다 켜켜이 쌓아두었던 나를 풀어놓고 거울에 비친 지금의 나를 바라보게 만드는 중요한 일이다.

노는 해를 살뜰히 쓴다

　사시사철 추위를 타는 나는 그 유명한 쩌죽뜨아(쩌 죽을 지언 정 뜨거운 아메리카노를 마신다), 쩌죽뜨샤(쩌 죽을 지언 정 뜨거운 물로 샤워를 한다), 쩌죽뜨솜(쩌 죽을 지언 정 솜이불을 덮는다) 협회 정회원이다. 늦은 저녁 동네 한 바퀴를 산책하고 돌아오다가 다가온 여름에 어이쿠 발뒤꿈치를 밟히는 기분이 들면 (드디어, 그때서야) 이불에서 솜을 뺀다. 가구들의 발을 들어가면서 묵은 먼지를 닦고 솜을 빼낸 이불보와 베갯잇, 집 안의 리넨들을 모두 벗겨 세탁한다. 세탁기가 돌아가는 동안 솜을 쨍한 해에서 앞뒤로 바삭바삭 굽는다. 잘 마른 솜은 탈탈 털어 무릎으로 꼭꼭 눌러 작게 접어 진공 팩에 넣어 압축하고 이불장에 차곡차곡 넣는다. 꽤 큰일이라서 솜 정리까지 마치고 나면 여름 맞이 준비를 끝낸 것 같아 마음이 놓인다. 이불보와 베갯잇도 해에 내어 말린다. 잘 마른 리넨들을 침대에 씌우면 집 안에서 정말 좋은 냄새가 난다.

유월의 첫날 남편은 창고에서 선풍기를 꺼내왔다. 남편은 얼죽아(얼어 죽어도 아이스 아메리카노)인이다. 나와는 정반대로 사시사철 더위를 탄달까. 한겨울에도 맨발에 슬리퍼를 신고 나가는 기이한 행동을 하기도 한다. 유월부터 침실에는 남편의 전용 선풍기를 둔다. 손바닥만한 얼굴을 가진 작은 것으로 아랫부분에는 집게가 달려 있어 책꽂이나 선반에 고정할 수 있다. 이 선풍기를 자기 쪽으로 고정해 놓고 밤새 틀어놓고 잔다. 나는 선풍기도 싫지만 특히 잠잘 자리에서 바람을 쐬면 금방 목이 붓는다. 그래서 특히나 여름은 부부가 서로의 극과 극 성향을 체험하는 계절이기도 하다. 남편은 윙윙 가열하게 선풍기를 틀고 나는 홑이불을 머리끝까지 덮고는 서로를 '그러려니' 하는 눈으로 바라본다. 어쨌거나 쩌죽뜨아인과 얼죽아인이 한 집에서 그것도 한 침대에서 잘도 지내고 있는 것은 기적. 이왕 그렇게 말한다면 영화 〈4월 이야기〉처럼 사랑의 기적이라고 하고 싶다.

아침에 일어나면 창에서 커튼을 지우고 블라인드는 국기게양을 하듯이 걷어 올린다. 반대로 해가 질 무렵에는 다시 창마다 커튼을 그린다. 나에게는 아주 중요한 일과이다. 그렇게 들인 아침 해를 맞으며 자고 난 자리를 정돈한다. 무게가 있는 솜이불은 침대 위에 구름처럼 살포시 덮어 정리하지만 여름의 나풀나풀 홑이불은 손 다리미질로 착착 쓸어가며 납작하게 눌러 접어 침대 옆 의자에 올려둔다. 어느 쪽이든 그 계절에 맞게 침대에 벌렁 눕고 싶게 만든다.

볕이 정말 좋은 날은 놀리지 않고 건조대를 넓게 펼쳐 나풀나풀 홑이불을 척 하니 펼쳐 놓는다. 해에 내어놓고 바삭바삭 구운 이불처럼 좋은 것은 더 없다. 다리미질 냄새가 나는 빳빳한 옷을 입었을 때와 아주 비슷한 느낌이다. 저녁에 해 냄새가 나는 홑이불을 걷어다가 침대 맡에 개어 내려놓으며 '오늘은 정말 잘 잘 수 있겠네.' 하고 생각한다. 베란다에 해가 그려놓은 볕에 이불에 내어주고, 그 곁에 자투리 볕이 남으면 도마를 꺼내다가 작은 돌멩이를 괴어 말리며 살뜰히 쓴다. 쟁반에 리넨 한 장을 깔고 젖은 칫솔을 가져다가 해와 바람에 바짝 말린다. 따가운 여름 볕은 최고의(게다가 공짜) 소독이다.

손 걸레질과 바닥 수영

집의 온도계 앞자리가 한 번도 '2'로 바뀌지 않는 것을 보면서 아, 올여름도 대단하겠구나 싶었다. 거실의 가장 끝 모서리에 서 있는 에어컨은 집 안에 바람을 공평하게 보내지 못한다. 에어컨 곁은 어깨가 시릴 정도인데 반대편의 주방에는 바람이 닿지 않아 조리가 끝나고도 내내 잔열이 남았다. 그렇다 보니 정작 시원해야 하는 식탁 자리는 후끈후끈했다. 시원한 바람은 거실의 책장이 다 쐬고 있고 사람은 정작 더운 자리에서 밥을 먹다니 이것이야말로 데드 스페이스를 만드는 꼴이다. 정말 안 될 일이었다. 무더위가 시작되기 전에는 식탁 자리를 조금 더 시원한 쪽으로 옮겼다. 식탁은 에어컨 바람이 선선하게 닿는 거실 한쪽에 두었는데 평소에는 식탁의 기능이 7, 책상이 3이라면 여름 동안은 책상이 7, 식탁이 3이었다. 그저 식탁을 거실에 내어놓았을 뿐인데 아이들은 이곳에서 방학 숙제를 하고 그림을 그리며 정말 많은 시간을 보냈다.

낡은 수건 하나를 손에 잘 끌려다닐 크기로 썩썩 자르고 빨아 물기 꼭 짜서 바닥 걸레질을 한다. 찬을 흘리고 지우개 가루가 엉망인 식탁 밑만 닦으려고 했는데 "묻어나는 것이 심상찮네" 중얼거리며 결국 손걸레로 집 한 바퀴를 다 돌았다. 아이들 땀 발자국 난 거실도 내내 큰 창이 열려 있는 방과 식물들이 꼼틀꼼틀 열심히 자라느라 신기하게도 분의 흙가루를 매일 조금씩 떨궈놓는 베란다도. 오리걸음을 걸었다가 가끔 무릎을 짚었다가 하면서 바닥에 무지개를 그린다. 때가 닦이고 물기가 잘 마른 마룻바닥이 좋다. 청소기를 매일 밀어도 이렇게 한 번씩 물걸레질하고 난 바닥과는 비교할 수가 없다. 여름 발바닥이 자꾸 진득진득 기분 나쁘게 들러붙는다 싶을 때는 땀을 흘리며 바닥을 닦는 수고를 마다하지 않는다. 개운하게 씻고 나와 차가운 마룻바닥에 그대로 벌렁 드러눕는다. 소금쟁이처럼 허우적허우적 차갑고 뽀득뽀득한 바닥 수영을 하는 기쁨이 그 끝에 있기 때문이다.

빨래 한 바구니의 습도

무거운 습도에서 벗어난 공기가 가볍게 흐르기 시작하고 산산한 바람이 내내 분다. 이런 날을 전문 용어로 '빨래가 잘 마르는 날'이라고 부른다. 늦은 아침 빨아 널어둔 빨래가 해가 다 지기도 전에 말라 조금 세게 불어온 바람에도 건조대에서 탈싹 떨어지고 만다. 2모작을 할 수 있는 나라처럼 하루 2빨래가 가능한 나라가 된 것이다. 축복받은 바로 이 지점에서 나는 내 목을 감싸 쥔다. 작은 스카프를 찾아 매고 내내 차를 끓인다. 산산한 바람을 쐬면 금방 목이 붓는 나는 빨래가 잘 마르는 날의 기쁨을 순수하게 누리지 못하고 습도를 어서 정상 궤도로 올릴 궁리를 한다.

가습기를 쓰면 좋겠지만(안 써본 것도 아니다) 이 기계들은 하나같이 빨간 눈 하나를 뜨고 있어 밤의 아늑한 어둠을 베어 먹고 잠을 내내 방해한다. 초침이 움직이는 작은 소리에도 가위에 눌려 모두 무음 시계로 바꿔버린 전적이 있는 부부는 가습기가 물 연기를 뿜어내느라 버글거리는 소리가 내내 거슬렸다. 이 기계의 러닝 타임은 또 어떤가. 중간중간 '나, 끝!' 삑. 혹은 '나, 물 없다!' 삑. 거리는 통에 이 소리에 깬 밤에는 다시 잠을 이어붙일 수가 없었다.

딱 한 바구니 빨래가 마르며 집 안을 떠도는 습도는 얼마쯤 될까. 보이지 않는 작은 물방울들이 집 안의 곳곳을 누비며 내 코에 또 작은 식물들에 내려앉는 모습을, 손에 손을 잡고 집 안을 떠돌다가 서서히 작아지는 모습들을. 아침 해가 밝아올 즈음 마침내 손을 흔들며 희미하게 사라지고 마는 만화 같은 상상을 하곤 한다. 저녁 설거지를 시작할 즈음에는 낮 동안 모인(대개는 수건) 딱 한 바구니 빨래를 세탁기에 돌린다. 침실 앞에 건조대의 다리와 팔을 펴 세우고 빨래들을 착착 털어 널어두고 자면 밤사이 코로 내쉬는 숨이 편안하다. 빨래가 가만히 마르는 그 냄새는 또 얼마나 좋은지. 아침에 일어나면 바삭바삭 잘 마른 수건을 개키며 이 가을 빨래 한 바구니의 습도만큼 고마운 것은 더 없다고 생각한다.

싱크대 상부장 세 번째 칸

자연스럽게 쌓고 나열하는 보이는 수납을 좋아하는 편이지만 닫아놓으면 내용이 보이지 않는 수납장도 좋다. 주방의 싱크대 상부장은 총 세 칸인데 두 칸은 여느 집처럼 그릇과 컵이 들어 있고 나머지 한 칸은 집 안의 자잘한 여러 가지 물건들을 플라스틱 바구니에 담아 넣어두었다. 젤리나 초콜릿 사탕 같은 아이들 간식 통, 소화제나 두통약, 파스, 밴드와 체온계 등이 들어 있는 상비약 통, 남편의 영양제들을 모아놓은 약 통, 반짇고리와 작은 드라이버 세트 건전지가 들어 있는 통, 일 년에 한두 번 정도이지만 꼭 필요한 귀여운 아이들의 도시락과 보온병이 들어 있는 통, 얼음 트레이들을 모아 놓은 통, 나무젓가락이나 빨대처럼 일회용품을 넣어둔 통들이 그것이다. 문을 열면 똑같이 생긴 바구니들이 마치 아파트 한 동처럼 줄을 맞춰 정돈되어 있다.

사람이 사는 곳이니 집 안에는 예쁜 물건만 둘 수는 없다. 사소한 일들이 복잡하게 이어지고 얽히는 것이 일상이듯이 그런 일상을 꾸리는 집에는 온갖 자질구레한 물건이 생기게 마련이다. 따로 서랍장이 없는 집이니 싱크대의 마지막 칸을 이 자질구레한 집 안의 물건들을 위해 쓴다. 집에 무언가 문제가 생기면 이 칸 안에서 대부분 해결된다. 조금 다치거나 소화가 안 될 때도, 시계 밥을 주어야 할 때나 단추가 뜯어져도 "세 번째 칸 열어봐." 하면 만사형통이다. 다만 워낙 자잘하고 종류와 모양도 가지각색 예쁠 것도 없는 것들이라서 깔끔한 수납 바구니에 넣어 보관한다. 이렇게 하면 보기에도 좋지만 그저 종류를 나누어 바구니에 넣기만 하면 되니 정돈이 쉽고 바구니 하나만 꺼내면 되니 물건을 찾기에도 좋다.

집 안에서 일어나는 일의 순서와 물건의 연계성을 고려하다 보면 동선을 정리하는 것은 생각보다 어렵지 않다. 다만 그 동선이라는 것은 전적으로 나의 일상과 사소한 습관들에 기인한 것들이어야 한다. 예를 들어 매일 먹어야 하는 약이 있다면 약병을 물 마시는 곳과 가장 가까운 자리에 두면 된다. 약을 먹을 때는 물이 꼭 필요하니 그 앞에 서서 바로 먹을 수 있다. 작은 아파트의 약병은 모두 싱크대 상부장 세 번째 칸에 들어 있고 그 바로 아래에 정수기가 있다.

이렇게 하면 약병이 아무 곳에나 굴러다니는 일도 없고 물 컵을 들고 이리저리 방황하지 않아도 된다. "식탁 위를 어떻게 항상 비우나요?"라는 질문을 의외로 정말 많이 받는다. 그러면 나는 "약병을 정리하세요."라고 말해주고 싶다. 식탁 위를 지저분하게 만드는 일 순위 물건이 약병인 것을 자주 목격했기 때문이다.

조리대 위 칸에는 가장 자주 쓰는 볼을 넣어둔다. 음식을 만들 때 내가 어떻게 하는지 관찰해 보니 가장 먼저 볼을 꺼내는 것이 시작이었다. 한동안 싱크대 하부에 넣어두고 사용했는데 이것은 엄마와 시어머니의 전통적인 방식이 학습된 것이었다. 의심할 필요도 없이 그곳이 당연히 제자리라고 생각했다. 하루에도 몇 번씩 조리대 앞에 서는데 그때마다 허리를 숙일 필요가 무엇인가 싶었다. 이렇게 바꾸고 나니 별것이 아닌데도 요리의 시작부터 산뜻한 기분이 든다. 잘못된 동선에 허비하는 그 5초 남짓의 티끌 같은 시간이 모여 결국 태산이 될지도 모른다.

물건의 이름을 기억한다

사용의 횟수가 빈번한 것은 손이 가장 잘 닿는 곳에, 어쩌다 쓰지만 꼭 필요한 것은 그 다음 가까운 곳에 둔다. 그보다도 못한 것은 집에 두지 않고 비우는 편이 좋지만 어쨌거나 보관해야만 한다면 옷장의 안쪽과 창고에 정리한다. 그러나 그 안에 무엇이 보관되어 있는 지는 반드시 알고 있어야 한다. 이때 필요한 것이 바로 이름표다. 상자나 수납함을 이용하면 보기에는 깔끔하지만 그것을 꺼내 열어보기까지는 무엇이 들어 있는지를 곧잘 잊어버렸다. 포스트잇이나 작은 메모지에 정리한 물건의 이름을 적어 붙인다. 다음에는 다른 물건을 보관하게 될 수도 있으니 상자나 보관함에 직접 쓰지 말고 메모지에 써서 붙이기를 권한다. 예를 들면 '하늘색 여름 이불과 핑크색 홑 커버.' 하는 식이다. 물건을 알아차릴 수 있도록 그림이나 무늬를 그려 넣어도 좋다. 만약 아이들의 옷이라면 120호 니트와 13호 바지처럼 자세한 사이즈도 함께 적는다. "바지는 작아 모두 새로 구비해야 함." 같은 메모를 추가해 적기도 하는데 곧 그 수납 상자를 열어볼 미래의 나에게 분명한 도움이 된다.

한 가지 꼭 기억해야 할 것은 잘 사용하지 않거나 쓸모가 다해가는 물건일수록 너무 깊숙하고 아예 안 보이는 곳에 차곡차곡 수납하면 안 된다는 것이다. 이렇게 하면 기억에서 잊혀져 도리어 쓸 수 있는 기회도, 비울 수 있는 기회도 모두 잃고 만다. 창고 깊숙이 넣어둘 수밖에 없다면 문 앞에 이름표를 붙이는 것도 방법이다. 냉장고 속에 무엇이 들었는지 기억하기 위해 냉장고 문에 메모를 해두는 것과 같은 맥락이다. 이름표를 종종 읽으며 보관하고 있는 물건들의 이름을 기억한다. 일정 시간이 지나도 꺼내 보는 일이 없다면 나에게는 영영 필요하지 않은 것이니 그대로 비우면 된다.

이름은 하나인데 별명은 서너 개

아파트라는 정해진 공간, 거기서 거기인 것 같아도 가구의 자리를 바꾸고 작은 조명과 살림들을 조금만 매만져 놓아도 기분이 새로워진다. 계절이나 날씨에 따라 공간을 꾸미는 것은 작은 아파트의 큰 즐거움이다.

가로 폭이 넓고 높이가 허벅지 정도로 낮은 책장은 아이들 눈높이에 잘 맞아 책을 고르고 꺼내 보기에 좋다. 현관에 들어서면 바로 마주 보이는 거실 벽에 두고 사이에 사람이 앉을 수 있을 만큼의 틈을 두고 소파를 배치해 두었다. 소파가 일종의 벽처럼 구획을 나누는 기능을 하는 것이다. 소파 뒤편은 책을 읽는 곳, 소파의 앞 편은 TV를 보는 공간이 된다. 소파 뒤편의 틈에 들어가 등을 기대어 앉으면 마치 도서관의 책장과 책상 사이 책 고랑에 들어와 앉아 있는 것 같은 아늑한 기분이 든다. 우리는 이 틈을 아지트라 부르며 즐겨 앉아 책을 읽곤 한다.

또 다른 계절이 되면 이 책장을 거실과 주방을 잇는 부분에 파티션처럼 돌려세워 둔다. 이번에는 책장이 공간의 구획을 나누는 벽 같은 역할이 되는 것이다. 책장은 앞뒤가 모두 열려 있어 이렇게 해도 갑갑하지 않다. 거실과 주방이 한 공간처럼 이어진 것이 대부분의 아파트 구조인데 이 공간을 분리해 주니 각각의 공간이 한결 아늑해진다. 현관에서부터 마주 보는 두 방문까지 마치 긴 복도가 생긴 것처럼 보이는 느낌도 새롭다. 그저 가구의 자리만 바꾸었을 뿐인데 집의 다른 분위기가 만들어지는 것이 재미있다.

작은 아파트의 식탁에서 아이들은 등받이가 없는 기다란 벤치를 사용한다. 기다란 벤치는 평평하고 제법 폭이 있어 식탁 의자로만 쓰는 것이 아니라 종종 다른 용도로 사용한다. 소파 앞에 가져다 놓고 차를 마시거나 노트북으로 간단한 작업을 할 때 소파 테이블처럼 쓴다. 부부의 침실에 가져다가 한쪽 벽에 세워 두고 노트북 영화를 볼 때도 요긴하다. 소파나 침대의 옆에 배치해 두면 책과 초를 올려놓는 선반으로도 훌륭한 역할을 한다.

의자도 그 쓰임이 다양하다. 원래의 용도대로 앉을 때 사용할 수도 있지만 나는 종종 침대 옆에 두고 협탁처럼 쓴다. 여름 홑이불은 펼쳐 침대를 싸기보다는 착착 네모로 접어 정돈하는데 예쁘게 접은 이불은 의자 협탁에 반듯하게 올려둔다. 별것 아닌데도 이렇게 하면 방안이 단정해지고 덕분에 차분한 아침을 시작하는 기분이 든다. 안경이나 읽던 책, 알람시계처럼 침대 옆에 두어야 하는 작은 물건들을 올려두기도 한다. 고정쇠를 끼우고 나사를 조여 쓰는 데스크 램프를 의자에 고정해서 밤의 독서 등으로 쓰기도 한다. 벽에 못을 박는 일은 쉽지 않고 마음도 잘 동하지 않는다. 밤에 침실 벽에 기대앉아 책을 읽으려면 항상 독서 등이 아쉬운데 그럴 때마다 벽에 못을 박아 조명을 달아야 하나 고민이 되었다. 이럴 때 바로 이 의자 램프가 빛을 발한다. 의자와 램프의 만남은 참으로 훌륭한 콜라보레이션이 아닐 수 없다. 때때로 눈에 잘 닿는 자리에 두고 화분이나 꽃병을 올려두는 용도로도 쓴다. 이 의자는 언젠가 다리가 부러져 하는 수 없이 비우게 된 책상과 한 세트인 가구였다. 집 안의 다른 가구들보다 높이가 조금 낮아 식탁이나 새 책상에서 쓰기에는 조금 아쉬웠다. 비울까 생각했던 것이지만 이런저런 용도로 두루 쓰다 보니 이제는 없어서는 안 되는 가구가 되었다.

고슬고슬한 촉감과 차분한 색감. 고운 리넨을 보면 너무 좋아서 참새가 방앗간을 찾는 것처럼 크기별로 자꾸 집에 들이게 된다. 작은 것은 키친 클로스 대신 쓰기도 하고 바구니 위를 덮어 멋도 살리면서 안의 내용을 보호하는 데 쓴다. 혼자 먹게 되는 식사를 차릴 때 식탁 위에 한 장을 척 깔아두면 기분이 또 색다르다. 고운 무늬가 그려진 것은 창 앞에 장식삼아 매달아 둔다. 바람이 불 때마다 리넨이 너울거리면 그게 그렇게 또 예쁘다. 꼭꼬핀(포스터나 사진처럼 가벼운 것을 벽지에 고정할 수 있게 하는 핀)을 이용해 벽에 그림처럼 걸어두고 보기도 한다. 에어컨 위, 오븐이나 세탁기 같은 큰 가전 위에도 리넨을 꼭 한 장씩 덮어둔다. 먼지가 내려앉고 더러운 것이 묻으면 한 번씩 걷어 빨고 또 덮는다. 단정해 보이면서 이렇게 하면 오히려 먼지를 닦는 수고가 준다. 재활용 쓰레기 통과 세탁 청소 용품처럼 예쁘지 않은 물건이 놓인 다용도실은 커튼 봉 하나만 달아 노는 리넨을 커튼 삼아 가린다.

여름이 되면 천 소파에 커다란 리넨 보를 덮어서 쓴다. 이렇게 하면 땀이 많이 나게 되는 계절 자주 세탁할 수 없는 소파를 깔끔하게 쓸 수 있다. 물론 시원하게 닿는 리넨의 감촉도 참 좋다. 큰 폭 리넨은 커튼이 되기도 한다. 특별한 수선 없이 커튼 핀만 꽂아 매달면 된다. 빔프로젝터로 영화 볼 때는 그대로 한 폭 스크린이 되기도 한다. 다리미로 주름을 판판하게 펴서 식탁을 감싸면 훌륭한 테이블 보가 되는 것이 또 리넨이다. 특별한 날, 귀한 손님을 초대한 날이면 고운 리넨을 꺼내 식탁을 감싼다. 여기에 컵에 꽂은 소박한 꽃 몇 송이와 작은 초만 올려도 근사한 상차림이 된다.

노트에 작은 집을 그려놓고

계획하거나 생각을 정리할 일이 있는 때는 노트에 연필로 쓰는 것부터 시작한다. 노트를 열어 작은 집을 그려놓고 이리저리 돌려보며 동선을 궁리한다. 옮기고 싶은 가구가 있을 때는 그림으로 그려 종이 위에서 먼저 옮겨본다. 이렇게 하면 머릿속으로만 상상

하는 것보다 꽤 도움이 된다. 집 안에 정리하고 싶은 부분이 있으면 도면에 화살표를 그어 무엇을 어떻게 하고 싶은지를 자세히 적는다. 신기하게도 차분히 적어보기만 해도 무엇을 비우고 나누거나 남길 것인지에 대한 답이 스스로 정리된다. 하고 싶은 것이 정해지면 해야 할 일의 우선순위를 정해 번호를 매긴다. 구입할 물건이 있다면 구체적인 치수와 가격, 비교군의 장단점을 한눈에 보기 쉽게 정리한다. 노트 정리가 끝나면 이 기록을 체크 리스트처럼 쓴다.

한 집에 오래 머물다 보면 공간이 눈과 손에 길이 들고 익숙해진다. 작은 아파트에 오기 전에는 2년에 한 번씩 새로운 집을 찾아 이사를 해왔다. 이사라는 것이 참 번거롭고 기운을 많이 빼는 일이지만 그 과정에서 내 살림이 모두 들고 나는 것을 직관적으로 보게 된다. 이사를 거치면 강제적으로라도 대대적인 정리가 일어난다. 이사가는 집에서도 이사를 온 집에서도 그렇게 버릴 물건이 쏟아지는 이유가 바로 이것 때문이다. 2년 곱절의 시간이 훌쩍 넘어 4년 그리고 그 후, 이 작은 아파트에만 머물고 있다 보니 짐은 자연스럽게 늘어나는데 비우는 일은 게을러지고 낡거나 더러워지는 것에는 둔해졌다. 어느 날 문득 왜 이렇게 물건이 많아지고 일상이 복잡해졌을까 곰곰 생각해 보았더니 강제로라도 2년에 한 번씩은 치르던 대대적인 정리가 없던 탓도 있는 것 같았다. 이미 눈과 손에 많이 길들여진 '사는 집'에서 곳곳을 새롭게 계획해 정돈한다는 것은 쉬운 일은 아니었다고 고백한다.

연극에는 '막'이라는 말이 있고, 꼭 같은 것은 아니지만 시트콤 시리즈에는 '시즌'이라는 말이 있다. 집은 정지 상태의 사진이 아니라 그 안의 사람이 사는 이야기가 끊임없이 이어지는 동영상 같은 것이다. 매일의 에피소드가 생겨나고 또 이어지기 때문에 완성이나 끝이라는 말은 사실 잘 어울리지 않는다. 특히 어린아이들이 자라는 집은 더더욱 그렇다. 집은 사람이 겪어가는 크고 작은 변화에 따라 유연하게 움직일 수 있어야 한다. 입학과 졸업 결혼과 독립처럼 삶의 어느 중요한 사건이 큰 축이 되어, 한 시기를 큰 덩어리로 나누어 묶고 다시 이어나간다는 점에서 '막'과 '시즌'을 떠올리게 한다. 막이 새로 시작되어야 할 시기라고 생각되면 시간과 함께 공간도 새롭게 계획해 성장시켜야 한다. 무뎌지고 익숙한 것에 머물지 않고 지금과 가까운 미래에 우리의 일상을 가장 즐겁게 누리게 해줄 쓸모 있는 공간으로 작은 아파트를 보듬어 나간다.

　꼭 새집에서 새 물건을 들인 새 출발이 아니어도 괜찮다. 계획이 새것이면 된다. 좋아하는 공간을 만들어가는 일은 쓰임과 동선 그리고 취향이 서로를 끌어안을 때 가능해진다. 단순하게는 꼭 필요한 물건과 쓰임이 끝난 물건을 나누는 것부터 시작이다. 내내 좋은 것과 시들어진 감정을 빨리 알아채는 것, 머물 것의 이름을 기억하고 비울 것에는 미련을 두지 않는 것처럼 감정을 순환시키는 것은 그다음 해나간다. 이렇게 하면 공간에도 환기가 일어났다. 나는 성실함의 힘을 믿는 사람이다. 성실한 기록이 모여 책을 이루는 것처럼 내가 지금 할 수 있는 내 몫의 일을 해나가다 보면 어느 날 문득 원하는 그림에 다다르게 된다고 믿고 있다. 그래서 지금도 계속해서 좋아하는 공간에 살기를 꿈꾸며 집을 돌보고 궁리한다.

　작은 아파트는 좋아하는 그릇을 쓰고 아끼는 것처럼 계절별로 잘 사용하는 것으로 아껴오고 있다. 더 많이 보듬고 구석구석 놓치지 않고 사용할수록 집은 반짝반짝 빛이 났다. 다시 노트에 작은 아파트를 그려 놓고 연필로 새 계획들을 쓴다. 1막이 끝나고 나면 곧 2막이. 2막이 끝나면 3막이 이어 시작될 것이므로.

7년, 이사하지 않기로 했습니다

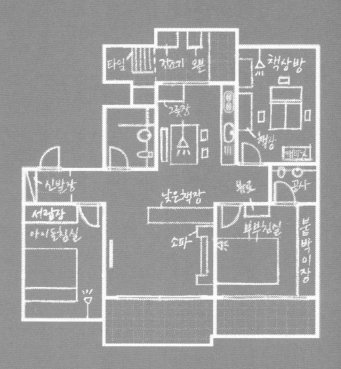

이사하지 않기로 했다.

작은 아파트에 온 지 얼마 지나지 않아 첫돌을
맞았던 둘째는 어느새 초등학교에 입학하게 되었다.
남편은 오래 다니던 직장을 떠나 꿈꾸어 오던
새로운 곳으로 이직하게 되었다. 이직에는 큰 변화가
있었으니 바로 재택근무자가 되었다는 것이다.
둘째의 입학과 남편의 재택근무라는 커다란 이슈를
안고 우리는 여러모로 새로운 계절을 앞두게 되었다.
마음도 통장도 무리하지 않는 선에서. 여러 고민이
적힌 노트에서 이사라는 단어를 지우기로 했다.
이사를 하는 대신 두 명의 학생과 결혼 12년 차에
하루 24시간을 함께 보내게 된 부부의 두 번째
신혼(?) 생활을 위해 방의 이름을 바꾸기로 했다.
7년의 묵은 짐들을 새로 정돈하고 늘 마음에 걸렸던
집의 곳곳을 손보아가며 작은 아파트에서의 3막을
시작한다.

방의 이름을 바꾸다

작은 아파트에 온 지 7년의 시간이 지났다. 이 집에 온 후 얼마 지나지 않아 돌을 맞았던 둘째 아이는 초등학생이 되었다. 그리고 남편은 오랜 고민 끝에 이직했다. 여기에도 특별한 변화가 있었으니 바로 재택근무를 하게 되었다는 것이다.

아이들이 자라는 속도에 맞추어 이사를 고려해 보지 않은 것은 아니었다. 물리적 거리의 출퇴근에서 자유로워진 남편 덕에 굳이 이곳에 정박해 있을 이유도 없어져 선택지도 다양해졌다. 아이들에게 넌지시 새로운 집이나 다른 동네를 보이며 소개하면, 멋지고 좋다고 하다가도 역시 우리 동네 우리 집이 더 좋다는 결론이 나버렸다. 앞에서 집에 정을 붙이며 산다고 적었는데 7년의 시간이 흐르고 나니 작은 아파트는 정말로 정든 우리 집이 되고 말았다. 여러 고민이 적힌 노트에서 이사라는 단어를 지우기로 했다. 그렇게 하고 나니 오래 짊어지고 있던 근심을 내려놓은 것처럼 모든 것이 가벼워졌다. 그래, 마음도 통장도 무리하지 않는 선에서. 정든 작은 아파트를 변화를 맞은 지금의 우리들의 일상에 맞추어 손보아 조금 더 지내보기로 했다. 가장 먼저 한 일은 사용하던 방의 이름을 모두 바꾸는 것이었다.

일의 서막

재택근무가 결정되고 나서 며칠 동안 남편은 임시로 식탁에 노트북을 펴고 앉아 일을 했다. 아이들이 학교에 가고 없는 시간에는 아이들 방의 책상을 사용하기도 했다. 식사를 차리거나 아이들이 돌아와 책을 펴들고 앉으면(아이들은 주로 식탁에서 공부를 한다) 자리를 물려주어야 해서 여간 번거로운 것이 아니었다. 그야말로 임시방편의 상황이었던 것. 급한 대로 책상만 얼른 사서 부부의 침실 한 편에 남편의 노트북 자리를 꾸렸다. 급한 불만 끈 느낌이었다. 그렇게 얼마간을 지내보니 남편은 회의가 잦고 중요한 통화도 꽤 해야 했다. 부부의 침실은 현관에서 가장 가까운 방이다. 아이들이 학교에 갔다가 돌아오는 시간이 혹 남편의 회의와 겹치게 되면, 아이들은 문밖에서부터 조용히 들어가야 한다는 주의를 들어야 했다. 문 여닫는 소리, 신 벗는 소리도 줄여가며 살금살금 집으로 들어왔다. 아이들은 집으로 돌아올 때 한껏 신이 나 있는데 하고 싶은 대로, 마음 푹 놓고 떠들 수도 없으니 정말 힘이 들었을 것이다.

남편은 그렇게까지 할 필요는 없다고 했지만 남편의 말소리가 밖으로 들리는 만큼 아이들의 소리도 방으로 들어갈 것이니 절로 주의를 주게 되었다.

나도 그랬지만 아이들도 변화를 받아들이는 시간이 꽤 필요했다. "아빠가 매일 집에 있는데 왜 나와는 놀아주지 않고 책상 앞에만 앉아 있어?" 하는 작은아이의 의문은 꽤 오래갔다. 큰아이는 그런대로 잘 받아들이긴 했지만 집에 거의 매일 놀러 오는 녀석의 친구들은 왜 아빠가 집에 매일 계실까를 궁금해하다가 그마저도 익숙해져 갔다. 제일 자주 오는 단짝 아이가 우선은 현관에서 나에게 인사를 하고 남편이 앉아 있는 책상에 대고 "안녕하세요." 인사를 하는 모습을 보고는 모두에게 익숙해져 가는 것 같아 웃기도 했다.

그동안은 아이들과 남편이 모두 떠난 낮 동안의 집은 오롯이 나만의 공간이었다. 가족과 함께 있을 때와 다르게 어떤 특별한 일을 하는 것은 아니지만, 내 나름의 시간표가 만들어진 지 오래였다. 학교나 회사처럼 시간을 정해두고 종을 울려주는 것도 아니니 밥을 언제 먹을까, 글을 언제 쓸 것인가, 청소기는 언제 돌릴까 하는 아주 자잘한 선택도 그저 내가 내키는 대로였다.

그렇게 지낸 지 11년 만에 갑자기 정신을 차려보니 남편과 한 공간을 24시간 함께 사용하게 된 것이다. (당연한 말이지만) 나는 남편을 정말 좋아한다. 그래서 남편과 시간을 보내는 것이 참 좋다. 같이 이야기를 나누고 영화도 보고 맛있는 음식을 지어 아이들 속도와 상관없이 느긋하게 먹는 것도 좋다. 그래서 남편이 재택근무를 하게 되었다는 말을 들었을 때 한 편으로는 반가운 마음도 있었다. 그동안 어린아이들을 챙기느라 서로를 잘 돌보지 못했는데 여유 있게 함께 시간을 보낼 수 있게 된 것 같아 기뻤다. 그러니 남편을 좋아하지 않아서나 남편과 시간을 보내는 것이 싫어서는 절대 아니다. 이 불편의 이름은.

나만의 쓰임과 동선에 익숙해져 있는 낮의 공간을 남편과 나누어 사용하다 보니 생각했던 것보다 더 많이 불편하구나 싶었다. 작든 크든 모두에게 혼자만의 동굴은 꼭 필요한 법이었다. 혼자가 되었을 때 틀어두는 음악들은 아내나 엄마가 아니라 나, 그냥 내가 좋아하는 것들이었다. 이상한 말이지만 그래서 혼자서 듣는 노래를 틀어놓는 것도 괜한 눈치가 보였다. 정확하게는 남편과 같이 듣고 싶지 않았다. 어쩌다가 남편이 노트북에서 눈도 거두지 않은 채로 "이건 무슨 노래야?" 하고 알은체하는 것도 괜히 싫었다. 게다가 글이 전혀 써지지 않았다. 청소기를 돌려야 하는 시간에 남편의 회의가 잡히면 청소기는 쉬어야 했다. 그럼 내 할 일은 못한 채로 공연한 시간만 흘려보내는 기분이 들었다. 남편은 그럼 일의 순서를 뒤바꿔서 하면 어떠냐고 물었다. 글을 먼저 쓰고 청소기 돌리는 일을 뒤로 미루면 된다는 것이다. 물론 그렇게만 할 수 있다면 쉬웠겠지만 어쨌거나 '내키는' 일을 정해놓은 규칙은 그렇게 쉽게 뒤바꿀 수 없었다. 이를테면 나의 일은 밥을 짓는 순서처럼 일련의 흐름으로 짜여 있다. 솥을 불에 올려놓고 쌀을 씻을 수는 없는 노릇이다. 그날의 하고 싶은 일(대개는 글을 쓰는 것)을 하기 전에는 되도록 집안일을 마친다. 그렇게 해야 구애를 받지 않고 마음도 조급해지지 않는다. 무엇보다도 나는 단정해진 공간에 앉아야만 일의 시작이 되는 사람이다. 특단의 조치가 필요해졌다.

집에서 지내는 시간이 더 길어졌다고 해서 남편이 나를 특별히 귀찮게 하거나 힘들게 하는 일은 없다. 오히려 너무 바빠서 귀찮게 할 틈도 없었다. 하지만 결혼을 한 지 11년 만에 하루 24시간을 온전히 함께 하는 일상은 큰 변화임에 틀림이 없었다. 다른 것은 그렇다고 하더라도 무엇보다도 쉬는 자리와 일하는 자리는 구분이 꼭 필요했다. 아이들이 집으로 돌아온 오후에는 간식을 먹으면서 오늘은 어떤 일이 있었는지 안부를 나눈다. 시간에 맞춰 운동을 보내고 다시 시간에 맞춰 데려온다. 아이들이 각자 저마다의 자리로 흩어져 시간을 보내면 저녁을 짓기 전에 짧게 이십 분쯤. 고요히 쉬는 시간이 내게 꼭 필요했다. 침대에 푹 누워 잠깐 졸 수 있는 고요가. 저녁을 먹이고 설거지를 끝내고 나면, 저녁 먹었던 자리를 치운 식탁에 모여 앉아 그날그날의 아이들 공부를 봐주고 책을 읽어준다. 아직까지는 공부를 해야 하는 학원이나 학습지 없이 아이들을 식탁 공부로 돌보고 있는데 더 어려운 것을 먼저 배우거나 더 많이 하는 것이 목표가 아니라 꾸준하게 하는 것을 가치로 두고 있는 일이기 때문에 적게 하면 적게 했지 거르는 일은 없다. 그래서 이 일은 내게 에너지가 제법 필요한 일이다. 짧더라도 잠깐 쉬어주는 시간을 건너뛴 날에는 고단함이 겹쳐 말도 생각도 매끄럽지 않았다.

남편은 그동안은 대개 저녁을 다 먹을 즈음이나 우리가 식탁 공부를 시작했을 무렵 집으로 돌아왔기에 그 전의 사정은 잘 몰랐다. 설상가상으로 내가 꼭 쉬어줘야 하는 시간은 남편의 단골 회의 시간이었다. 부부의 침실에 남편의 책상을 들여놓았으니 잠깐씩 눕고 싶을 때도 그럴 수가 없었다. 나는 내 체력의 깜냥을 알기에 하루에 쓸 에너지를 나누어 조절하는 것이지만(남편은 아무 상관 없다며 누워 쉬라고 했지만) 아무리 그렇더라도 남 열심히 일하는 옆에 누워 쉬는 것이 어쩐지 미안한 생각이 들었다. 집에서 함께 시간을 보내게 되어 마냥 좋다는 남편에게, "미안하지만 여러모로 불편한 점이 있어." 하고 말을 꺼내는 것은 정말 어려운 일이었다고 고백한다. 어느 밤 침대에 나란히 누워 여러 이야기를 나누었고 모두가 행복할 수 있도록 집 안의 공간을 새로 정비하기로 했다.

방의 새 이름

아이들 방으로 꾸렸던 안방은 다시 부부의 침실이 되고 부부의 침실로 사용했던 작은 방은 아이들의 침실이 되었다. 옷 방은 서재로 바꾸었다. 옷 방의 옷과 짐을 정리해 각자의 공간으로 나누어 넣는 과정에서 부부의 침실에 붙박이장을 짜고, 사용하지 않던 작은 욕실을 고치는 작은 공사를 했다.

가장 중점에 둔 것은 재택근무자의 자리였다. 일하는 사람에게 방해 없이 온전히 집중할 수 있는 공간을 꾸려주는 것이 우선이었고, 더불어 쉬는 사람도 구애 없이 휴식할 수 있는 공간을 만들고 싶었다. 궁리 끝에 옷 방을 비우고 새로운 공간을 꾸려보자 싶었다. 서재라고 쓰기는 했지만, 이 공간은 재택근무자의 사무실이

자 아이들의 공부방이고 내가 원고를 쓰는 작업실이면서 모두가 함께 모여 앉아 책을 읽을 수도 있는 방이 되기를 바랐다. 이 일에는 아이들이 자라나 작은 것부터 독립적으로 제 몫의 일을 잘 할 수 있게 된 것이 큰 도움이 되었다. 잠자리 독립이 계기가 되어 침실을 나누어 사용했던 것처럼, 학생이 된 두 아이에게는 놀이 공간과 분리된 공부방도 필요했다. 또 스스로 옷을 정리하고 꺼내 입을 수 있게 되어서 굳이 옷 방을 유지하지 않아도 되었다. 각자의 옷을 각자의 방에 나누어 보관하고 입고 벗기 좋은 동선을 꾸린 것은 꽤 자연스러운 일이었다.

옷 방에서 나와 남편이 사용하던 옷장은 부부의 침실로 옮겨야 했는데 폭과 너비가 애매했다. 옷 짐을 둔다고는 해도 침실은 온전히 휴식을 위한 공간이어야 하니 어수선하게 만들고 싶지 않았다. 낡은 옷장은 미련 없이 비우기로 하고 대신에 한쪽 벽면에 똑떨어지는 붙박이장을 만들어 넣었다. 아이들에게 양보했던 큰 방을 다시 부부의 침실로 바꾼 이유는 이 붙박이장 때문이었다. 상대적으로 옷의 부피와 양이 적은 아이들은 외투를 제외하면 커다란 여섯 칸짜리 서랍장 하나면 충분했다. 또 기존의 아이들 방에 있던 책상과 의자, 책장은 서재로 옮길 것이니 가구도 꽤 덜어져서, 작은 방을 아이들이 침실로 사용해도 문제가 없었다. 아귀가 착착 맞았다. 옷 방에서 사용하던 서랍장 두 개 중 하나를 아이들의 작은 침실로 옮기기로 했다.

옷 방의 짐을 모두 들어내고 비울 것과 보관할 것, 그리고 중고로 판매할 것들을 나누어 정리해 나갔다. 짐이 주인이던 방을 다시 온전히 쓸 방으로 만든다는 것이 이렇게 힘든 일인 줄은 몰랐다. 네 사람의 계절의 옷과 여분의 이불, 책, 앨범들, 여행 가방 그 외에도 살며 꼭 보관해야 하는 것들이 생기면 모두 옷 방으로 들어갔다. 나름대로 잘 정돈해 놓았다고 생각했는데 하나하나 꺼내다 보니 그 양이 실로 어마어마했다. 결혼 11년 차, 두 아이와 함께 이 집에서만 7년의 시간을 보냈다. 짐이 없다면 사실 그게 더 이상한 거겠지 싶으면서도 일일이 내 손을 거쳐 들어갔음에 틀림이 없는 물건의 축적이 새삼 놀라웠다.

옷 방 살림이 거실과 베란다에 그득하게 나온 채로 몇 주를 지냈다. 어마어마한 짐 속에서 어수선한 시간을 보내면서 이것은 어쩌면 이럴 줄 몰랐던 무지에서 나온 용기일지도 모르겠다는 생각을 했다. 짐 정리를 하는데 시간이 더디게 가는 이유는 사실 그 양 때문이 아니라 짐에 담겨 있는 낱낱의 추억 때문이었다. 신혼여행 항공과 호텔 약관 계약서 같은 것들까지 도대체 왜 다 품고 살았는지 알 수 없는 일이었다. 첫 집의 계약서부터 안 쓰는 오래된 통장들과 작은 봉투마다 계속해서 나오는 증명사진, 아이들이 써준 작은 메모나 종이접기들, 오래 모아온 편지 그리고 내가 결혼 전부터 애지중지하던 필름과 필름 사진들, 영아 수첩과 결혼식 CD, 조각조각 내 글이나 얼굴이 나온 잡지도 쌓여 있었다. 의미를 부여하자면 끝도 없는 그 어마어마한 추억 속에 파묻혀 한동안 앓듯이 허우적거렸다.

당근 마켓

　비울 것들을 추려내면서 옷 방의 물건 중에서 쓸 만한 것들은 중고 마켓으로 판매해 보기로 했다. 세 폭의 옷장과 남은 서랍장 하나는 부피가 큰 것이라서 걱정했는데 의외로 너무나 인기가 좋아 수월하게 비워졌다. 특히 옷장은 알뜰한 신혼부부에게 가게 되었는데 꼭 갖고 싶던 디자인이었다고 해서 내가 더 기뻤다. 좋은 브랜드이지만 우리 가족이 사용하기에는 크기가 애매해서 잘 사용하지 않는 여행 가방 두 개와 남편의 탱크도 인기가 많았던 판매품이었다. 탱크는 전원을 올리면 빛과 소리를 내며 움직이는 작동 장난감인데, 남편이 아이들과 놀아주려고 구해왔다지만 이 탱크를 꺼내기만 하면 작은아이는 "아빠 시끄럽게 하지 마세요."라고 해서 오래전부터 1순위 비우기 목록에 들어갔다. 탱크를 사러 온 중년의 아저씨는 "우리 애가 좋아할 것 같아서요."라고 괜히 묻지도 않은 말을 하며 쑥스러워 하셨다. 부디 그곳에서는 사랑받기를.

　선물 받았지만 너무 무거운 이유로 다섯 번도 채 들지 않았던 브랜드 가방들과 상자 채로 놓고 있는 이전 시즌의 휴대전화, 모아만 놓았던 DVD들, 여러 크기의 나무 선반과 액자 틀처럼 자잘한 물건들까지 마켓에 내놓은 지 이틀이 지나기 전에 모두 새 주인을 만났다. 새 주인들은 성별과 연령도 제각각이었는데 혹 학생들이 뭔가 필요해 사러 온 것을 보면 차마 돈을 받을 수 없어 그냥 주기도 했다. 그렇게 주고나면 돈을 못 받아도 기분이 좋았다. 사용하던 것이거나 비록 사용하지 않았더라도 보관으로 묵힌 것이니 좋은 가격으로 내놓았다. 소액이기는 해도 물건이 속속 팔리는 것이 너무 재밌었다. 내게는 쓰임이 다 했지만 잘 사용하던 물건들이 또 다른 주인을 만나 제 쓰임대로 잘 지낼 것을 생각하니 기분도 좋았다.

작은 공사를 한 부부의 침실

이제 작은 아파트에서 가장 큰 방(안방)의 세 번째 이름은 '부부의 침실'이다. 집을 손보아 조금 더 살아보기로 하면서 작은 공사를 계획했다. 이름이 바뀐 큰 방에 붙박이장을 만들어 넣고 딸려 있던 작은 욕실을 고쳐 다시 사용해 보기로 했다.

침실은 잠과 쉼의 공간이니 안을 채우는 가구는 간단한 것이 좋다. 방해되는 것이 없어야 한다는 생각이다. 옷 방에서 사용하던 커다란 옷장을 옮기는 대신 꼭 맞아떨어지는 붙박이 가구를 생각한 것은 침실을 어수선하게 만들고 싶지 않아서였다. 옷장이 가지고 있는 답답한 부피감을 최대한 줄이고 싶었다. 이것이 장인지 벽인지 알아채지 못할 정도로 손잡이나 이음새가 드러나지 않는 가구를 짜고 싶었는데 그렇게 하려면 여닫이문을 넣어야 했다. 보기에는 물론 좋겠지만 실제로 사용을 할 때는 문을 여닫는 폭이 필요하기 때문에 작은 공간을 활용하는 데는 적합하지 않았다(우리 집에서는 가장 큰 방이지만 이곳은 작은 아파트이니까). 최대한 군더더기가 없는 단순한 디자인의 장을 짜고 쓰임을 더해 미닫이문을 달기로 했다. 처음 계획대로는 되지 않았지만 천장과 벽의 틈이 없이 깨끗한 가구를 짜 넣으니 확실히 한쪽 벽면이 정돈된 느낌이 들었다. 부부의 옷과 여분의 이불이 장 속에 자리를 잡았다.

　이 방에는 아주 작은 욕실이 하나 딸려 있다. 모두의 침실(1막)로 사용할 때는, 어린아이들이 욕실을 쓰려면 누구든 어른이 도와야 하는데 공간이 워낙 비좁아 두 사람 들어가 허리를 숙일 동선이 안 나왔다. 처음 이사를 했을 때 거실에 있는 메인 욕실을 깔끔하게 다듬는 공사를 했기에 쾌적하고 넓은 욕실을 두고 비좁은 이 공간을 굳이 써야 할 이유가 없었다. 차츰 사용의 빈도가 줄어들다가 자연스럽게 사용하지 않게 되었다. 아이들의 방(2막)으로 이 방을 사용하게 되었을 때는 쓰지도 않는 욕실 문 앞을 비우느라 공간이 죽는 것이 아까워서, 아예 벽처럼 생각하고 필요한 가구로 문을 막아 사용했다. 분기별로 한 번씩 열어 마른 청소를 하고 환기하는 과정을 거치기는 했지만 워낙 작고 건조했던 탓에 별 탈 없이 방치(?)할 수 있었다. 이제 큰 방은 부부의 침실이 되었으니 이 작은 욕실을 다시 사용해 보자 싶었다. 귀여운 소망을 하나 더하자면 성별이 다른 나 혼자만 쓰는 욕실이 하나 있었으면 좋겠다는 생각을 했다. 손을 닦고 머리를 빗거나 간단한 화장을 할 수 있는 작고 예쁜 공간이 있다면 어떨까 했는데 그런 공간이 필요했을 거라고 남편이 말해주며 꾸며보자고 해서 무척 기뻤다. 한 가지 덧붙이자면 아이들이 자라날수록 확실히 욕실 하나로는 부족하다는 생각이 들 때가 있었다. 그동안은 다행히 서로 아침을 준비하는 시간에 차이가 있어 별문제 없이 사용했지만 두 아이가 모두 같은 시간에 학교에 가야 하니 예비 욕실이 하나 더 있다면 여러모로 편리할 것이었다.

하얗고 뽀얀 벽타일을 붙이고 바닥에는 가슬가슬한 진회색을 타일을 놓았다. 손만 닦는 정도로 쓰는 욕실이지만 튄 물기가 잘 마르고 맨발바닥에 가슬가슬 닿는 느낌이 좋은 이유였다. 아치 창문형이라고 부르는 위가 동그란 거울을 골라 붙였다. 거울 앞턱 위에 동생이 언젠가 여행을 다녀오면서 선물해 준 예쁜 접시에 고운 립스틱과 향수를 담아 올려두었다. 종종 귀여운 꽃을 사서 컵 꽂이를 해 올려두기도 하는데 욕실에 꽃을 몇 송이 두면 참 별것 아닌데도 기분을 화사하게 만들어준다.

붙박이장의 맞은편 벽이 머리가 되도록 부부의 침대를 배열하고 침대의 머리맡에는 귀여운 초콜릿색 독서 등을 달았다. 새로 꾸린 침실에 달고 싶어 오랜 기간을 기다려 구한 것이다. 하루가 바삐 흘러가다 보면 어영부영 밤이 되어서 책 한 줄을 못 읽고 잠이 드는 날도 있었다. 그런 채로 여러 날이 흐르면 곧 마음도 공허해졌다. 꼭 한 줄이라도 좋으니 하루를 마무리하는 마음으로 좋아하는 책을 들여다보고 싶어서 침대 맡에는 항상 좋아하는 책을 몇 권 가져다가 둔다. 이 작고 노란 독서 등을 켜고 베개에 기대듯 누워 책 한 쪽을 읽을 때 정말 행복한 기분이 들었다.

공사에 대해서

이 방의 공사에 대한 이야기를 덧붙여 적는다. 이제는 마무리가 잘 지어지고 정을 붙이며 꾸려가고 있지만 당시에는 무척 속이

상했던 일도 있었다. 작은 아파트에 대해 적으면서 좋았던 일과 완성된 아름다움에 대해서만 쓰고 싶지는 않다. 오히려 그 과정의 수고와 고민들에 진짜 삶의 모습이 담겨 있을지도 모른다는 생각이 들었기 때문이다.

이미 살고 있는 집에서 부분만 고치는 공사를 한다는 것은 쉬운 일이 아니었다. 우선 공사를 해주는 업체를 섭외하기가 어려웠다. 비어 있는 곳이라면 모를까 살고 있는 집에서 먼지를 날리며 공사를 해야 하니 하는 사람의 입장에서도 신경이 많이 쓰여 꺼린다는 것이었다. 마감이 좋은 공사를 하고 싶어서 오래 검색해 알아본 업체 세 곳과 통화를 했는데, 혼날 일이 아닌데 어쩐지 혼이 나는 느낌의 상담을 받았다. 아, 안 되는 일이구나 반 포기를 할 때쯤 흔쾌히 해주겠다는 동네 업체를 만나게 되었다. 참 다행인 일이었지만 공사는 결코 쉽지 않았다. 일희일비, 일장일단, 인생사 새옹지마. 이런 고사성어가 그 옛날부터 있어 온 이유는 사람 사는 일이 다 그러하기 때문일 것이다.

내가 사용할 쪽의 장에는 스카프와 속옷처럼 작은 물건들을 넣으려고 기성 제품에는 없던 서랍을 더 만들기로 했다. 설치가 다 되었다고 해서 확인을 해보니 추가한 서랍이 어디에도 없었다. 기사님은 인테리어 사장님 탓, 인테리어 사장님은 또 붙박이장 사장님 탓을, 공장 사장님은 공장을 탓하며 꼬리는 꼬리를 물고 길어지기만 했다. 그런데 책임을 질 사람은 어디에도 없어 보였다. 이것이 불안한 비극의 서막이었음을 알아차리고도 어찌할 도리가 없었다. 그래서 책임은 결국 내가 졌다. 다시 발주를 넣어 새 서랍이 온다면 일주일의 시간이 더 걸릴 것이고 이왕에 짜 넣은 가구는 다시 뜯어내야 한다고 했다. 이미 슬금슬금 도망갈 채비를 하는 기사님을 보니 새로 하겠다고 해도 일의 마무리가 깔끔할 것 같지 않았다. 서랍을 제외하고는 장 자체는 마음에 들게 설치가 되어서 서랍 비용만 돌려받고 포기하면 된다고 마음을 비웠다.

그런가 하면 욕실 공사는 더 가관이었다. 실측을 그렇게 여러 번 해갔는데도 애써 고른 세면대가 맞지 않아 문 열리는 공간이 안 나온다는 이야기를 들었을 때는 헛웃음이 나왔다. 삼일이면 충분하다던 공사는 일주일이 되어도 마무리가 안 되었다. 설상가상으로 무늬가 엉망인 문이 왔다며 바꿔주겠다고(아니 당연한 것이 아닌가) 했을 때는 그저 이 공사가 어서 끝이 나기만을 바라는 심정이 되었다. 우여곡절 끝에 드디어 공사가 마무리되었는데 겨우 손만 닦을 수 있는 소형 세면대 아래에서 물이 줄줄 새는 것을 발견했다. 다시 손을 봐주고 갔지만 남의 손을 빌려 하는 공사라는 것이 참 내 마음 같지 않다는 것을 뼈저리게 깨쳤다. 집의 어지간한 일은 남편과 둘이서 손수 매만지는 일을 해왔다. 이 작은 욕실은 처음부터 끝까지 전문가의 손길을 거친 유일한 공간인데 그래서 제일 내 집 같지 않은 곳이 되어버렸다. 그래도 어쩌겠는가. 매일매일 청소기로 바닥을 밀고 다듬고 좋아하는 향을 들이며 정을 붙여가는 수밖에.

부부의 침실로 사용하던 작은 방은 이제 아이들의 침실이 되
었다. 말 그대로 침실이면서 놀이방인 공간이다. 공간을 재정비하
면서 그동안 보관해 온 아이들의 장난감들을 모두 꺼내 보았다. 놀
것과 보관할 것을 정해 일정 기간 순환하는 과정을 거쳤고 잘 정
돈해 놓았지만 그 양 또한 만만치 않았다. 아이들에게 물었더니 큰
미련을 두지 않고 거의 대부분의 장난감들을 스스로 비워냈다. 오
히려 미련이 남아 있던 쪽은 나와 남편이 아니었나 싶을 정도로 아
이들은 의연했다. 자리가 있으면 자꾸 채워 넣게 된다는 말이 있는
데 아홉 칸짜리 교구장을 들인 후로 아무리 정리를 해도 그 서랍
들을 아예 비워버리는 일은 없었던 것 같다. 보관할 공간이 있으
니 진작 비워도 될 것들을 채우고 살아왔는지도 모르겠다. 고가이
고 브랜드가 있는 교구들은 거의 대부분 선물을 받은 것이다. 이후
로 몇 세대를 붙여 진화하며 가격이 올라도 아직도 절찬리에 완판
이 되고 만다는 것들이었지만, 우리 아이들에게는 별다른 흥미를
주지 못했다. 조금 더 가지고 있다가 보면 조금 더 자라고 나면 가
지고 놀지 않을까 하는 생각으로 품고 있던 것들인데 그런 일은 역
시 없었다. 이런 것들은 짝을 잘 추슬러 중고 마켓에 판매했다. 블
록 세트와 건전지만 바꿔 끼우면 잘 작동하는 장난감들도 모두 새
주인에게 보내주었다. 어린아이 둘을 뒷좌석에 태운 엄마가 장난
감을 사러 온 일도 있었다. 꽤 무거운 것이어서 함께 차까지 날라
주고는 이 장난감의 새 주인들이 너무 귀여워 인사를 나누기도 했

다. 잘 가지고 놀아줘 하고 인사를 했는데 차가 떠나 멀리 사라질 때까지 그 귀여운 새 주인들이 내내 손을 흔들었다. 교구장까지 모두 비워내고 두 아이가 남긴 것은 나무 블록과 미니카, 공룡과 동물 피겨가 다였다. 어느새 녀석들은 나름의 취향을 단단히 다진 컬렉터들이 되어 있던 것.

TV 대로 사용하다가 침실에 자리 잡은 서랍장은 부부가 안경을 올려두거나 자기 전에 읽던 책을 올리는 용도로 썼었는데 이제는 큰아이의 미니카와 보드 게임류를 정리해 넣었다. 바람이 좋은 날 아이들은 창을 열어 놓고 이 가구를 작은 평상 삼아 마주 앉아 바둑이나 체스를 두며 논다. 나무 블록과 동물 피겨가 담긴 바구니는 자주 꺼내 노는 것이어서 침대 밑에 정리해 두었다.

옷 방에 있던 낙낙한 여섯 칸 서랍장을 옮겨다가 한쪽 벽에 기대놓으니 크기가 맞춤처럼 꼭 맞았다. 딱 그 계절에 입는 옷들을 칸에 맞추어 정리해 주면 아이들 스스로도 잘 찾아 꺼내 입는다. 제일 위 칸은 속옷과 양말 얇은 면 티셔츠와 파자마, 둘째 칸에는 티셔츠와 셔츠처럼 윗옷을, 마지막 칸에는 바지와 두꺼운 니트를 말아 차곡차곡 넣어둔다. 각자 위부터 차례로 열어 속 상하를 고르기만 하면 되니 어려울 일도 없다. 어느새 씻는 일과 옷을 갈아입는 일도 스스로 하게 되어서 독립적인 공간을 꾸린 것도 꽤 자연스러운 일이었다.

옷장 정리는 여전히 봄과 여름, 가을과 겨울로 나누어 두 번 한다. 봄이 오면 봄여름 옷을 아이들 방 서랍장에 넣어두고 가을, 겨울의 옷은 붙박이장에 보관해 두는 식이다. 다시 계절이 바뀌면

반대로 정리하면 되니 이 서랍장만으로도 정리가 충분하다. 이 과정에서 작아진 옷들은 비우고 새로 산 것들은 채운다. 쑥쑥 자라나는 아이들은 옷을 오래 두고 입지 못한다. 이제 큰아이의 경우에는 딱 한 계절 잘 입고 나면 돌아오는 다음 계절에는 더 못 입을 정도의 엄청난 속도로 자라나는 중이어서 서랍 안에는 정말 꼭 입는 옷들만 들어 있다.

방의 이름을 바꾸며 가장 중요한 일이라고 할 수 있는 아이들의 침대를 옮겼다. 부부가 침실로 사용하던 공간이니 그 자리에 아이들 침대를 복사해서 붙여넣듯 옮기면 됐다. 그래도 이름을 바꾼 공간이니만큼 예쁘게 꾸며주고 싶어서 보관해 두었던 체크무늬 커튼을 깨끗하게 세탁해 걸었다. 큰아이의 아기방을 꾸밀 때 샀던 커튼인데, 왜 진작 걸지 않았을까 싶을 정도로 아이들이 사용하고 있는 하늘빛 침구와 또 연하게 푸른빛이 도는 벽과도 마치 세트처럼 잘 어울렸다. 침대 맡에는 큰아이가 자기 전에 꼭 읽는 책을 정리해주었다. 안 그래도 엄마 침대에 기대앉아 책 읽는 것을 즐겨했던 터라 이 자리는 큰아이가 가장 좋아하는 독서 자리가 되었다. 나중에 보니 작은아이도 슬그머니 제가 가장 좋아하는 책 시리즈를 가져다가 형의 책 옆에 쌓아두었는데 그 모습도 마음도 너무 귀여워 우리 모두를 웃게 했다.

서랍 위에 스탠드와 수면 등을 올려두니 침대 속으로 들어가기 전에 아이들 스스로 불을 얕게 켜둔다. 아이들이 잠들면 살짝 들어가 차버린 이불을 덮어주고 귀여운 전등 친구들을 그어주는 것으로 하루를 갈무리한다.

옷 방은 이제 서재가 되었다. 서재라고 적으면 어쩐지 거창한 느낌이 들지만 책을 읽고 글을 쓰고 공부를 하는 곳이라는 의미이니 그 말이 맞다. 작은 아파트의 서재는 재택근무자인 남편에게는 전용 사무실이고 동시에 아이들에게는 놀이와 독립된 공부방이 되는 공간이다. 그림을 그리고 만들기를 하는 작업실이면서 야근자 (남편은 야근하는 일이 많고 나는 밤에 원고를 쓰는 일이 많다)들의 밤의 공간이기도 하다.

그 날은 첫눈이 내리던 날이었다. 창밖에는 눈이 예쁘게도 나리는 데 양손에 롤러를 들고 고개를 꺾어가며 천장에 페인트칠을 하다가 문득 '아, 이 일을 또 하고 있다니.' 하고 생각했다. 순간 눈이 마주친 남편도 같은 생각을 하고 있었는지 누가 먼저랄 것 없이 불쑥 시작된 웃음이 그칠 줄을 몰랐다. 다음 날 아침 일어났을 때 팔이며 어깨와 허리가 쑤시고 아팠는데 이상하게도 가장 아픈 곳은 배였다. 페인트칠이 고되어 배 근육에 무리가 가서라기보다는 너무 많이 웃어서 아팠는지도 모를 일이었다.

처음 작은 아파트에 이사를 들어올 때는 거실만 새로 도배를 하고 방 세 곳은 기존의 벽지를 그대로 사용했다. 전에 사시던 분들은 젊은 부부였는데 집을 거의 잠만 자는 용도로 사용했다고 하고 도배를 한 지도 얼마 되지 않아 깔끔한 상태였다. 살며 집을 재정비하고 방의 역할을 바꿔 꾸미게 되었을 때, 새로운 공간이 시작된다는 의미로 남편과 둘이서 손수 방을 하나씩 하나씩 셀프 페인팅 해 왔다. 셀프 페인팅이라는 것이 코끼리를 냉장고에 넣는 방법 '1. 냉장고 문을 연다, 2. 코끼리를 넣는다, 3. 문을 닫는다.'처럼 말로 설명하자면 그리 어려울 것도 없는 일이다. 1. 방의 가구를 모두 빼낸 후 문과 스위치 몰딩에 비닐과 마스킹 테이프로 꼼꼼하게 보양 작업을 한다, 2. 벽지 위에 바를 수 있는 페인트를 고르고 바른다. 마르면 한 번 더 덧바른다, 3. 확실히 마른 후 보양했던 비닐과 테이프를 떼어낸 후 다시 가구를 채우면 된다.

옷 방에는 커다란 창 쪽을 제외하고는 모든 벽에 가구가 놓였기에 도배도 칠도 굳이 필요하지 않았다. 창문도 사철 리넨 커튼으로 가려놓아 더 신경 쓸 일도 없었다. 생각해 보면 옷과 짐만 들고 났지, 유일하게 7년 동안 처음 모양 그대로 다듬는 손길이 거의 없었던 공간이다. 그 옷 방을 해체해 가구를 모두 꺼내 대부분을 덜어내고 벽과 천장에 말갛게 페인트칠을 입혔다. 이 일을 또 하고 있다니. 남편과 절로 헛웃음이 터지고 만 것은 방에 셀프 페인팅을 할 때마다 그 고단함과 번거롭고 자잘한 일거리에 치여 다시는 하지 말자는 농담을 주고받았기 때문이었다. 정말로 다시 페인팅을 하게 되었을 때는 그까짓 거 또 못 할 것도 없다는 생각이었지만 어쨌거나 또다시 냉장고를 열고 버둥거리는 코끼리를 밀어 넣어야 하는 고단함이 남아 있던 것이다. 그럼에도 불구하고 이번에도 결과는 아름다웠다. 내가 쓸 방을 내가 매만지는 것은 사실 못 할 수가 없는 일이다. 기술적으로야 조금 부족할지 몰라도 그 정성을 따라올 수 있는 사람은 없을 것이다. 살면 살수록 남편에게 솜사탕처럼 나폴나폴 달고 간지럽게 좋아하는 마음 말고도 무척 끈끈하고 든든한 감정이 생겨나는 것을 느낀다. 그 이름이 무얼까 하고 고민해 보면, 한 집의 시간을 같이 꾸려나가는 사람이라는 일종의 동료애 같은 것이 아닐까 싶다. 아이가 자라나는 계절을 함께 지켜보는 사람, 우리들의 공간을 손수 매만지는 수고와 기쁨을 함께 나눈 사람은 인생의 동료다. 첫눈이 폴폴 나리던 날 배가 아프게 웃어가며 쌍 롤러를 휘두르던 페인팅은 두고두고 나눌 이야깃거리가 될 터였다.

부부의 침실은 은은한 모슬린 색으로 칠했다. 아이들의 침실은 푸른 염료를 한 방울 떨어트린 것 같은 연한 회색을 칠했는데 책상 방에는 딱 그 이름의 완벽한 하얀색을 골라 발랐다. 가구가 나가던 날 옷장을 덜어낸 벽이 참 시원했다. 이 넓은 벽을 그대로 비워 빔프로젝터로 영상을 비출 수 있는 스크린으로 써보자는 것은 남편의 아이디어였다. 그렇게 벽은 하얗게 다듬어졌고 서재에는 방구석 영화관이라는 별명이 하나 더 추가되었다. 방이 완성되고 나서 가장 먼저 맞은 주말에는 영화관을 열었다. 각자 좋아하는 의자를 두고 옹기종기 모여 앉은 작은 방의 아늑함은 꽤 색다른 것이었다.

재태 재택 사무소

서재 한쪽 벽에는 높은 책장 두 개를 나란히 놓았다. 그중 하나는 주방에서 수납장처럼 사용했던 다재다능 책장(1막)이다. 튼튼하고 양도 낙낙하게 들어가는 가구이니 비우기보다는 또 한 번 귀하게 쓰기로 한 것이다. 이 책장의 가장 아래 칸에는 순환용 보관 책이 꽂혔다. 자주 읽거나 좋아하는 책들은 대부분 거실의 낮은 책장에 둔다. 그러나 전집의 경우라면 주제를 나누어 일정 수만 거실에 꺼내 읽고 다 읽고 나면 들여놓고 그다음 주제의 일정 수를 다시 꺼내 순환시킨다. 바로 그 순환용 보관 책이다. 이렇게 하면 양이 많은 전집도 두루두루 잘 읽을 수 있다. 나란히 꽂힌 색색의 전집은 참 보기 좋다. 그러나 읽는 사람의 입장이 되어 그것을 보면 어쩐지 가슴이 갑갑하다. 우선은 시각적인 압도와 압박이 크다는 느낌이 든다. 책이 이렇게 많은데 손이 잘 가지 않는 이유는 아마 그것 때문일지도 모른다. 작은 아파트에서는 주로 책 읽는 자리가 거실이었는데 서재가 생기고 나니 아이들은 이 자리에서도 책을 곧잘 읽는다. 나누어 놓은 순환 보관용 책에도 절로 아이들의 손이 가는 것을 보니 힌트를 얻은 기분이 들었다. 재미있는 책들이 워낙 많아 거실 책장에서는 슬며시 뒤로 밀리는 것들을 슬쩍 서재로 옮겨놓았더니 아이들이 새로운 것을 발견한 것처럼 신이 나서 찾아 읽는다. 그러니까 어디까지나 상대적인 인기였을 뿐이다. 그 안에서 새로운 재미를 알아가는 모습을 보니 공간과 자리의 배열이라는 것이 이렇게 중요한 것이구나 싶다. 거실의 낮은 책장에는 주로 서사가 있는 그림책들이 놓이고 서재에는 사회과학이나 종이접기 책들이 꽂혔다. 공간을 달리해 다른 주제를 읽는 재미도 쏠쏠하다. 책장의 나머지 칸에는 두 아이의 교과서와 문제집, 모아놓은 노트가 차곡차곡 여유 있게 자리 잡았다. 남은 자리에는 아이들 나름대로의 소중한 물건이 담긴 작은 스토리지와 저금통들이 놓였다.

책장 중 다른 하나는 아이들 방에서 사용하던 것인데 이번에는 큰아이가 그토록 원했던 레고 진열장으로 사용하기로 했다. 책이라고 할 수 있는 것들은 모두 다재다능 큰 책장으로 옮겼고, 모아두었던 자잘한 장난감들이나 부피가 큰 만들기를 아이들 스스로 비워준 덕에 가능했다. 잘 조립한 레고 완성품은 사실 놀이의 목적보다는 진열의 의미가 더 크다. 그동안은 진열할 공간이 없어 아쉬워했는데 이 책장을 원하는 데로 써보라고 맡기니 무척 좋아했다.

남편과 아이들의 책상 세 개는 방의 가운데에 서로 마주 보듯 자리를 잡았다. 우선 남편 책상을 가로로 두고 두 아이의 책상을 서로 마주 보게 해서 남편의 책상에 T자처럼 붙이니 마치 팀장님과 두 직원이 있는 귀여운 사무실 같아졌다. 그래서 우리는 이 공간을 큰아이 이름에서 재, 작은아이 이름에서 태를 따서 '재태 재택 사무실'이라고 부르기로 했다. 세계적인 역병으로 한동안 학교에 갈 수 없는 시기를 보내면서 우리는 모두 재택근무자이기도 했으니 좀 서글프지만 운도 꼭 맞는 이름이지 않나 싶다. 남편이 중요한 회의를 해야 할 때는 자리를 비워주지만 그렇지 않은 경우에는 조용히만 있으면 되니 아이들도 남편을 따라 내내 책상맡에 앉아 있다. 꼭 공부하는 것이 아니어도 그림을 그리고 숙제를 하거나 색종이 접기를 하기도 한다. 남편이 그 자리에 언제나 있으니 아이들은 그림을 그리거나 숙제를 하다가도 궁금한 것을 바로바로 묻고 답을 듣는다. 그 재미가 아마도 꽤 좋은 모양이다. 학교에서 학기 초에 책상맡에 붙여둔다는 종이 이름표 만드는 것을 큰아이가 가르쳐주었다. 작은아이는 제 것을 다 만들고 나서 아빠와 엄마 것도 만들어주었다. 덕분에 이름표까지 생긴 책상 방은 더 그럴듯해진 느낌이었다. 자기의 책상에 앉아 저마다의 일로 골똘한 세 사람을 보면 이 공간이 우리에게 정말 필요했었구나 싶어 뿌듯한 마음이 든다.

캐비닛

결혼하고 나서 얼마 지나지 않았을 때 신혼집으로 커다란 택배가 도착했다. 도대체 무엇이 들었는지 너무 무거워 낑낑거리며 집 안으로 들여 뜯어보니, 남편의 어린 시절부터 성장기가 담긴 홈 앨범과 갖가지 졸업장과 상장들, 남편의 군복과 군화가 들어 있었다. 본가에 있던 남편의 최후(?)의 물건까지 어머님께서 모두 담아 보낸 것이었다. 내 성장 앨범들은 아직도 친정 본가에 있는데 친정 엄마께서 가지고 가게 되더라도 나중에 아주 나중에 가져가라고 하셨다. 그것마저 가져가 버리면 많이 서운할 것 같다고 하셨는데 엄마의 마음을 너무 알 것 같아 코가 시큰했었다. 그런 일과 비교해 보면 우리 어머님은 정말 쿨 그 자체다. 결혼식을 하고 신혼여행을 다녀오고 정말로 보글보글 된장찌개를 끓여 나누어 먹으며 몇 날을 보내고 있었지만 아직은 뭐가 뭔지 멍한 상태였다. 누군가가 "결혼한 것이 언제 실감 났어?" 하고 묻는다면 바로 그날 그 택배를 받은 날이라고 대답할 것 같다. 아, 여기가 이제 남편의 집이라고 깨친 것이다. 동시에 아, 여기가 이제 나의 집이구나 하고 번쩍 깨달아졌다. 남편의 유년과 성장기의 추억들이 고스란한 앨범들을 열어보면서 서로를 몰랐던 어제가 모여 지금의 우리가 되었다는 것이 신기한 기분이 들었다. 이제 서로가 서로의 집이 되어 함께 시간을 켜켜이 쌓아야 한다는 생각에 미치자 모든 것들이 참 애틋하게 느껴졌다.

옷 방의 짐 중에서 옷 외에 많은 부분을 차지한 것은 바로 이 앨범들과 두 아이의 기록 파일이었다. 남편의 어린 시절부터 성장기가 담긴 앨범과 졸업장들은 우리가 가진 책장에는 그 높이도 폭도 맞지 않는다. 자주 열어보는 것은 아니니 '잘 보관'하는 것이 목적인 물건이다. 수납함에 담아 붙박이장의 여분 한 칸으로 옮겨두었다.

또 한 가지는 아이들의 기록 파일인데 어린이집이나 유치원에서 받아오는 종이류들을 파일에 정리해 놓은 것이었다. 아이들이 밖에서 가져오는 물건들은 종류도 다양하고 그 양도 꽤 된다. 안내장, 주간계획안이나 여러 학습지들은 눈만 깜빡해도 불어나 있는데 학기에 한 번씩 가져오는 몽땅 꾸러미(원에서 수업했던 거의 모든 것-그림, 종이접기, 편지, 학습지, 사진, 상장 등등)가 도착하면 어쩔 줄을 모르겠다. 그 조그마한 손으로 그리고 접고 썼을 것을 생각하면 종이 한 장이 모두 소중해 차마 비울 수가 없는 것이다. '어머, 너무나 소중해.' 하는 그 종이들을 방치하다 보면 쑥쑥 늘고 금방 늘고 어느새 가득 차버리고 말았다. 다시 못 만날 그날의 추억들에 빠져 몽글몽글 넋을 놓고 있다가는 아무것도 할 수 없을 것이었다.

결단이 필요했다. 아이들과 모여 앉아 차곡차곡 쌓아 놓은 기록 파일들을 모두 꺼내 훑어보며 성장의 시간을 칭찬했다. 종이는 비워내더라도 그 칭찬의 말은 오래 남을 것이기 때문이다. 정리에는 유치원 로고가 새겨져 있기는 하지만 가장 튼튼하고 커다란 파일을 재활용하기로 했다. 남기기로 한 것은 졸업장과 상장, 키와 몸무게 등등의 기록이 담긴 것, 그 시기를 대표할 수 있는 딱 한 장씩의 그림과 사진이었다. 모두 비워내고 꼭 남기고 싶었던 것들을 파일에 끼워 넣었더니 한 사람에 각각 하나씩이면 되었다. 정리가 끝난 후 한참이 지난 지금 다시 열어보아도 '에이, 조금 더 가지고 있어 볼걸. 괜히 버렸어.' 하는 생각이 드는 물건은 없고, 이 파일 하나면 충분하다는 생각이 든다.

그동안은 보이는 수납을 주로 했지만 드디어 아이들에게도 서랍이 필요한 때가 되었다. 커다란 파일도 넣을 수 있는 깊고 넓은 여섯 개의 서랍이 있는 철제 캐비닛을 들였다. 학교와 집에서 사용해야 하는 학용품과 미술용품, 내 종이 물건들이 칸칸이 자리를 잡았다. 가장 마지막 두 칸에는 아이들의 유아 앨범과 잘 정리한 기록 파일을 차곡차곡 꽂았다. 가전을 집에 들이면 그 가전의 사용법이 적힌 매뉴얼과 계약서가 함께 온다. 잘 작동되다가도 때때로 한 번씩 문제가 생겼을 때 꺼내 볼 수 있어야 하고 A/S에도 필요한 경우가 있어서 버리지 않고 보관해 두는데, 살다 보면 그 양도 제법 많아진다. 이런 매뉴얼들도 한데 모아 파일에 정리해서 캐비닛에 넣어두었더니 개운하고 든든하다. 왜 진작 이렇게 하지 않았나 싶다.

많고 많은 캐비닛 중에서 철제인 것을 고른 이유는 아이들의 그림이나 메모를 붙일 공간을 만들고 싶어서였다. 캐비닛에 귀여운 자석들을 가져다 놓으니 아이들은 자연스럽게 그곳에 그린 그림이나 자기들만의 규칙을 적은 종이를 붙여둔다. 가끔 나도 아이들이나 남편에게 보내는 메모를 적어 붙여두기도 한다.

공간의 계절을 새로 겪어간다

비운 공간을 새로 매만지고 가구들을 원하는 모양으로 그렸으니 이제 등을 달 차례가 되었다. 본래 이 방에는 작은 베란다가 있었는데 확장을 했다. 그래서 아이들이 사용하는 작은 침실처럼 베란다의 등 자리가 남아 있다. 오랜 시간 식탁을 비추었던 초콜릿색 등을 이 자리에 내려 달았다. 식탁 등은 고깔 모양의 하얀 등으로 바꾸었다. 천장 중앙에 밝은 메인 등이 있지만 창가에 내려 단 노란 불빛은 방을 한결 아늑하게 만들어준다. 일하는 것이 아닐 때는 이 등만 은은하게 켜두기도 한다.

이 방에는 벽 한쪽을 다 차지할 만큼 커다란 창이 있었다. 옷방으로 사용하는 동안(밖에서 잘 들여다보이는 것은 아니지만)에는 옷갈아입을 일이 많으니 기다란 커튼으로 내내 가려두었는데 다시 창을 활짝 열던 날, 이렇게 예쁜 나무와 눈을 맞출 수 있는 공간이었구나 하고 새삼스럽게 깨쳤다. 새로 생긴 루틴처럼 아침이 되면 남편은 커튼을 지우고 창 앞에 서서 커피를 마신다. 그러면서 나뭇

가지에 새 눈이 돋았다거나 가지에 물이 올랐다는 관찰 보고를 종종 하기도 한다. 그런 이야기를 할 때의 남편 얼굴이야말로 보이지 않던 것을 새로 보는 기쁨으로 충만한 새 봄 같았다. 빡빡했던 캐비닛의 서랍은 길이 들고 어디에 두었더라 익숙하지 않던 사물들을 향한 방향감각도 서서히 되찾아간다. 책상에 놓아둔 스탠드를 똑딱 켜고 앉아 각자의 일과 공부로 골똘한 모습도 이제는 집의 익숙한 풍경이다. 해가 지고 나면 낮 동안 책상맡에 쌓아둔 남편의 머그잔을 치우고 아이들 책상 위의 지우개 똥과 색종이 밥을 털어낸다. 활짝 열어 두었던 커튼을 다시 그리고 나면 오늘 하루도 잘 지냈다는 안도감이 든다.

　　긴 시간 내내 옷 방으로만 사용하던 방이 우리들의 책상 방이된 후로 이 공간의 계절들을 새로 겪어나가고 있다. 이 방은 유일한 북향이고 커다란 창도 북쪽을 향해 열려 있다. 옷 방으로 쓰는 동안은 커튼을 내내 그려놓아 사계절 할 것 없이 침침한 정도의 조도를 당연하게 여겼다. 그래서인지 벽을 하얗게 바르고 창을 여는 것만으로도 볕의 양은 충분했다. 다만 북향의 창에서 부는 겨울바람이 나에게는 좀 선듯하다 싶었는데 땀이 많고 더위를 무척 타는 남편에게는 이것이 최적의 온도라고 한다. 그 온도를 체감해 보고 나니 그동안 그렇게 더워하던 모습도 이해가 된다. 약간 서늘한 정도가 머리를 쓰는 일에 좋다는 글을 읽은 적이 있는데 그것도 경험해 보니 맞는 말인 것 같다. 남편과 아이들은 특별히 할 일이 없을 때도 이곳에 머물며 책을 읽고 그림을 그리며 놀았다. "좀 쌀쌀하지 않아?" 하고 물으면 아이들은 집중이 잘 되고 시원한 기분이 든다고 한다.

사람은 적응의 동물이라더니 나도 곧 그 산산한 온도의 매력에 빠져버려 집중이 필요한 글을 써야 하는 밤이 되면 이 공간을 애용하기에 이르렀다. 나는 혼자가 아닌 공간에서 글을 도닥이는 것은 어쩐지 조금 쑥스럽다. 그것이 남편일지라도 그렇다. 남편이 내 노트북을 빤히 들여다보는 것도 아니고 쓴 글자들이 소리가 되어 들릴 리도 없는데, 혹시 나는 사토라레(영화 〈사토라레〉의 허구의 현상이면서 그 주인공을 이르는 말, 말로 꺼내지 않아도 속마음과 생각이 밖으로 들리는 사람. 본인은 이 사실을 인지하지 못한다)가 아닐까 하는 괜한 공상에 사로잡혀 고개가 움츠러든다. 무슨 엉뚱한 소리인가 싶지만, 결국은 보여줄 글을 쓰는 것인데도 이 문장을 엮기 위해 떠올리는 무수한 잡생각들을 들키고 싶지 않다. 그러던 어느 날 어쩔 도리 없이 남편과 나란히 앉아 야근하게 되었다. 남편은 야근이 잦고 나는 아이들이 잠든 고요한 밤에 원고를 써야 하는 시기였다. 그런데 그 기분이 나쁘지 않았다. 오히려 괜찮네. 싶다가 좋구나. 싶었고 나중에는 꽤 근사하다는 생각까지 들었다.

한때 남편이 구 남친이던 시절 한 직장에서 잠깐 같이 일을 한 일이 있다. 우리는 일찍이 비밀 사내 커플이었다! 멀리 등을 돌린 자리에 떨어져 앉아 각자의 일에 집중한 척했지만 마음은 온통 서로에게 가 있던 시절이었다. 비밀 연애의 묘미는 둘만 아는 제스처와 사인을 늘려가며 시그널을 주고받되 결코 들키지 않아야 한다는 일종의 스릴에 있다. 어쩌다가 자리에 둘만 남게 되어도 투명한 유리문으로 밖이 훤히 들여다보이는 교무실의 구조상 등을 돌린 그 자세로 말소리만 주고받으며 키득거렸다. 시간은 흐르고 흘러 수많은 사건을 거쳐 우리는 부부가 되었고 두 아이를 낳았고 한집에서 살고 있다. 그리고 문득 생각해 보니 그때와 전혀 다른 일을 하는 사람들이 되어 있다.

남편과 책상 방에 앉아 함께 야근하게 된 밤. 이유는 잘 모르겠지만 비밀 연애를 하던 그 교무실에 앉아 있는 기분이 들었다. 적당한 거리를 두고 떨어져 앉아 각자의 일에 집중해 있지만 마음은 여전히 서로에게 가닿아 있는 이 시간이 아주 근사했다.

방의 이름을 바꾸기로 마음먹고 일을 시작한 것이 눈이 내리던 날들이었는데 곧 봄이 찾아왔다. 창 밑의 나뭇가지에 새 연두가 돋고 하루가 다르게 잎이 무성해지는 것을 매일매일 관찰하는 재미가 좋았다. 여름을 맞이해 보니 집에서 가장 시원한 곳이 또 이 공간이었다. 온도계가 26도만 되면 이제 여름이 왔다고 하는 남편을 위해 창가 옆으로 책상 자리를 옮겨 주었더니 여름이 꽤 수월하게 흘러가는 느낌이었다. 거실의 온도계가 30도에서 멈춰 어떻게 해도 내려가지 않던 날에는 이 방에 모여 놀았다. 북향의 창에서는 신기하게도 계속해서 산산한 바람이 불어 들었다. 책상을 옮겨 붙여 레고를 쌓고 영화를 보고 차가운 커피를 만들어 마시면서 해가 질 무렵까지 놀았다. 바람이 솔솔 부니 잠이 솔솔 온다던 남편은 산산하게 바람 부는 창 밑에 의자를 두고 기대앉은 채로 잠이 들어 버렸다.

방의 이름을 바꾸고 새로 매만지지 않았다면 몰랐을 작은 아파트의 새 계절이 예쁘게 흘러가고 있다.

늘 마음에 걸리던 부분을 손보았다

이 작은 아파트에서 더 지내기로 마음먹고 나니 보고도 모르는 척
했던 집 안의 곳곳이 눈에 들어왔다. 집 안의 공간에도 일종의 부익
부 빈익빈 현상이 나타난다. 자주 매만지고 가꾸는 부분은 점점 좋
아지는데 그렇지 않은 부분은 시간의 때까지 묻어 더 남루해진다.
사는 데 큰 지장이 없어서라든가 자주 쓰고 오래 머무는 공간이 아
니어서 혹은 차마 건드리기 겁이 나서라는 핑계로 묵혀온 부분들
이었다. 그런데도 마음에는 내내 걸려 있어서 언젠가는 손을 봐야
할 텐데 하는 생각으로 게으른 7년의 시간이 지났다. 이 정도까지
모르는 척했으면 그냥 둘 법도 하지만 새로운 공간으로 이사를 한
것과 같은 기운으로 집을 재정비하고 싶었다. 늘 마음이 쓰이던 그
부분들을 하나씩 손보아 나가기로 했다.

작은 주방의 타일 벽

　매일 음식을 열심히 지어 먹은 더운 김과 기름기들, 설거지 물기가 튄 삶의 자국들은 얼룩이 되어 타일에 들러붙었다. 어깨가 아프도록 닦아도 어느 수준에서 더 이상 완벽히 깨끗해지지 않던 싱크대 뒤편의 타일은 매일 봐야 하기에 가장 마음이 쓰이는 부분이었다. 집에 이사를 들어올 때 낡은 싱크대를 교체하는 공사를 했지만 무난한 무늬의 하얀 타일은 특별히 보기 싫지 않아 그대로 두었다. 그러니 이 타일의 나이는 7년 그 이상을 훌쩍 뛰어넘을 것이다.

　싱크대 가구가 붙어 있는 상태에서 타일 시공을 하는 것은 매우 까다로운 일이다. 공사 비용도 비용이지만 해주겠다는 업체가 없다고 한다. 그래서 무슨 용기인지 몰라도 남편과 둘이서 타일을 직접 붙여보기로 했다. 타일을 붙일 벽의 치수를 재고 그 크기와 길이를 가늠해 타일을 주문했다. 직사각형 무늬의 하얀 타일을 골랐는데 무슨 생각으로 이렇게 작은 것을 골랐는지 이것도 용기라면 용기겠다. 드디어 타일이 도착했고 주말을 이용해 정말 열심히 붙였다. 차마 이 한 문장으로 표현할 수 없는 고뇌와 번뇌의 과정이 있었지만 또 한 번 코끼리를 냉장고에 넣는데 성공하고야 만 것이다.

　싱크대 위의 모든 것을 비우고 비닐로 가구를 보양했다. 시멘트를 뻑뻑하게 개어 벽에 조금씩 바르면서 한 조각 한 조각 심혈을 기울여 타일을 붙여나갔다. 타일과 타일 사이의 틈이 일정하도록 맞추는 작업은 꽤나 섬세한 것이었는데 하나가 어긋나면 그 뒤는

걷잡을 수 없이 벌어지기 때문에 집중이 필요했다. 타일을 붙이며 깨닫게 된 것은 집이 생각보다 반듯하지 않다는 것이었다. 반듯해 보이는 벽에도 미세한 기울기가 있고 당연히 그 벽 위에 얹어진 싱크대 상부 가구에도 미묘한 기울기가 더해져 있었다. 그래서 분명 같은 크기의 타일을 같은 선에서 시작했는데도 도달점의 모양이나 길이가 다르게 나왔다. 기울어진 상부장과 콘센트와 가스 배관을 피해 요리조리 맞추다 보니 타일 한 개가 온전히 다 못 들어가는 부분도 나왔다. 그럴 때는 그 크기에 맞게 타일을 잘라서 써야 했는데 복병이 바로 이 자르기였다는 것을, 그 고뇌의 체험을 해보기 전까지는 몰랐다. 한쪽을 끼우면 다시 한쪽이 빠지고 마는 이상한 싸구려 커터기를 가지고 온종일 씨름을 했다. 유튜브에서 본 장인들은 몇 번의 유리 칼질로도 타일을 원하는 크기만큼 깔끔하게 잘라내던데 이상과 현실, 이론과 실제는 이렇게 다른 것이다. 잘라야 하는 타일 개수는 많고 게다가 딱 반절로 자르는 것은 그럭저럭 할 만했지만 삼 분의 일 이라든가 사 분의 일 조각을 내는 것은 무척 어려웠다. 가로라면 또 조금 낫지만 세로로 가늘게 자르는 것은 우리가 가진 커터기와 조잡한 재주로는 사실상 불가능한 것이었다. 타일 자르기에 지쳐 집주변의 타일을 파는 가게나 인테리어 집, 목공소의 주소를 검색해 몇 군데 전화를 걸어보기도 했다. 간혹 비용을 지불하면 좋은 레이저 커팅기로 손쉽게 타일을 잘라주시는 곳이 있다는 글을 읽은 것이다. 결국 집 주변에서 그런 곳은 못 찾았다. 혹시 몰라 조금 넉넉히 샀던 타일들을 야무지게 깨쳐 먹고 나서야 약간의 감이 오기 시작했다.

처음 써보는 타일 커터기가 마음처럼 되지 않아 애를 먹었지만 이런 일을 함께할 때 나는 남편이 얼마나 진중하고 찬찬한 사람이었는지 알게 되는 것이 참 좋다. 남편은 서툴게 잘려 나간 타일이 내 마음에 안 들까 봐 걱정이라고 말했지만 나는 완벽함보다는 그 안에 담긴 정성을 높이 산다. 내 집을 내가 고치는 것인데 조금 엉성하면 또 어떠랴. 타일을 다 붙이고 나서는 백시멘트를 개어 그틈을 탄탄히 메우고 닦아내기를 반복했다. 이 백시멘트는 닦은 물기가 마르면 다시 뽀얗게 올라왔다. 성실한 손만이 정답인 것이라서 물에 빨아 꼭 짠 스펀지로 타일을 꼼꼼 닦고 또 닦았다. 이다음에 우리 정말로 이 집을 떠나게 되는 날이 온다면 남편과 나는 이 싱크대 앞에 서서 울지도 모르겠다. 우리의 손으로 하나하나 매만져 만든 작은 주방의 타일 벽 앞에서.

하얗고 보송보송한 타일 벽이 완성된 후 오래도록 작은 식탁을 지켜주었던 초콜릿색 등을 내리고 뽀얀 고깔모자 등을 걸었다. 덕분에 주방의 무드가 한결 밝아지게 되었다. 등을 켜면 벽에 동그랗고 완만한 모양의 언덕 그림자가 그려졌다.

애증의 다용도실

주방 벽을 붙이고 남은 타일을 다용도실 세탁기 앞의 바닥에 붙였다. 깨끗한 타일 바닥을 만드니 제대로도 신지도 않고 괜히 신발등을 꾹 누른 채로 세탁물 꺼낼 때만 쓰던 욕실화도 필요 없어졌다. 자연스럽게 다용도실을 손보기로 했다.

살면서 가장 마음이 쓰이던 곳은 다용도실이었다. 이 공간은 집 안에서 가장 지저분하거나 잡다한 물건이 쌓이는 곳이면서 없어서는 안 될 꼭 필요한 공간이다. 그런데 필요성에 비해 무시와 괄시가 묵인된 공간이기도 해서, 도대체 어떻게 정리를 해야 할지가 늘 고민이었다. 일주일 정도의 시간을 두고 천천히 그렇지만 세심히 다용도실 정리를 했다. 다용도실 안쪽에 너무 당연한 느낌으로 서 있던 큰아이가 아가였을 때 사용하던 이케아 선반에는 있어도 없어도 그만한 자잘한 살림살이가 그 나름대로는 봐줄 만하게 정리되어 있었다. 봐줄 만한 상태에 속아 그냥 끌어안고 살고 있었던 것이다. 다른 생각은 더할 것 없이 "이 물건이 나에게 필요한가, 필요하지 않은가?" 하는 단순한 질문을 던지고 나면 답은 쉬웠다.

한쪽 벽에 있던 나무 선반의 물건들도 정리하다 보니 가구 자체를 비워낼 수 있었다. 남는 자투리 나무로 만든 선반에는 쌀을 비롯해 곡류 몇 가지와 바구니에 담긴 실온 보관 채소들, 작은 가전과 여분의 공병과 화병들을 올려두고 오래 잘 사용했다. 시간이 지나는 동안 오래 묵히기만 했던 것들이라서 더 이상 안 쓰는 공병과 묵은 곡식들만 정리했는데도 물건의 반이 줄었다. 큰 냄비 하나쯤은 있어야 할 것 같아 보관만 해온 곰솥을 비워냈다. 가만 생각해 보니 지난 5년 동안 한 번도 쓴 일이 없다. 그런 것을 갑자기 꺼내 쓸 것 같지 않았다. 곰솥이 사라지니 싱크대 하부에는 큰 여유가 생겨서 나무 선반에 있던 소형 가전들이 그곳으로 자리를 잡았다. 바로 꺼내 콘센트를 이용할 수 있으니 동선도 이 편이 나았다.

매일 쓰는 쌀이 담긴 유리 자와 감자 양파를 담는 바구니 딱 한 개만 남게 되어서 나무 선반을 비워내도 무리가 없었다. 오래 그 자리에서 고맙게 쓰인 가구에게 작별 인사를 했다. '안 먹고', '안 쓰는'이라는 수식이 붙은 것을 더 이상 모르는 척 안 하고 정리해야겠다고 마음먹었고, 마음먹고 나니 신기하게도 정말 그렇게 되었다. 사실은 쓸모없는 너무 많은 것들을 미련인 줄도 모르고 끌어안고 살고 있던 게 아니었을까.

다용도실 안쪽은 세탁실이고 여기에는 깊고 넓은 선반이 달려있다. 두루마리 화장지와 키친타월 아이스박스와 휴대용 가스버너가 한 칸, 세탁 청소 세제들과 청소용품이 한 칸을 차지한다. 이 선반은 때때로 정말 최후까지 고민하다가도 못 비운 물건들이 머무는 장소이기도 한데 이번 기회에 그것들을 다 비우기로 마음먹었다. 사은품으로 받은 물건들이 대부분인데, 무늬가 걸려 영영 안 쓸 것이 분명한 그릇들과 플라스틱 용기 세트 같은 것들은 중고마켓에서 새 주인을 찾아 주었고, 조금씩 남아 있던 세제들은 모아 청소할 때 사용하고 홀가분히 비워냈다. 자꾸 모아두게 되는 종이 가방과 비닐 봉투도 꼭 필요한 몇 개만 남겼다. 비닐 봉투는 튼튼하고 크기가 큰 것으로 열 개 정도면 사실 충분했다. 종이 가방은 비우는 김에 소포지로 만든 것(되도록 크기도 맞추어서)을 추려 상자처럼 위를 깔끔하게 접었다. 세탁 청소 세제들과 청소 용품을 이 상자에 종류별로 나누어 넣어 선반을 가지런히 정돈했다. 종이 가방을 이용해서 만든 이 상자들은 지저분해지거나 낡으면 미련 없이 비우고 또 만들면 되니 정말 좋다. 집 안의 가장 복잡한 곳을 손보고 나니 삶의 질이 올라가는 기분이 들었다. 이즈음 좋아하는 어느 매거진에서 작은 아파트의 이야기가 궁금하다며 인터뷰를 요청받는 일이 있었다. 집 곳곳을 두루두루 돌아보시던 포토그래퍼님은 종이 가방을 접어 정돈한 선반을 사진으로 담았다. 다용도실이라는 공간이 너저분한 물건들이 많은 공간이기도 하고 별것 없는 정리가 쑥스럽기도 했는데, 이 사진이 지면에는 실리지 않았지만 나중에 보내주신 사진을 보고 기분이 참 좋았다. 소박한 예쁨을 알아채 주신 것 같아서였다.

이렇게 넓었던가 싶게 비워진 다용도실에는 자리가 나기만을 기다렸었다는 듯 건조기가 들어오게 되었다. 남편이 한 번 구경만 가보자 해서 따라나셨다가 그 길에 데려오게 된 것이다. 집에 오래 머물다 보니 아내의 집안일은 끝도 없다는 것을 이제야 제대로 알게 된 것 같았다. 사실 사용하고 있는 세탁기에도 건조 기능이 있는데 이렇게 큰 기계가 또 필요할까 싶은 마음이었다. 써보면 아는 거라고 지금은 이 혁신적인 기계의 편리함과 고마움을 잘 안다. 세탁기의 건조는 추가 사항이라면 건조기는 건조만을 위해 태어난 물건이니 그 결과물이 엄청나게 달랐다. 미세먼지가 내내 좋지 않아 창문을 마음껏 열 수 없는 날이나 바람 한 점 없이 습기가 가득해 아침에 널어놓은 빨래가 밤이 되도록 꾸덕꾸덕거릴 때는 이 기계가 없었다면 어떻게 살았을까 싶은 것이다. 유난히 빨랫감이 많이 나오는 날이나 커튼이나 이불처럼 부피가 큰 것의 차례가 돌아오는 날에도 잘 들인 기계 하나가 빨래가 잘 마르는 날씨를 만나는 행운을 매일 대신해 주는 것에 신기하고 감사한 마음이 들었다.

그렇지만 역시 볕이 정말 좋은 날은 잠깐 고민을 한다. 기계의 편리함은 두말할 것이 없지만 볕에 착착 내어 걸어 잘 말린 빨래에서 나는 해 냄새가 문득 그리울 때가 있기 때문이다. 열어놓은 맞창으로 기분 좋은 바람이 부는 날, 그 바람길에 리넨 이불 한 장을 빨아 널어둔다. 바삭바삭 해 냄새가 나는 이불 속에 폭닥 들어가 눕는 행복감은 굉장하다. 집 안이 많이 건조해져서 목과 코가 뻑뻑한 날에는 딱 한 바구니의 빨래를 집 안에 널어 습도를 맞추기도 한다. 빨래가 마르는 동안 집 안에 은근히 담기는 냄새가 정말 좋다. 약간의 수고가 만들어내는 기쁨이 좋아 건조기를 쉬게 두는 날도 있다. 건조기의 편리함과 해에 내어 거는 소박한 행복 중 원하는 대로 한 가지를 선택하기만 하면 된다.

신발장

어려서부터 할머니께서 출타했다가 돌아오실 때 현관이 지저분하면 정말이지 크게 꾸중을 들었다. 할머니는 워낙 엄한 분이셨는데 특히 현관 신발 정리가 되어 있지 않으면 그렇게 무섭게 혼을 내셨다. 혼나며 배우다 보니 신발을 항상 가지런히 벗고 한쪽에 열을 맞추어 정리하는 습관이 무의식처럼 몸에 뱄다.

어느 풍수지리학자가 쓴 칼럼에서 보니 현관이 밝고 깨끗하면 좋은 기운이 들어온다고 한다. 할머니께 혼이 나는 것이 무서워서 한 일이었지만 어쨌거나 풍수지리를 몰라도 들어서는 첫 공간이 깨끗하면 기분이 좋아지는 것은 당연한 일이지 싶다. 기운이든 복이든 사람의 일이니 사람의 기분과 떼어 생각할 수 없을 것이다. 신발을 가지런히 정돈하고 청소기로 매일 현관을 민다. 사실 거의 무의식적으로 하는 일이기 때문에 어려운 줄도 잘 모른다. 때때로 늦은 밤 짧고 소박한 기도를 하는 마음으로 물걸레질을 하기도 한다.

아파트를 지을 때 기본 사양으로 들어 있던 가구가 꽤 많았다고 들었다. 고가는 아니지만 브랜드 네임이 있는 가구였다. 이 집에 이사를 왔을 때 이미 거실 장식장은 비워져 있었고 싱크대와 연결되는 부분에 있던 유리 장식장은 싱크대를 교체하면서 떼어냈다. 베란다에 꺼내 두었던 기본 TV 대도 살면서 비웠고 이제 이 신발장 하나만 남았다. 튼튼하고 깨끗하지만 짙은 갈색 프레임과 장식 무늬가 내내 눈에 걸렸었다. 현관에 앉아서 도시락을 먹을 것도 아니고 공을 들여 신발 끈을 묶는다고 해도 3분도 머물기 어려운 공간이니 다른 곳을 가꾸는 동안에도 모르는 척했다. 어느 날부터 도저히 모르는 척 고개가 돌려지지 않아 결국 일을 저질렀다. 문을 하나하나 떼어내 미리 길이에 맞추어 사둔 도톰한 시트를 발랐다. 말은 간단하지만 작지 않은 세 폭의 문에 시트를 붙이는 데 온종일이 걸렸다. 무늬가 걸리던 현관 바닥에는 타일을 붙이기로 했다. 타일 공사를 한 번 해봤다고 수월할 줄 알았는데 바닥용으로 나오는 타일은 두께가 아예 다른 것이었다. 너무 무거워 내 힘으로는 차마 들기도 어려웠다. 주방 타일을 붙일 때도 느꼈지만 집의 벽과 바닥은 생각보다 반듯하지 않다. 현관 바닥도 미묘하게 오른쪽이 조금 더 크거나 왼쪽으로 휘어있고 아래가 평평하지 않고 솟은 부분도 있었다. 이 비정형의 바닥에 정형의 타일을 붙이려면 모서리를 조금씩 잘라내야 하는데 집에 있는 타일 커팅기에는 아예 그 두께 자체가 들어가질 않았다. 덜컥 비싼 값을 주고 산 타일을 무를 수도 없어 공사장용 공구를 빌려주는 곳에서 날이 돌아가는 그라인더를 빌려다가 불꽃을 튀겨가며 남편이 미묘한 각도의 차이를 살려 타일의 모서리를 깎아주었다. 다시 한번 시멘트를 개어 타일을 얹고 이틀 정도 단단히 말려 타일 틈을 마저 메웠다. 깔끔하게 다듬어진 현관이 단정한데 아무 손잡이나 막 달고 싶지는 않았다. 되도록 밖으로 드러나지 않는 깔끔한 손잡이를 오래 찾아 달았다. 하나하나 천천히 했기에 마지막 손잡이까지 달아 완성을 외치기까지 일주일의 시간이 걸렸다.

바닥에 붙인 타일이 잘 마르는 동안 신발장 정리를 했다. 신발장 정리는 옷장 정리처럼 일 년에 두 번쯤 한다. 아이들은 발이 무서울 정도로 쑥쑥 자라기 때문에 분기별로 비울 것이 계속해서 생긴다. 다 비우고 나면 여름 샌들이나 털 부츠처럼 딱 그 계절에만 신는 것들은 손에 닿기 좋은 위치로 옮겨 계절 대비를 한다. 어른의 발 사이즈는 크게 늘거나 주는 일이 없어 괜찮지만, 아이들의 것이라면 계절을 보내고 꺼내게 되는 신발이 작지는 않은지 반드시 신겨보고 새로 사야 한다면 미리 구비해 둔다. 그래서 신발장 정리는 정말로 쨍쨍 더운 여름이 오기 전에 정말로 눈이 펄펄 내리기 전에 끝내야만 제대로 계절 대비를 한 것 같아 마음이 홀가분하다.

여자는 외출의 사소한 목적에 따라 신발의 종류가 여러 개인데 남자는 그 모든 목적에 운동화 하나면 끝. 이라는 우스갯소리를 읽은 적이 있다. 정말로 그런 것인지는 모르겠지만 옷이나 신 욕심이 별로 없는 나도 우리 집에서만큼은 신발장 지분이 가장 높다. 무척 좋아해서 15년이 가깝도록 신고 흠이 나면 또 수선을 하며 아끼는 구두도 있고, 자주 신는 것은 아니지만 정말로 사소한 외출의 목적에 따라 신어야 해서 보관해 두는 것들도 있다. 하지만 어쨌거나 철에 따라 가장 자주 신발을 사는 사람은 역시 내가 맞다. 지분이 큰 만큼 신발장을 비울 때는 과감하게 한다. 내 경우라면 다음 신발장 정리가 돌아올 때까지 단 한 번도 밖으로 나오지 못한 것은 미련 없이 비워낸다. 무언가에 홀려 샀을 텐데 막상 신고 나가려고 하면 손이 안 가는 것에는 분명 이유(대개는 발이 아파서)가 있을 것이다. 만약 대체할 수 있는 것이 여러 개가 되었다면 가장 좋아하는 것을 남기고 비운다.

남편의 신발이라면 구두 두 켤레와 운동화 두 켤레, 만년 신고 다니는 샌들 하나가 실제로 신는 것의 전부다. 남편은 잘 사지도 않지만 잘 버리지 않는 사람이다. 거의 버리지 않기 때문에 신지 않는 남편의 신발이 어느 해에는 내 신발보다 많았던 일도 있었다. 신발장 정리를 할 때 남편을 살살 얼러 허락을 구하거나 아주 가끔은 몰래 몇몇을 추리고 추려 비워냈지만 세탁의 가치를 느끼지 못하는 수준으로 너무너무 지저분한 운동화들과 밑창이 다 닳은 정장화가 아직도 신발장의 구석을 차지하고 있다. 버리지 못하는 이유는 뭔가 지저분한 것을 디디거나 닦아낼 수 없는 일을 할 때 막 신고 버릴만한 것이 있어야 하기 때문이란다. 실제로 그런 일은 우리 사는 동안 일어나지 않았지만 자기 물건도 별로 없는 사람이 낡은 신발 몇 짝을 좀 가지고 있겠다고 해서 집이 어떻게 되는 것은 아니기에 우선은 두고 있었다. 신발장을 새로 매만지면서 처음으로 남편은 자기 신발들의 실체를 눈으로 확인하게 되었다. 생각해보니 내가 신발장 정리를 할 때 말로 어떤 신발을 설명하면서 "그거 이만 버려도 돼?" 하고 물은 적은 있어도 그 실체를 보여준 적이 없었던 것이다. 사실 신을 데로 신고 넣어둔 오래된 신발이 깨끗한 상태로 있을 리는 없지 않은가. 남편은 좋으면 좋다고 하지만 싫으면 대답을 먹어버리는 타입이다. 무언가를 두 번 물어도 시원한 대답이 없다면 '싫다, 혹은 아니다.'라는 뜻으로 해석하면 된다. 신발에 대해 물으면 남편은 대답이 없었다. "그거 왜?"라고 되물은 적도 있는데 "그거 왜?"는 대답을 먹어 버리는 것보다 더 강력한 '싫어' 혹은 '아니'를 뜻하는 말이다. 그럴 때는 의미 없는 실랑이를 하는 대신 그대로 둔다. 말싸움도 오가는 재미가 있는 사람하고나 하는 것이니까.

낡은 가죽 구두는 무려 첫 회사에 들어갈 때 내가 사주었던 것이다. 유난히 습한 겨울을 나며 구두에는 엷은 곰팡이 꽃이 피었고 칸의 삼 분의 일을 차지하는 커다랗고 둔한 운동화의 때와 묵은 먼지는 이제는 더 못 봐줄 지경이었다. "아이고 이걸 왜 여태껏 가지고 있었지?"라고 남편이 말했을 때 나는 속으로 쾌재를 불렀다. 드디어 안녕을 고할 수 있겠구나. 신발장의 신발이 반으로 줄었다.

되도록 현관 바닥에는 신발을 꺼내 두지 않고 모두 신발장 안으로 들어간다. 손닿기 가장 좋은 신발장의 오른쪽 칸에 매일 신는 것들을 각자의 눈높이에 맞추어(키가 큰 아빠부터 차례로) 넣어둔다. 보관하는 신발은 커피를 사면 담아주는 빳빳한 종이 캐리어를 칸에 세로로 넣어 정리한다. 한 켤레의 신발을 한 짝만큼의 폭에서 위아래로 나누어 넣을 수 있으니 공간을 넉넉하게 쓸 수 있다. 물론 그 용도로 나온 플라스틱 신발 정리대를 살 수도 있지만 한 번만 쓰고 버리기에는 어쩐지 안타까운 마음이 드는 종이물건을 재활용 할 수 있다는 점이 꽤 뿌듯하다. 단, 종이다 보니 납작하고 많이 무겁지 않은 플랫슈즈나 아이들 운동화 같은 신발 종류만 가능하다.

신발장의 가장 오른쪽 칸은 나누어 놓은 선반이 없이 세로로 길다. 줄넘기와 축구공 같은 운동 기구들과 우산 그리고 각종 가전 설명서를 모아놓은 상자 하나가 자리를 잡고 있다. 신발 정리를 할 때도 이 칸은 거의 열지 않았는데 이번에는 모두 꺼내 모르는 물건 없이 정리하기로 했다. 사지 않아도 자꾸 늘어나는 대표적인 물건이 바로 우산이다. 이제 보니 포장도 뜯지 않고 쌓아둔 것도 여럿이었다. 살이 나가거나 녹이 슬어 여닫기 어려운 것은 추려 버리고 가족 수대로 자기가 사용할 것을 정하고 여분으로 두어 개만 남겼다. 한결 넓어진 이 공간에 이제는 필수품이 된 새 마스크들을 넣어두었다. 신발을 신을 때 마스크를 끼게 되니 이곳이 딱 자기 자리다.

아이들은 엄마 아빠가 도대체 왜 저렇게까지 현관을 고치고 다듬느라 애를 쓰는지 궁금해했다. 앞에도 적었던 것처럼 사는 데 아무 지장이 없고 지금껏도 잘 지내왔으니 말이다. 그런데 차츰 완성되어 갈수록 너무 좋아 이전이 생각이 안 날 정도라고 했다. 그럭저럭 괜찮은 상태에서 멈추어 있기보다는, 조금 더 좋은 것들을 생각하고 그 생각을 밖으로 꺼내 실행해서 내 것으로 만들어가며 살고 싶다. 그런 삶의 태도를 아이들에게도 물려줄 수 있다면 좋겠다.

수저 서랍

싱크대의 하부 장에는 세 칸의 서랍이 있는데 가장 마지막 칸은 비닐 봉투와 장갑, 쿠킹 페이퍼를 넣어두고 가운데 서랍은 매일 매끼에 사용하는 접시를 넣는다. 그 맨 위 칸은 수저 서랍이다. 칸칸 나뉘어져 있는 트레이에 숟가락과 젓가락 포크와 스푼 잼 나이프들을 나누어 정리해 두고 쓴다.

어느 날 수저 서랍이 뻑뻑하게 닫힌다 싶었는데 저녁을 짓는 중에 갑자기 툭 하고 떨어지는 소리가 났다. 그 상태에서 서랍이 나오지도 들어가지도 않고 그야말로 요지부동이었다. 손톱만 한 바퀴가 박힌 얇은 레일이 서랍의 양옆에 붙어 있고 싱크대에 그 레일에 꼭 맞는 홈이 파인 지지대가 있다. 서랍을 여닫을 때마다 그 작은 바퀴가 경쾌하게 굴러야 마땅한데, 그 레일이 툭 하고 떨어져 버린 것이다.

남편이 손전등을 켜고 한참을 들여다보더니 "이건 정말 사람 불러야 돼."라고 했다. 집에 돈 들고 번거로운 일이 생기면 어쩐지 잠깐 모르는 척하고 싶어진다. 마음대로 움직이지 않는 서랍을 어르고 달래듯이 살살 여닫으면서 내가 그동안 하루에 이 서랍을 50

번쯤은 여닫고 살았구나 하고 깨달았다. 7년 동안 그렇게 여닫았으니 나는 여기까지야. 윽. 하고 바퀴를 놓아버려도 뭐 그렇게 이상한 일은 아니었지 싶다. 그럼에도 불구하고 이 시기의 모든 핑계가 안 열리는 서랍 탓이 되기 시작했다. 글이 안 써지는 것도 기분이 늘어지거나 아이들의 잦은 실수가 허허 넘어가지지 않는 것마저 수저 서랍이 잘 열리지 않기 때문인 것 같았다. '수저 서랍이 나의 인생에서 이토록 중요한 물건이었구나.' 하고 생각했다.

남편은 유튜브를 한참 찾아보더니 할 수 있을 것 같다며 철물 마트에 가서 서랍 레일을 사 왔다. 그래도 막상 하는 것은 생각보다는 어려운지 시간이 한참이나 흘렀다. 혼자 애를 쓰고 있는 것이 미안해서 서랍의 트레이를 꺼내 새로 닦고 수저를 팔팔 끓는 물에 삶아 반짝반짝 괜히 윤을 내며 그 곁을 지켰다. 긴 시간 애를 쓴 끝에 남편은 정말로 사람 안 부르고 서랍 레일을 달아주었다. 이제 되었으니 열어보라고 했을 때 떨리는 심정으로 서랍을 당겼다. 드르륵 경쾌한 소리와 함께 작은 바퀴들이 신나게 구르는 것이 느껴졌을 때 아 이제 살았다고 생각했다. 모든 일이 다 잘될 것 같은 경쾌함이었다.

책상 수선

내가 사용하다가 큰아이에게 물려준 책상은 지금껏 잘 사용하고 있다. 작은아이가 제 형의 책상을 무척 부러워해서 같은 것을 사주었다고 앞에서 적었는데 그 책상에 문제가 생겼다. 어느 날 엷은 실금이 생긴 것을 발견했는데 시간이 지날수록 틈이 벌어져 쩍쩍 갈라지기 시작한 것이다. 틈도 날카로워 손을 다칠 수도 있을 것 같았다. 이런 일은 처음이라서 어떻게 수리를 해야 좋을지 몰라 고민을 하다가, 구입한 지는 오래되었지만 역시 책상을 만드신 분께 여쭤보는 것이 가장 맞겠다고 생각했다. 책상을 샀던 가구 가게에 사진을 보내 상의를 드렸더니 너무나 흔쾌히 사용에 불편 없이 고쳐주시겠다고 했다. 오래오래 잘 사용하는 모습을 보는 것이 가구 만드는 사람의 보람이라는 말도 덧붙이셨다.

그렇게 책상이 병원에 간지도 꽤 긴 시간이 흘렀다. 어느 날 가구 사장님께서 긴 메시지를 보내주셨다. 잘 수선해 드리고 싶은 마음에 자체 수선 팀에게 맡기지 않고 동네에 계신 목수 할아버지께 부탁을 드렸다고 한다. 그런데 수선 결과가 마음에 안 들 수도 있을 것 같다며 미리 연락을 주셨다는 것이다. 글만 읽었을 때는 장인 목수님께서 해주신 것이니 어떤 것이라도 괜찮다는 생각이었는데 이어 보내주신 사진을 보고 깜짝 놀랐다. 틈을 잇고 더 이상 벌어지지 않도록 하는 접합의 방식 중에 나비 모양의 쪽(나무 조각을 나비 모양으로 깎아 부재와 부재 사이에 박는다)을 넣는 나비장으로 수선이 되어 있었다. 그런데 책상의 틈이 일정하게 벌어진 것이 아니었기 때문에 나비들이 어지럽게 박힌 모양이 되었다. 나비 쪽의 색이 책상의 색과 닮은 것이었다면 조금 덜 했을지 모를 텐데 워낙 짙은 색의 나비 쪽이 박혀 있으니 엄청나게 개성이 강한 무늬가 만들어졌다. 아, 이거 큰일 났구나 싶었다. 아마 튼튼한 수종의 쪽을 넣느라 그렇게 하신 것 같다고 짐작한다. 작은 아파트의 톤과 결을 잘 알고 계신 가구 사장님도 깜짝 놀라기는 마찬가지였다고.

　　나비장은 전통적인 고급 수선 기법이고 손품도 많이 가는 작업이라고 한다. 사는 동안 다시는 벌어질 일이 없을 거라고 뿌듯해하시는 목수 할아버지께 사장님도 차마 아무 말도 못 하시고 우선 가게로 가지고 오셨다고 했다. 수선 방식을 예상하지 못했던 것이 불찰이었다면서 직원분들과 상의를 해보아도 가구가 튼튼해진 것은 의심할 여지가 없지만 회사의 이미지와도 맞지 않다 판단하셔서 내게 먼저 보여주기로 결정하셨다고 한다. 그래서 같은 제품으로 새 가구를 보내주고 싶으시다는 말로 메시지는 맺어 있었다. 메시지를 보내기까지 가구 사장님이 하셨을 고민과 그 배려가 너무나 와닿고 또 비록 깜짝 놀랄 결과가 나오기는 했지만 목수님의 수고와 정성도 헤아릴 수 있어 무척 고심이 되었다. 남편과 나는 결과가 어떻든 고쳐주신 것을 받아오는 게 맞겠다고 생각했지만 어디까지나 실제로 사용해야 하는 책상의 주인은 작은아이이니 사진을 보여주고 의견을 묻기로 했다. 작은아이는 사진을 보자마자 울 것 같은 표정을 지었다. 오매불망 기다리고 있는 제 책상이 완전히 다른 모양으로 변해 있는 것을 보고 속상한 마음이 들었던 것이다. 그 마음도 너무 알 것 같아 더 권하지는 못했다. 작은아이는 심성이 무척 곱고 다른 사람의 마음을 잘 헤아릴 줄 아는 아이다. 내가 가구 사장님과 목수 할아버지의 이야기를 차근차근 들려주면 녀석은 마음이 내키지 않으면서도 그 책상을 그냥 쓰겠다고 할 것이다. 어린아이에게 어른의 감정을 밀어 넣고 나와 있는 답을 선택하도록 설득하고 싶지는 않았다.

송구하고 감사한 마음을 담아 가구 사장님께 긴 메시지로 답을 보냈다. 얼마 지나지 않아 새 책상이 도착했고 책상 방에 형과 아빠의 책상 곁으로 제자리를 찾았다. 나는 감사한 마음을 담아 딸기가 얹어진 예쁜 케이크 하나를 보내드렸는데 직원분들과 나누어 드시겠다며 따뜻한 인사를 해주셨다. 에피소드를 품고 돌아온 책상에서 작은아이는 그림을 그리고 만들기를 하며 제 일상을 다시 그려나간다. 이 책상이 오래오래 우리의 곁에. 이 작은 아파트와 함께했으면 좋겠다.

살림의 재정비

이사를 염두에 두고 몇 달이 흐르는 동안 마음이 떠서 발이 땅에 잘 안 닿았다. 안정감은 나의 주 무기이자 특기인데 마음이 흔들리니 할 일을 다 하고도 내내 불안한 생각이 들어 괴로웠다. 없어도 없고 많아도 부족한 것이 돈인데 천차만별의 상대적 가치에 흔들리며 의미 없는 소비로 헛헛한 마음을 채우고 있는 나를 발견하기도 했다.

생각은 나아갔다가도 맴맴 제자리도 다시 돌아왔다. 노트를 꺼내 해야 할 일 들을 적고 집 안에서 쓸모 있고 아름다운 것을 추려내는 일을 시작했다. 이른바 살림의 재정비. 오래 묵은 것, 때때로 모르는 척하고 지내던 물건들을 비워낸 집은 한결 가벼워졌다. 쓰임에 맞추어 공간이 자리를 잡아가는 사이 새로운 살림들을 들이기도 했다.

10년이 넘은 신혼 가전들이 아플까 말까 비실비실하다. 찬찬히 살펴보니 손에 익은 살림살이들이 이렇게 닳아 있었구나 싶다. 시간의 손때에 길들여진 공간에서 찬찬히 낡아가는 것들을 하나하나 새로 돌보아 주어야 하는 때가 된 것이다. 내내 마음에 걸리던 것 중에서 타일 벽이라든가 가구처럼 집 안의 하드웨어를 손보았다면 그 후에는 공간을 채우는 작은 단위의 물건들을 정돈해 나가기로 했다.

　　살림의 재정비는 한 번에 한 가지를 계획하되 구체적으로 해야 할 일을 목표로 정했다. 이를테면 주방 정리처럼 두루뭉술하고 커다란 계획보다는 서랍 속에서 유통기한이 지난 약과 화장품을 버리겠다고 계획해 보는 것이다. 하루에 다 해버리겠다는 생각도 조금 무모했다. 정리에 소요되는 시간은 생각보다 많이 걸릴 수도 더 적게 걸릴 수도 있다. 그래서 시간으로 생각하지 않고 일의 가짓수로 생각해야 한다. 집 안의 일은 뫼비우스의 띠처럼 모두 연결되어 있어서 한 가지가 잘 마무리되면 그다음 일이 수월해지고 그다음에 할 일이 절로 떠오르게 되어있다. 예를 들자면 곰솥을 비워 넉넉해진 싱크대 자리에 달걀 삶는 기계와 전동 믹서를 옮기게 되었고, 두 소형 가전을 덜어낸 선반을 다시 비워낼 수 있었다. 선반을 덜어낸 자리에는 건조기가 들어갔다. 비우다 보면 집 안의 살림이 책처럼 읽히는 순간이 온다. 내 살림 중 내가 모르는 물건이 하나도 없을 때 온전한 통제도 가능해진다. 작은 집의 살림은 긴밀한 테트리스 게임을 하듯이 비우고 채우고 옮겨 가장 최적의 동선을 만들어 내는 재미가 있다.

새 솜을 넣고 뛰어보자 폭닥

아이들의 이불에 넣을 새 솜을 샀다. 몇 년을 사용하다 보니 보풀도 올라오고 품이 납작해져 계절이 가면 바꿔주어야지 하고 벼르고 있었다. 날긋해진 욕실 발 매트가 그랬고 때가 더는 잘 안 벗겨지는 욕실화가 또 그랬다. 조금만 더 쓰고 바꿔야지. 그렇게 벼르고만 있던 일들을 정말로 해치울 때가 된 것이다. 이불 솜 하나 새로 사서 갈아 끼우는 것이 뭐 그렇게 어려울까 싶은데도 집 안의 물건들은 익숙함을 이유로 지나쳐버리게 되는 일이 많은 것 같다. 아이들 이불을 깨끗하게 세탁해 착착 말려두고 폭닥한 새 솜을 끼워 넣었다. 행복은 일상의 사소한 질감들이 모여 만들어진다. 힘을 다한 칫솔을 새것으로 바꾸었을 때의 개운함이라든가 세면대의 물때를 뽀득뽀득 닦아낸 후의 감촉. 가칠가칠하고 납작해진 헌 수건 대신 새로 꺼낸 수건이 얼굴을 폭 감싸는 보슬보슬함. 잘 닦아 말린 바삭바삭한 타일에 발이 닿는 순간이라든가 손자국 없이 투명해진 유리창 너머로 새 나뭇가지가 올라오는 모습을 보는 것. 폭닥한 새 솜을 채운 이불에 다이빙하듯 뛰어들 때의 쾌감은 잘 다듬어놓은 집 안에서만 느낄 수 있는 행복이다. 내내 벼르고 있는 것이 있다면 그 사소한 물건 하나를 새로 바꾸는 것만으로도 꽤 근사한 기분을 느낄 수 있을 것이다.

베란다에 한자리 붙박이처럼 놓여 있던 아이들의 세발자전거와 유아용 킥보드를 드디어 비워냈다. 손잡이를 잡으려면 키를 쪼그려야 할 정도로 자라난 아이들이 새삼 기특하고 신기했었다. 이제는 비워야지. 비워도 되겠다. 하고 벼르고 있던 일 중의 하나였다. 중고 마켓에서 필요한 이들에게 보내거나 너무 낡은 것은 수거 딱지를 붙여 정리했다. 자전거를 덜어낸 베란다는 더 넓어지고 집은 조금 더 가벼워졌다. 이 자리에는 새로운 식물들이 들어왔다. 수많은 실패를 겪고도 다시 작은 식물들을 들이고 싶어지는 이유는 식물만큼 아름다운 오브제가 없기 때문인 것 같다. 온라인 농장에서 사 온 딸기 화분에 정말로 옹종종한 열매가 매달렸는데 아이들은 하루에도 몇 번씩 그 앞에 서서 구경했다. 쓸모없는 물건이 비워진 자리에는 예쁨이 채워졌다.

나의 뷰로

부부 침실에 붙박이장을 계획하면서 속옷과 스카프처럼 작은 것들을 넣을 수 있는 서랍을 추가했다. 그런데 공장의 실수로 서랍의 추가 구성이 빠져버렸고 결국 그렇게 공사가 마무리되고 말았다. 어쩔 도리 없이 예상에서 벗어나는 일들을 작고 크게 겪어가는 것이 사람 사는 일인 것 같다. 가구를 더 늘리고 싶은 계획은 없었지만 어쨌거나 생활을 하려면 작은 서랍장이 필요했다. 검색이 꼬리를 물다가 마음에 드는 서랍장을 발견하게 되었다. 초록 지붕 집에 사는 빨간 머리 앤처럼 작은 뷰로(뚜껑이 달린 책상)를 갖는 것이 꿈이었는데 마음에 꼭 드는 것을 찾게 된 것이다.

맨 윗부분의 판을 평상시에는 밀어 넣고 있다가 사용할 때는 앞으로 당기면 넓어지면서 작은 책상이 된다. 이 판을 뚜껑처럼 들어 올리면 안에는 거울이 달려 있고 바닥 폭에 물건을 넣을 수도 있다. 아래는 세 칸의 서랍이 있는 서랍장 형태였다. 책상이면서 서랍장이기도 한 가구가 너무 마음에 들었다. 게다가 침실의 남은 벽 한쪽의 길이와 오차도 없이 꼭 맞았다. 이것 또한 운명이었을지도. 큰아이에게 공식적으로 책상을 물려주고 나서부터는 비공식적으로 밤에만 그 책상을 이용하거나 식탁에서 글을 쓰곤 했는데 이제는 침실에 작은 나만의 자리가 생기게 된 것이다. 꿈에 그리던 뷰로를 갖게 된 기쁨에 붙박이장에 얽힌 나쁜 일은 금방 잊혀졌다. 의자를 두고 이 앞에 앉아 글을 쓰고 책을 읽거나 음악을 들으며 나의 시간을 보낸다.

전동 그라인더

재택근무자가 함께 있으니 하루에도 몇 번씩 커피를 만든다. 위를 열어 콩을 넣고 손잡이를 홈에 끼워 돌려 갈아내는 캠핑용 그라인더를 몇 년째 큰 불편 없이 쓰고 있었는데, 상황이 이렇다 보니 어느 날에는 콩을 갈다가 하루가 다 가는 기분이 들었다. 그것이 남편에게도 느껴졌던지 덜컥 전동 그라인더를 하나 사 왔다. 내 손목을 걱정해 사 온 줄은 알면서도 남편이 그렇게 쉽게 말도 없이 커피 물건을 샀다고 했을 때 솔직히 조금 시큰둥한 마음이 들었다. 커피에 관련한 물건은 내가 심혈을 기울여 구입하고 그렇게 들인 것은 정말 아끼고 좋아하며 쓴다. 나에게 집 커피가 그만큼 소중하기 때문이다. 혹시 사게 된다면 이것이라고 오래전부터 찜해둔 전동 그라인더가 있었는데 다만 그 가격과 놓을 자리를 고민하느라 주저하고 있던 차였다. 남편이 덜컥 사버렸으니 예쁘고 비싼 것을 살까, 말까 하는 괴롭고 행복한 고민이 무의미해졌다. 남편이 사 온 이만 원짜리 전동 그라인더는 생각했던 것보다 훌륭하게 움직였다. 본격 코로나 방학으로 내내 집에 머물게 된 아이들은 하루에 백번 정도 나를 부르는 것 같았다. 내 손길이 꼭 필요한 세세한 일과 안에서 콩 가는 일 하나를 덜어낸 것이 어디인가. 그저 콩을 넣고 버튼을 누르기만 하면 제가 알아서 다 갈아 밑의 유리 포트에 담아놓고 멈춰버리는 단순하고 기특한 물건이다.

　　누구에게나 좋은 기억이랄 것이 없는 해를 겪어내는 중이다. 모두가 집에서 보내는 시간이 길어지면서 눈에 거슬리는 집 안의 물건들을 정돈하느라 각종 커버와 수납 제품이 인기를 얻었고, 조금이라도 편리하게 보내려는 생각에 다양한 가전의 판매량이 늘었다는 기사를 읽었다. 작은 아파트의 코로나 가전은 바로 이 전동 그라인더가 되겠다. 의도했을 리는 만무하지만 작은 아파트가 살림을 재정비하는 시간과 우연히 맞물린 덕에 조금 더 안정적으로 이 시기를 겪어나갈 수 있지 않았나 싶다.

설거지

    주방에는 싱크대 상부장에 고정한 것과 싱크 볼 옆에 두는 두 개의 그릇 건조대가 있었다. 주방의 벽 타일을 새로 손보면서 잔 물때가 붙어 낡고 더러워진 건조대를 비우고 새것으로 바꾸었다. 특히 상부장에 고정해 쓰는 것은 시야를 답답하게 했기 때문에 꼭 비우고 싶었다. 하루에도 몇 번씩 설거지를 하는데 반짝반짝 한 새 건조대를 놓으니 기분도 새것처럼 빛났다. 다만 두 개였던 건조대 가 은근히 많은 그릇을 수용했던 모양인지 제법 넉넉한 것을 장만 했는데도 그릇이 많이 나오는 저녁 설거지를 하다 보면 공간이 조 금 부족했다. 이럴 때는 자리를 많이 차지하는 넉넉한 볼이나 커다 란 접시들을 싱크대 한편이나 식탁에 물기를 잘 흡수하는 키친 클 로스를 깔고 펼쳐 말린다. 엉덩이를 붙이고 옹기종기 앉아 물기를 말리는 그릇들이 귀엽다. 나는 나름대로 설거지 부심이라는 것이 있다. 물기가 잘 흘러내려 마르기 좋은 미묘한 기울기를 살릴 줄 안다고나 할까. 설거지가 끝난 그릇들이 예쁘게 포개지거나 펼쳐 진 모양을 구경하며 뿌듯함을 느낀다.

    아침이 되면 잘 마른 그릇들을 다시 제자리로 돌려보내며 새 날을 준비한다. 달그락달그락 그릇 부딪는 소리를 내며 남은 잠을 털어내는 이 순간을 나는 참 좋아한다. 그릇이 모두 제자리로 돌아 간 작은 주방의 아침은 새로 펼친 스케치북처럼 가장 간결하고 하 얗다. 오늘 하루도 또 잘 그려보고 싶다는 설렘을 느끼기에 충분한 공간이 된다.

접시 서랍

싱크대의 그릇들과 커피 잔들을 둘러보며 정돈하기로 계획했던 날에는 특별히 새로 비울 것은 나오지 않았다. 긴 시간 가장 많은 손길을 얹은 곳이면서 내 취향이 단단히 자리 잡혀 있는 공간이기 때문이다. 묵히거나 모르는 것 없이 최적의 손 동선에 따라 살뜰히 가꾸며 사용하고 있다. 싱크대 상부장의 첫 번째 칸에는 음식을 만들 때 매일 사용하는 여러 크기의 볼과 눈금 컵, 스퀴저와 머그컵을 넣어두었다. 두 번째 칸에는 매일 사용하는 밥공기와 작은 접시들이 들어 있다. 찬을 덜어 먹는 앞 접시로 사용하기 좋은 것들은 바로 이 칸에 둔다. 높이가 위로 올라갈수록 사용 빈도가 덜한 면기와 손님용 여분 그릇이 자리를 잡는다.

빵식을 할 때 개인 접시로 사용하거나 약간 넉넉한 찬을 담기에 좋은 중간 크기의 접시들과 넓적하고 커다란 메인 접시는 하부장의 접시 서랍에 넣어둔다. 역시 매일 사용하는 것들이다. 이 정리법은 작은 아파트에서는 공식 같은 것이어서 내가 꼭 돕지 않아도 남편과 아이들은 필요한 크기의 그릇들을 척척 찾아 간식을 먹는다. 냉동 핫도그 하나를 데워먹거나 봉지 과자를 먹더라도 접시 서랍에서 마음에 드는 접시를 꺼내다가 담아서 먹는 녀석들을 보면 참 기특하고 예쁘다.

살림하는 주부들 중에 손목이나 어깨가 온전한 사람이 과연 있을까. 친정 엄마께서는 어느 날 골프 엘보우가 왔다고 하셨다. 골프를 신나게 많이 쳐서 생기는 병이라면 차라리 덜 억울할까. 손목에서 팔꿈치로 이어지는 근육을 하도 많이 사용해서 그 근육이 닳고 닳아 생기는 통증 질환의 이름이란다. 안쪽의 근육이 더 닳으면 골프 엘보우 바깥쪽이 닳으면 테니스 엘보우라고 부른다고 한다. 시어머님은 어깨의 근육이 다 닳고 끊어져 무거운 것을 들고 나면 며칠을 고생하신다. 엄마들의 싱크대 상부에는 아직도 그릇들이 가득하다. 그릇은 무게가 있는 물건이고 그것을 매일매일 하루에도 몇 번씩 들고 꺼내는 공이 필요하니 관절과 근육들이 성하기 참 어려운 조건이다. 그릇 꺼내고 넣는 일은 하물며 집안일의 아주 일부분이니 더 문제다.

접시들을 서랍에 넣어 사용하고부터 나는 이 방법을 많은 사람에게 알려주고 싶었다. 만약 이 다음에 새 주방 가구를 짜게 된다면 여닫이문이 달린 선반 형태가 아니라 깊이가 다른 여러 개의 서랍 형태로 하부 장을 만들고 싶다고 생각했을 정도다. 사용하면 사용할수록 서랍 수납이 쓰임에도 정리에도 더 유용하다고 여러 번 느낀다. 대부분 사용하는 물건에 국민이라는 수식이 붙곤 하는데, 가장 흔한 우리들의 국민 싱크대를 생각해 보면 이 서랍이라는 것이 참 부족하다. 집안일을 보다 편리하게 만들어주고자 가전이 발전하는 속도에 비하면 주방 싱크대는 늘 비슷한 모습이다. 주방 싱크대에도 이제 변화가 필요하다는 생각이 든다. 접시 서랍 아. 참 좋은 데 한 번만 써보면 알 텐데.

냉장고

밤에 갑자기 쿠르릉 앓는 소리를 낸다거나 제 기분 내킬 때마다 램프를 꺼버리고 컴컴한 속을 보여주곤 하던 음울한 냉장고는 결국 문짝의 어깨를 툭 하고 떨구었다. 11년 차 신혼 가전 중에서도 가장 비실비실했던 아이이긴 했지만 살림을 재정비하기로 마음먹은 이 시기에 딱 맞춰 고장이 난 것이 생각할수록 신기한 일이다. 정말로 새 냉장고를 사게 되었을 때는 이렇게 커다란 기계를 다시 들일 것인가를 두고 고민했다. 평상시에도 냉장고의 반 정도 혹은 그보다 약간 더 넘는 공간만을 사용하기 때문에 용량과 크기를 줄이고 싶은 마음이 있었다.

사는 동안 지금 알고 있는 것을 그때도 알았더라면 하고 가장 많이 생각하게 한 살림이 바로 냉장고였다. 좁은 신혼집에 커다란 양문형 냉장고는 사실 어울리지도 필요하지도 않았다. 두 식구 오붓한 식탁을 꾸리기에는 상 냉동, 하 냉장의 일반형 냉장고만으로도 충분했을 것이다. 그러다가 가족이 늘어나고 쓰임이 더 커지면 그때 크기를 키웠어도 좋았을 텐데. 그런 생각은 역시 지나고 나서야 드는 것인지도 모르겠다. 그때는 내가 어떻게 살고 싶은 지에 대한 고민보다는 사람들이 좋다는 것이 정말 좋은 줄만 알았다. 혹 독립을 앞둔 누군가가 나에게 묻는다면 사람들이 말하는 구색보다는 자신의 삶은 가치에 기준을 두라고 이야기해 줄 수 있을 텐데 하고 생각하곤 한다.

어쨌거나 그로부터 10년이 넘는 시간이 지났다. 그 사이 가족이 늘었고 어렸던 아이들은 쑥쑥 자라 어른의 몫만큼 먹을 수 있게 되었다. 지어 먹는 음식의 이름과 양이 바뀌고 생활의 패턴도 그것에 맞추어 천천히 변화해 자리를 잡았다. 큰 냉장고를 쓰다가 역으로 작은 냉장고로 바꾸었다는 사람들의 후기들을 여러 개 읽으면서 내가 다시 돌아가기에는 조금 멀리 왔구나 하는 생각이 들었다. 작은 냉장고라는 것이 그 가전의 크기만을 말하는 것이 아니라, 적게 자주 사고 다 비우며 또한 적게 먹는다는 삶의 모양을 함축하는 것이기 때문에 그렇다. 지금 당장의 의지와 내 얕은 욕심만으로 모험을 할 수는 없었다. 내가 원하는 용량은 나오지 않고 작다면 너무 작고 크다면 또 너무 컸다. 고민 끝에 무난하고 넉넉한 크기의 냉장고가 다시 작은 아파트와 함께하게 되었다.

결혼 11년 차의 냉장고는 이런 모습이다. 살림 고수님들처럼 색과 모양이 통일된 하얀 용기들이 가지런히 열 맞춰 정돈되어 있지는 않다. 알록달록 크기도 모양도 다른, 이렇게 저렇게 모인 플라스틱 용기를 그저 잘 닦아 쓴다. 깔끔한 소분 용기도 없고 비닐도 제법 쓰지만 모르는 것이나 묵히는 것 없이 살뜰히 지내려고 노력한다. 그래서 냉장고는 늘 반 정도 혹은 그보다 약간만 더 채운다. 신선함이 남아 있는 상태에서 네 식구가 먹기 좋은 정도의 양이다. 용기에 담은 음식을 넣는다면 칸의 왼쪽과 오른쪽으로 나누어 쌓고 가운데에는 꼭 길을 만든다. 이렇게 하면 안쪽의 물건까지 눈에 훤히 잘 보이고 손도 잘 닿기 때문에 모르는 것이 없어진다.

냉장고 청소라고까지 거창히 쓸 일은 이제 별로 없지만 때때로 마음이 동하는 날 따뜻한 물에 행주를 빨아 꼭 짜서 칸칸을 닦고 혹 시간을 놓친 소스들이 있는지 확인해 비워내는 일을 한다. 아주 조금씩만 남은 반찬이나 자투리 재료들을 비우게 되는 날에는 설거지가 조금 더 길어진다. 내용을 품고 냉장고에 들어앉아 있을 때는 잘 몰랐는데, 이렇게 닦아 물기를 말리는 날에는 우리 집에 플라스틱 통이 제법 되는구나 싶다. 환경을 위해 훌륭한 어떤 일을 매일 실천하지는 못하지만 어느 해부터 더 이상 플라스틱 통을 사지 않는 방법으로 마음을 쓰고 있다.

컬렉터 기질

좋아하는 주제의 물건을 즐겨 모으고 모은 것을 아끼는(만지고 구경하며 행복해한다) 취미가 있다. 컬렉터 기질이라는 것이 몸의 어느 한 부분에 지니고 태어나게 되는 것인지 자라나는 과정에서 만들어지는 것인지는 모르겠지만. 나를 이루는 수많은 기저 중에서 내 스스로 생각하기에 좋아하는 부분인 것에는 틀림없다. 아이들에게 물려줄 수 있는 기저를 내 맘대로 선택할 수 있다면, 소심함이나 느린 운동신경 대신 물려주고 싶은 것이기도 했다. 나의 기도가 받아들여져 기질의 선택적 유전이라는 것이 정말로 일어났을 리는 없지만, 재미나게도 아이들은 아주 어려서부터 컬렉터의 면모를 보이며 자라고 있다. 컬렉터라고 하니 조금 거창하지만 어떤 한 가지 주제에 푹 빠져 그것을 모으고 모은 것을 아낀다는 뜻이라면 달리 다른 단어를 찾을 필요는 없을 것 같다.

미니카와 공룡

큰아이는 장난감이라고 하면 오로지 미니카밖에 모르고 자랐다. 남자아이가 자동차 장난감을 좋아하는 것은 당연에 가까운 일이라고 한다. 다만 아이의 성장과 함께 좋아하는 장난감의 종류라는 것도 나름대로의 수순과 과정을 거치게 되어있다. 그런데 미니카를 만나게 된 최초의 시간부터 이 아이는 오로지 미니카만 좋아하고, 미니카만 갖고 싶고, 미니카를 구경하는 것을 가장 행복해했다. 다른 장난감이 생겨도 시큰둥했고 조금 관심을 보이는가 싶다가도 다시 미니카로 돌아갔다. 학생이 되고 고학년이 되는 동안 장난감을 가지고 노는 빈도수가 줄어들다가 거의 없어질 때까지 미니카를 손에서 놓지 않고 있다.

최초의 미니카 한 개는 곧 두 개가 되고 또 세 개가 되었다. 칭찬을 받을 일이 생길 때나 사소한 기념일들 녀석의 생일에도 미니카는 단골 선물이었다. 좋아하는 것이 명확하니 선물을 고민하는 일도 없었다. 꼬마가 미니카 컬렉터가 된 것에는 여러 사람의 공이 있었는지도 모르겠다. 미니카를 하도 좋아하니 지인들은 여행을 갈 일이 있을 때는 일부러 그 가게에 들러 한국에 없는 것을 사다 주기도 했고 신제품이 나오면 미리 사두었다가 보내주기도 했다. 남편이 출장을 다녀올 때는 늘 트렁크 한쪽에 새 미니카가 들어 있었다. 물론 제 용돈으로 무언가를 살 수 있게 된 날에도 녀석은 당연하다는 듯 미니카를 골라 들었다. 그렇게 모은 미니카들이 스툴로 쓸 수 있을 만큼 큰 햄퍼에 가득 찬다. 생각해 보면 녀석이 성장해 가는 거의 모든 일에 미니카는 물꼬가 되었다. 종이에 숫자를 쓰고 작게 잘라 미니카에 번호를 매기며 놀았다. 이것이 녀석에게 는 최초의 숫자 공부다. 시켜서 한 일이 아니라 TV에 나오는 레이 싱카를 보고 녀석이 생각한 것이다. 자동차 이름을 읽어야하니 알 파벳도 절로 익히게 되었다. 또 종이 상자를 자르고 붙여 주차장을 만들고 휴지심의 볼록한 부분을 살려 잘라 과속방지턱을 만들며 놀았다. 이 놀이는 녀석이 건축가라는 장래 희망을 꿈꾸게 된 시작 이 되었다. 그저 미니카를 많이 모으는 것에서 끝나는 즐거움이 아 니라 미니카로부터 시작되는 다양한 즐거움이 녀석에게 있었던 것 같다.

시간이 흘러 지금은 장난감보다 더 재미있는 것들이 많아진 소년의 시기를 보내고 있지만, 저 나름대로 복잡한 일이 있거나 고 민되는 일이 있을 때는 미니카들을 꺼내 이리저리 굴리며 시간을 보내곤 한다. 아직도 책상 위, 침대 밑, 책장 사이에 녀석이 매만지 다가 올려둔 미니카들을 발견한다. 꼬마와 소년 사이의 팔랑팔랑 흔들리는 마음과 고민들이 머물던 자리인 것 같아 바로 치우지 않 고 나도 가만히 들여다보게 된다.

그런가 하면 작은 녀석은 공룡 사랑이 대단하다. 남자아이가 공룡을 좋아하는 것도 그렇게 신기할 일이 아닌데, 공룡의 공자도 모르고 지나간 큰아이를 생각하면 어쩜 이렇게 다를 수가 있는가 싶다. 작은 녀석은 공룡시대의 연보를 통으로 외우고 공룡의 이름 을 대면 키 몸무게 길이와 특징을 줄줄 꿰어 말한다. 동요도 공룡, 그림책도 공룡, 만화영화도 공룡, 티셔츠의 무늬도 공룡을 좋아했다. 하다못해 냉동 치킨 너겟을 살 때도 공룡 모양을 고른다. 최초의 티라노사우르스 피겨를 시작으로 천천히 그렇지만 꾸준히 온갖 종류의 공룡들이 집에 모여들었다. 파충류와 조류 그 사이 어디쯤의 피부에 날카로운 이빨과 발톱을 지닌 피겨들이(게다가 표정도 모두 험상궂다) 내게 썩 달가운 것은 아니지만 작은 녀석의 확고한 취향을 존중해 주고 있다.

큰아이가 미니카로 수와 글자를 깨친 것처럼 작은 녀석도 제가 가장 좋아하는 공룡의 이름을 읽으며 한글을 깨쳤다. 이 공룡 피겨들은 큰아이가 미니카를 모았던 것과 같은 햄퍼에 한가득 모여 있다. 아이들의 방을 청소하다가 모여 있는 미니카와 공룡 꾸러미를 보며 문득, '정말 대단한 컬렉터들이군.' 하고 생각했다.

나무 블록

큰아이가 태어난 지 백일이 되던 날 부부는 드디어 장난감이라는 것을 사보기로 했다. 두고두고 오래 가지고 놀면 좋겠다는 마음으로 가격이 꽤 나가던 나무 블록을 골랐다. 만질만질하게 잘 다듬어 깎아 놓은 나무 블록들은 각각 수종이 다르고 그렇다 보니 색과 결 향도 조금씩 달랐다. 뿌리를 벗어난 나무에는 더 이상 그 안에 물과 숨이 돌지 않지만, 내 손의 온기를 금세 나누어 갖는다. 나무로 지은 물건을 매만지다 보면 편안한 마음이 드는데 바로 그 이유 때문일 것이다. 아이의 첫 장난감으로 나무로 지어진 블록을 고르기를 참 잘했다고 생각했다.

　아이의 첫 놀이인 나무 블록은 쌓기 탑이 되었다. 높게 더 높게 쌓아가던 세로 탑은 가로로도 길이를 늘였다. 길게 늘어선 길이는 기차가 되고 자동차도 되었다. 높이와 길이에 대한 각각의 탐망이 끝난 후, 블록은 가로, 세로, 높이, 폭이 모두 필요한 집이 되고 주차장이 되고 건축물이 되었다.

　재미있는 것은 자동차와 공룡이라는 완전히 다른 자신만의 주제를 가지고 있는 두 녀석이 이 나무 블록에서 교집합을 갖는다는 점이다. 작은아이가 태어나 무엇이든 입에 넣고 빨아먹는 시기가 지나고 나자 곧 이 블록에 눈을 떴다. 이제 블록은 공룡 뼈 화석이 되고 공룡 피겨들이 사는 집이 되었다.

　블록이라고 하면 선물 받은 다른 종류의 것도 많았지만 오로지 이 나무 블록에만 욕심을 부려 다툼이 일어났다. 그저 정육면체 직육면체 원기둥의 나무 블록일 뿐인데 열 살이 된 녀석이 더 얼마나 가지고 놀까 싶은 생각도 있었다. 흥미가 다른 쪽으로 옮겨가고 있으니 블록에 대한 마음은 곧 시들해질 것 같은데 가격도 꽤 있는 것을 지금 더 사주는 것이 과연 좋은 방법일까를 고심했다. 그러나 날이 갈수록 다툼은 더 심해져서 매일 저녁 눈물 사태가 일어나기에 이르렀다. 열 살 녀석이 도대체 블록으로 놀 일이 무언가 싶은데 큰아이는 머릿속으로 코딩을 하면서 이 블록을 나열해 구조를 만들며 놀았다. 반씩 공평하게 나누어주면 문제가 해결될 줄 알았는데 무언가를 완성도 있게 만들려면 각자에게 전부가 필요했다. 공평히 나누어주는 것은 엄마 마음만 편한 것이지 공평 공정이 언제나 최선의 해결이 될 수는 없다는 것을 아이들의 눈물과 함께 통감하며 깨달았다. 남편은 결국 똑같은 나무 블록을 한 세트 더 사주었다. 두고두고 오래 가지고 놀면 좋겠다는 마음에서 시작했지만 정말 이렇게 오래 가장 좋아하는 장난감이 될 줄은 몰랐다. 나무 블록들에 긴긴 시간 고마웠다고 근속상을 줘야 할 것 같다.

장난감처럼 꼬마 주인들의 매만지는 손길이 필요한 물건도 없는 것 같다. 아이들의 물건은 어른의 물건보다 더 빠르게 생명을 잃는다. 아이들은 새것을 좋아하고 화려하고 반짝거리는 것에 눈을 금방 빼앗긴다. 좋아하는 만화에 나오니까 사주는 것들 유행하는 것이라 선물 받게 된 장난감들은 정말 반짝 사랑이었다. 결국 며칠 못 가 처치하기도 어렵고 마냥 쌓여만 가는 물건이 되고 마는 장난감들.

한두 번의 실패와 시행착오는 겪겠지만 내 아이가 잘 놀고 오래 좋아하는 물건은 분명 있다. 아이의 취향과 성향을 잘 관찰해주고 아이가 정말로 오래 좋아하며 아낄 수 있는 물건을 선택할 수 있도록 돕고 있다.

컬렉터의 정리법

컬렉터라는 멋진 별명을 얻으려면 다람쥐가 도토리 모으듯 모으기만 해서는 안 된다. 다람쥐는 가끔 자기가 도토리를 모아놓은 장소를 잊어버린다고 한다. 꼭 멋진 전시나 깔끔한 수납이 아니어도 자기만의 기준과 방식으로 정리하고 머릿속으로 상세한 지도를 그릴 수 있어야 진정한 컬렉터라고 할 수 있지 않을까.

무지개 색으로

아이들 방에서 청소하다가 문득 숫자 순서가 아니라 무지개 색 순서로 꽂힌 책들을 발견했다. 책 주인에게 물었더니 정리는 정작 본인이 아니라 제 동생이 했다는 것이다. 벽에 가로로 걸어놓고 장식을 올려 사용하던 두 칸짜리 선반을 세로로 돌려세우니 문고판 책이 딱 맞게 꽂혔다. 침대 옆에 세워 두고 잠들기 전에 읽는 책들을 꽂아 머리맡 책장으로 쓰고 있다. 그 책장 안에는 큰 녀석이 한 권 한 권 아끼며 모아놓은 시리즈 책들이 꽂혀 있다. 정리한 것만 보면 신기하게도 빨주노초파남보가 다 있는데 시리즈 넘버로 보자면 색이 뒤섞였다. 원색의 표지가 예쁘다고만 생각했지 무지개 색이 모두 쓰인 줄은 알아차리지 못했다. 작은 녀석은 주로 그 머리맡 책장 앞에 앉아 공룡과 나무 블록을 가지고 노는데, 문득 눈에 닿은 책장에서 뒤섞여 있는 무지개를 읽었던 모양이다.

청소하다가 꺼내놓은 책을 책장에 끼워 넣다 보면 무심히 순서를 헝클어트릴 때가 있다. 큰 녀석은 시리즈라고 하면 넘버 순으로 꼭 정리하고야마는 나름대로의 정리 벽이 있어서 항상 바로 잡아 놓는다. 그런데 제 동생이 무지개 색 순서로 꽂아둔(시리즈 넘버 순이라면 엉망이 되어버린) 책장을 보고도 어깨만 한번 으쓱했을 뿐 그대로 두는 것이 신기했다. 꼬마 컬렉터의 정리법을 인정해 주는 것이었는지도.

　미니카와 공룡이 늘 마음의 선두에 있으므로 작은 아파트에서는 레고(작은 블록)도 밀려나는 주제 중 하나가 되었다. 전 세계의 어린이(혹은 어른)에게 오랜 시간 사랑받는 장난감이니 지인들에게 선물로도 참 많이 받았는데, 오히려 좋아하는 쪽은 아이들보다는 남편이지 않았나 싶다. 아이들은 도통 시큰둥해서 남편 혼자 조립의 인고를 즐겼고 완성품에는 아이들 입에서 예의상 나온 감탄사보다 먼지가 더 많이 쌓였다. 부피도 있고 모양 따라 자리도 꽤 차지하는 것들인데 자꾸 먼지가 쌓이는 것을 보니 그대로 둘 수는 없었다. 소방차, 집, 애니메이션에 나오는 캐릭터들 등등 여러 가지였던 모양으로 완성되었던 블록들은 곧 커다란 통 하나에 부서져 들어가 뒤섞였다.

　여전히 미니카와 나무 블록을 사랑하지만 큰아이에게도 취향의 변화라는 것이 일어났다. 주제에 대한 변화라기보다는 나이를 더한 만큼 시야가 조금 더 넓어진 것이 아닐까 추측해 본다. 어느 날 큰아이는 마음대로 뒤섞인 이 레고 통을 꺼내다가 테이블 위에 턱 하고 엎어 놓고는 색색별로 나누었다. 겹쳐 있는 것들은 낱낱 조각으로 나누고 혹 레고가 아닌 것들을 골라내는 일까지 하다 보니 섬세한 손길이 필요하고 시간도 무척 오래 걸렸다. 오래 앉아 있다 싶었는데도 뭔가 잘 안 풀리는 눈치여서 넌지시 물었더니 레고를 색색 물감을 가지런히 짜놓은 팔레트처럼 만들어놓고 필요한 색을 바로 쓸 수 있도록 하고 싶다는 것이었다. 도톰한 박스 종이를 잘라 칸막이를 만들어 넣으면 어떨까 의견을 내었더니 바로 좋다는 대답이 나왔다. 블록마다 색별로 양이 달랐는데 그 양을 보아가며 칸막이를 만들어 통에 글루건으로 단단히 붙여주었다. 세상에 하나뿐인 무지개 색 레고 팔레트가 완성된 것. 레고 팔레트를 꺼내놓고 자기들만의 이야기를 만들어가며 노는 모습을 보니 꽤 근사한 정리법이라는 생각이 들었다.

일기처럼

종이로 만든 예쁜 것을 보면 어쩔 줄 모르고 좋아하며 모은다. 내가 좋아하며 모으는 종이로 지어진 물건들은 엽서와 카드 포스터들 그리고 태그나 명함을 모두 포함하는 것인데, 큰아이는 일찍이 나보다 조금 더 구체적인 주제에 집중했다. 이 꼬마는 이제 말귀를 좀 알아듣는 구나 싶어졌을 때부터 어디를 가나 꼭 명함을 가져왔다. 커피 집, 식당, 물건을 파는 가게라든가 하다못해 미용실에 가서도 명함을 가지려고 카운터를 기웃거리는 것이 취미였다. 카운터에 놓여 있는 서비스 박하사탕에 더 관심을 가졌어야 하는 것이 아닐까 싶은 나이부터 그랬다. 명함을 모으는 법에도 나와는 다른 점이 있다. 내 경우라면 명함 중에서도 디자인이 특이하다거나 예쁜 것을 모으게 되는데 녀석은 예쁨과는 관계없이 그저 '명함'이면 족했다. 그래서 처음에는 규격이 일정한 명함을 어떤 놀이 카드 정도로 여기는 것이 아닐까 싶었다. 이 명함들을 카드 삼아 노는 모양은 한 번도 보지 못했으니 그것은 아닌 것 같다. 다만 모으기에 집중했다. 새 것을 가져오면 명함 상자 속에 가지런히 넣었다. 모으기도 참 많이 모아 명함 300장 정도가 들어가는 꽤 커다란 상자가 가득 차기에 이르렀다.

　"그 식당 이름이 뭐였더라. 왜 아주 커다란 창문이 있고 그 창문 밖에 키 큰 나무가 보이는 식당이었는데, 빨갛게 닭볶음탕을 해서 바글바글 끓여먹던 곳 있잖아." 음식의 맛이라든가 가게의 풍경은 눈에 보이는 듯 떠올려지는 곳인데도 이름은 왜 그렇게 안 외워지는 것인지 알다가도 모를 일이다. 내 말을 듣던 녀석은 의기양양한 표정으로 제 명함 상자를 가져와 내게 보였다. 이 안에 필요한 내용이 들어 있다는 것이다. 명함에는 이름과 주소, 전화번호가 적힌다. 운이 좋다면 간단한 약도와 영업시간이라든가 휴무일 같은 유용한 정보를 얻을 수 있다. 이것이 바로 그저 모으는 줄로만 알았던 명함 컬렉터의 위대한 쓸모였던 것이다. 명함 상자를 열어 찬찬히 살펴보니 거기에는 시간도 함께 들어차 있었다. 모처럼 정말 맛있게 먹었던 식당이라든가 우연히 들어섰다가 반하게 된 커피집의 이름 같은 것, 속초, 강릉, 부산처럼 먼 곳의 도시 이름을 발견하면 맞아 언젠가 여기에도 갔었지. 하며 잊고 있었던 여행의 시간들이 떠올랐다. 꼬마 컬렉터의 명함 상자는 우리들의 시간이 차곡차곡 담겨 있는 일기 같은 것이었다.

　　장난감에도 큰 욕심이 없던 큰아이는 빈 상자나 수납함을 보면 갖고 싶어 했다. 아이에게 가장 처음 사준 것은 스케치북 크기의 뚜껑이 여닫히는 플라스틱 상자였는데 생일 카드, 박물관의 입장권, 지하철 토큰, 구슬들, 특별히 잘 접어진 종이접기 같은 것과 접고 겹친 종이에 그림을 그려 넣어 만든 녀석만의 작은 그림책들이 그 안에 담겼다. 생각보다 더 빨리 자기만의 이야기를 쌓아갈 수 있는 나이가 된 것이다. 상자 하나에서 시작한 이야기들은 아이가 성장하는 동안 비워지거나 채워지기를 반복하며 함께 자랐다. 자라난 만큼 주제를 나누어 담은 서랍과 스토리지를 여러 개로 늘리며 자신만의 아카이브를 만들어가고 있다.

　　어느 시기에는 캐릭터 카드와 딱지. 또 어느 시기에는 손바닥만한 그림책을 만들어 모으는 일에 심취했는데 그 즈음의 스토리지에는 그 물건들이 그야말로 한 가득이었다. 한때는 소중한 물건이었지만 아이들은 짧은 주기로 흥미와 매력이 떨어지는 모양이다. 문득 돌아보았을 때 스토리지 안의 물건들이 유치하게 느껴지면 아이는 월등히 자라난 것 같은 자신의 모습을 발견했다. 그 순간을 놓치지 않고 서랍과 스토리지 안의 물건들을 스스로 정리하도록 도왔다. 어느 날은 낱개로 한 개, 어느 날은 두 개를 비워냈다면 또 어떤 날은 그 스토리지 하나를 말끔히 비우기도 했다. 이렇게 비운 자리에는 새로운 주제가 찾아오고 여전히 좋은 주제에 깊이를 더하기도 한다.

유아 시기부터 거의 모든 장난감을 하나도 버리지 못했다는 어떤 분의 고민을 들은 일이 있다. 아이가 모든 장난감을 소중하게 여겨 버릴 수 없었다는 것이다. 인형부터 피겨, 작은 블록과 책까지 컬렉션도 대단했다. 그렇다고 그 물건들을 모두 살뜰하게 살피거나 일일이 들여다보는 일도 없었다. 다만 버리려고만 하면 갑자기 세상에서 가장 소중한 물건이 된다는 것이었다. 물건을 모으고 정리해 나가는 일은 시간과 감정을 정리하는 일이기도 하다. 내가 어느 주제를 좋아하고 있는지 또 어떤 것에서 멀어지고 있는 지를 들여다보는 일은 나와 내 시간을 돌보는 일과도 같다. 물건을 정리하며 함께 했던 시기의 소중한 감정들을 차곡차곡 다독이다 보면, 물건을 비워낸다고 해서 그 시간이 사라지지 않는 다는 것을 깨닫게 된다. 먼지가 내려앉도록 시간을 쌓기만 하는 것이 아니라 추억으로 간직할 수 있는 방법을 배우게 된다고 믿는다.

나는 애니메이션 〈토이 스토리〉를 볼 때마다 운다. 발바닥에 앤디라는 이름이 적힌 순간부터 장난감들은 내내 앤디의 사랑을 갈구하며 조금 더 오래, 조금 더 가까운 곁에 있고 싶어 한다. 곧 앤디는 자라 성년이 되고 새로운 시작을 위해 집을 떠날 준비를 한다. 장난감들은 어린 시절 앤디에게 가장 소중했던 물건이었지만 이제는 짐처럼 한 데 묶여 다락으로 올라갈 위기에 처한다. 앤디가 자신들을 잊을 리 없다며 믿지 않으려 했지만 어두운 다락에 올라가자 결국 좌절하며 슬퍼한다. 그러다가 앤디는 우디가 몰래 적어놓은 메모를 읽고는 이웃집 꼬마에게 자신의 소중했던 장난감들을 물려주기로 결심한다. 안타깝게도 앤디의 마음을 움직이게 한 메모의 내용은 알려주지 않지만 짐작할 수는 있을 것 같다. 앤디는 이웃집 꼬마에게 장난감들의 이름을 하나하나 소개해 주며 즐겁게 놀아준다. 마지막으로 우디를 소개하게 되었을 때 앤디는 잠시 주춤하며 추억에 잠긴다. 카우보이 인형 하나쯤은 자신의 새로운 공간에 데려갈 수도 있을 테지만(실제로 그러려고 했었다) 물려주기로 (비워내기로) 마음먹으며 고마웠다는 작별 인사를 남긴다. 앤디의 차가 출발하고 뒤에 남은 장난감들이 그 모습을 바라보며 손을 흔든다.

　영화 속에서처럼 정말로 장난감들이 감정을 느끼고 말을 할 리 만무하지만, 미련에 가치를 둔 채 쌓여가는 것보다는 다시 사랑받을 수 있는 곳에 머무르기를 원할 것 같다. 앤디는 자신의 소중했던 물건들과 작별하며 시간을 고이 접어 추억으로 만들었다. 어린 시절로부터 걸어 나와 진짜 성년이 될 준비를 마친 것처럼 보여 내 마음이 다 홀가분했다. 작별의 순간은 슬프지만 아름다웠다. 앤디는 잘 다독여 정돈한 추억 위에 또 다른 자신만의 컬렉션과 아카이브를 쌓아갈 것이기 때문이다.

남편의 취향

'집'은 나와 남편이 함께 하면서 비로소 만들어진 새로운 시간과 공간을 의미하는 것이다. 서로의 시간에 가장 많은 영향을 끼치면서 함께 한 공간을 꾸며가는 사람. 우리들의 집인 작은 아파트에 대해 적으면서 때때로 서로를 들여다보는 거울처럼 마주 보고 서 있는 나의 가장 친한 친구에 대해 적는 것은 당연한 일이라는 생각이 들었다. 버리지 않는 것과 안 사는 것을 미덕으로 생각하는 남편의 물건에 대한 이야기. 남편의 오래되거나 이상한 물건들은 애증의 대상이면서 동시에 존중의 대상이기도 하다.

좋아하는 것을 좋아한다

남편은 옷에 관심도 없고 자기 옷을 사는 데도 매우 인색한 사람이다. 그렇다고 해서 취향이 없다거나 우유부단하지도 않아서 남편과의 쇼핑은 꽤 힘이 든다. 남편이 말하는 '그 어떤 것'이라는 추상적 기대치를 충족할 만한 옷은 언제나 고가이고(눈이 높다) 남편은 옷에 돈을 쓰는 것보다는 더 나은 것이 있다고 믿는 사람이다. 생각의 쳇바퀴는 백화점을 함께 빙빙 돌다가 마침내 "나 안 살래."로 귀결되곤 한다. 그럴 때는 물 없이 밤 과자 열 개를 집어 먹은 것 같은 기분이 되고 만다. 이날은 처음으로 별 힘을 들이지 않고 만족하는 표정으로 청바지를 고른 날이었다. 남편이 말하는 얇은 것이라는 추상적 개념이 현물로 나타나는 순간의 기쁨은 이루 말할 수 없다. 수많은 청바지들 사이에서 '바로 이거야.' 하는 표정과 함께 남편의 손에 들려 나온 것. 갈아입고 나와 보니 핏도 척 붙는다. 어쩐 일인지 가격표를 보고도 군소리가 없었다. 새로 산 남편의 청바지가 내 마음에도 꼭 든다. 남편의 만족이 좋아서 나도 좋았다.

7년 동안 사용했던 옷 방을 해체하고 부부의 침실에 붙박이장을 넣으면서 대대적인 옷 정리를 했다. 매년 두 계절에 한 번씩 옷 정리를 했지만 옷장을 다 비우고 가지고 있는 모든 옷을 꺼내 보는 것은 그야말로 7년 만이었다. 지난 2년 동안 한 번도 입은 적 없는 옷과 살이 빠지면 입는다며 미련에 가두어두고 있던 것들을 모두 정리했다. 그저 자리가 있으니 넣어두었던 안 입는 여분의 속옷들도 모두 비워내기로 했다.

　그리고, 드디어 15년 된 남편의 코튼 트렌치코트를 버리는 데 성공했다. 기억에는 배우 이정재가 모델이었던 심플한 이미지의 브랜드에서 내가 월급날에 남편에게 선물했던 것. 값도 값이었지만 까다롭고 어려운 남편의 취향에 잘 맞았던지 정말 닳도록 잘 입은 옷 중의 하나다. 남편은 마음에 들면 거의 그것만 입는다. 그래서 나름대로 갖추어져 있는 옷장의 옷 가짓수에 비하면 단벌 신사 같은 느낌이다. 스티브 잡스처럼 청바지에 까만 티(봄여름에는 짧은 것 가을, 겨울엔 긴 것)를 입는다. 각기 다른 해에 찍은 사진인데 모아놓고 보면 남편은 신기할 정도로 언제나 똑같은 옷을 입고 있다. 트렌치코트는 언젠가 회식 자리에서 누군가의 담뱃불에 그을린 일이 있었는데 잘 만지는 세탁소에 가져가 직접 고쳐 입었을 정도로 남편이 무척 좋아하던 옷이었다. 말쑥하고 멋지던 카키색은 때가 타고 시간에 바래 빈티지한 그린이 되어버렸는데 그래도 그게 제일 좋다고 자꾸만 꺼내 입었다. 이제 더 이상 빈티지도 아니고 이건 빈티라며 그만 입으라고 좋은 것을 꺼내 주어도 언제 입고 나갔나 싶게 또 그것을 걸치고 있다가 혼이 나곤 했다. 부분에 따라 색이 바랜 정도가 달라 얼룩덜룩해진 것을 자세히 보여주었더니 반은 체념한 표정이었다. 새로 짜 넣은 붙박이장에는 더 이상 그 옷을 넣을 자리가 없다는 내 선전포고에 순순히 내어놓았다.

　　나와 남편은 꽤 다른 사람이다. 일을 받아들이는 방법도 일을 겪어나가며 해결하는 방식도 정말 다르다. 각자 가치를 두는 것과 그 가치에 사용하는 에너지의 양도 다르다. 그럼에도 불구하고 남편과 나는 긴 연애를 하는 동안에도 한 번도 다툰 일이 없었다. 이렇게 많이 다른 사람이라고 알게 된 것은 오히려 하나의 집을 이루고 아이들을 함께 키우면서였다. 하지만 그 후로도 크게 다툰 일은 없다. 서로의 방식이 다를 뿐 도달하는 지점과 그 안에 담긴 마음의 크기가 같다는 것을 경험으로 알고 있기 때문이다. 함께 시간을 걸어 나가면서 서로의 다른 방식을 더 많이 이해하려고 노력하고 존중해 주고 있다.

　　재미로 한다는 MBTI 테스트(성격유형검사)를 하고 정말 깔깔 웃었다. 그런 줄은 진즉 알고 있었지만 우리가 정말 이토록 다른 사람이라는 것을 수치로 확인하니 그 차이가 더 확실하게 느껴졌다. 각 유형별 궁합(관계)을 표로 나타난 것을 보니 좋은 관계는 파랑, 괜찮은 관계는 초록, 잘 지낼 수도 아닐 수도 있는 경우가 연두라면 정말 안 맞는 것은 노랑, 더 설명이 필요하지 않은 최악은 빨강으로 칸이 칠해져 있었다. 그런데 우리의 MBTI 궁합은 서로를 영원히 이해하지 못할 유형의 극에서 빨갛게 잇닿아 있었다. 서로의 장점과 단점을 읽으니 너무 잘 들어맞아 맞아 맞아. 맞장구를 치며 깔깔 웃었다. 오히려 이해하지 못할 지점들이 명확하게 설명되는 기분이 들어 가슴이 시원해졌다. 이래서 그랬었구나, 그런 뜻이었구나, 생각하니 서로에게 더 바짝 다가간 기분이었다.

　　참 다르지만 잘 지낸다. 차마 하려고 시도하지 않았을 경험들을 서로에 대한 믿음과 애정에 의지해 체험해 보는 것은 다른 성격을 가진 사람이 함께 사는 가장 큰 즐거움이다. 이렇게 해도 괜찮구나, 이렇게 하면 더 빠를 수도 있구나, 이것도 재미가 있구나. 하고 느끼는 횟수가 늘어갈수록 서로에 대한 공감이 커진다. 말과 행동에 대한 예측 범위가 넓어질수록 부부가 편안함을 느끼는 시간과 공간의 면적도 함께 넓어진다. 각기 다른 성격과 성향을 지닌 사람들이 만나 하나의 집을 이루고 살 때, 서로의 성격을 조율해 나가는 부분이 있듯이 삶의 태도와 일상을 그려나가는 방식에도 조율이 필요할 것이다. 어느 집이나 그 집만의 고유한 삶의 방식과 사소한 규칙들이 있다. 집의 구성원들이 서로를 존중하는 마음으로 하나씩 조율해 나가는 방식과 규칙들이 그 집의 모양을 만든다.

사소한 조율

　　우리 집에는 쓰레기통이 없다. 집 내부에는 없고 다용도실에 딱 하나 있다. 종이, 플라스틱, 비닐로 나누는 재활용 쓰레기 함과 일반 쓰레기를 버리는 통이 나란히 놓여 있다. 그래서 버릴 것이 생기면 다용도실로 간다. 사는 동안 남편은 쓰레기통이 방마다 하나씩이었으면 좋겠다는 말을 여러 번 했는데 번번이 내가 거절했다. 쓰레기가 나오는 빈도나 양이 통 하나씩을 더 둘 정도는 아니라는 생각에서였다. 예쁠 것도 없는 쓰레기통을 방에 굳이 세워두는 일도 내키지 않았다. 남편이 느끼는 불편은 쓰레기가 생기는 빈도나 양보다는 버리러 가는 행위에 있었다. 다용도실까지 가는 데 에너지를 쓰고 싶지 않다는 것이다. 쓰레기를 가장 많이 치우는 사람은 나인데 정작 나는 하나도 힘들지 않았다. 또 방마다 놓여 있는 쓰레기통을 모두 취합해 비워야 하는 일이 늘어나서 싫다는 말이 목구멍까지 올라왔지만 남편이 잘 써먹는 수법인 대답을 먹어 버리는 방법으로 순간을 잘 모면했다. 쓰레기통이 대체 뭐라고 이러나 싶지만 모두 이렇게 사소한 일에 부딪히며 살아간다.

어느 미니멀리스트를 아내로 둔 남편은 집을 깔끔하게 유지하는 비결을 두고, 스트레스를 받을 때도 있고 불편하기도 하지만 아내를 위해 돕고 있다고 답했다고 한다. 그 답은 좀 뜨끔했다. 매거진이나 방송에 나올 만큼 깨끗하고 예쁜 집에 사는 것은 분명 복이지만 그 깨끗함을 유지하는 방식을 집의 구성원 모두가 즐거워하고 기꺼이 제 역할을 하고 있는 지에 대해서는 헤아릴 필요가 있었다. 예쁜 집에 대한 인터뷰나 인테리어 기사를 읽으면 그 집의 살림 법에만 집중했지 집의 구성원들이 어떻게 삶의 방식을 조율해가는 지에 대한 이야기는 잘 못 본 것 같다. 부부 두 사람의 삶의 방식이 꼭 같지 않은 한 깨끗하고 예쁜 공간을 유지하기 위해서는 서로의 다른 가치관과 방식들을 사소하게 조율해 나가고 있을 것이기 때문에 그 대답은 나에게 매우 큰 의미가 있었다.

나의 방식이 가족들이 모두가 좋아할 방식은 아니었을지도 모른다. 쓰레기통이 하나뿐인 것에 대해 남편은 스트레스를 받거나 종종 불편하기도 하지만 나를 존중해 돕고 있었겠다는 생각을 처음으로 하게 되었다. 남편에게 이 이야기를 들려주었더니 웃으며 그 마음을 알아주어 고맙다고 했다. 하지만 쓰레기통이 없는 방의 단정함을 알고 있고 이제는 익숙해져서 쓰레기통을 더 두지 않아도 좋다는 말도 덧붙였다.

　나는 물건의 자리와 단정한 매무새를 정말 중요하게 생각한다. 남편은 보기에는 조금 복잡해도 쓰임이 편리한 쪽을 선호한다. 신혼 때는 남편이 물건을 사용하고 다시 서랍에 넣어놓지 않는 점이 정말 의아하게 느껴졌다. 그런데 남편은 서랍 속에 안 보이게 물건을 넣어 깔끔한 상태를 유지하는 것보다 물건을 찾는 시간을 줄이고 빨리 사용할 수 있는 편이 좋다고 했다. 그래서 남편이 자주 사용하는 물건들은 밖에 자리를 마련해 주었더니 더 애기할 것이 없었다. 지금도 같은 물건이 계속해서 밖에 나와 있으면 더 묻지 않고 밖에 자리를 만들어준다. 그냥 꺼내 두는 것이 정말 내키지 않을 때는 작은 수납함을 만들거나 트레이에 물건을 받쳐놓아 두는 것으로 내 욕구를 충족시킨다. 이렇게 해두면 남편도 보고 만족한 듯 히죽 웃는다.

　멀티탭 하나를 끌어다 쓸 때도 나는 그 줄이 바닥에 지나가지 않도록 최대한 벽에 붙여 고정한다. 남편은 꼽았다 뺐다 하기가 자유롭고 줄을 더 길게 쓸 수 있는 점을 중요하게 생각해 그대로 쓰고 싶어 한다. 그런데 아이가 지나가다가 그 줄에 걸려 넘어지는 것을 보고는 남편은 두 번 말할 것도 없이 얼른 내 방식을 따라주었다.

어느 요리사 부부의 이야기다. 남편은 건더기를 좋아하고 아내는 국물을 좋아했다. 아내는 남편에게 진한 국물을 대접하고 싶어 종일 국을 달였다. 그릇에 국을 내어놓으니 국물은 먹어보지도 않고 건더기만 해결하더란다. 그런가 하면 남편이 국을 끓인 날은 아내에게 좋은 고기 건더기를 먹이고 싶어 제 그릇에 있는 건더기를 아내의 그릇 위에 자꾸만 올렸다. 그런데도 국물만 마시는 아내를 보며 남편은 마음이 상했다. 서로의 속마음을 알 길 없는 부부는 서운함을 표현했다. 부부는 한마음으로 사랑을 표현하고 있었는데 다만 서로가 좋아하는 방식이 아니었던 것뿐이다. 서로에 대해 알고 난 후로 아내는 고기 건더기를 남편에게 건네고 남편은 국물을 아내에게 많이 주었다는 아름다운 이야기이다. 이 이야기가 사는 동안 참 여러 순간 떠오른다. 작은 아파트의 공간을 휘 둘러보다 보면 곳곳 나와 남편의 사소한 조율들이 놓여 있는 것을 발견하게 된다. 아이들이 자라고 아이들의 공간과 물건이 생기게 되면서 그 조율의 범위도 더 넓어지고 있다.

남편의 트로피

속초에 간 여름이었다. 16년쯤 전에 구 남친도 되기 전의 그가 내게 제일 처음 보내준 사진은 직접 담은 일출이었다. 멋없는 멋, 이상한 허세와 진심이 얽힌. 메시지 한 줄도 없는 일출사진과 부재중 전화 한 통. 생각해 보면 우리가 진짜 우리가 될 수 있었던 모든 일의 가장 처음이었다. 스르륵 새벽 어둠을 열고 나섰던 남편은 16년 그 날처럼 내게 일출 사진을 보내놓고 못잔 잠을 자느라 옆에서 코를 신나게 골고 있다.

남편은 꽤 좋아했고 또 오래 일했던 직장을 그만두고 새로운 시작을 앞두고 있었다. 그렇게 인기인이었는지는 잘 몰랐지만 전체, 팀, 옛 부서로 나누어 몇 차례에 걸쳐 송별회를 했다. 정말 마지막이다 싶은 저녁을 먹고 새벽이 깊어서야 들어온 남편은 술에 거나히 취해 비틀거렸다. 품에 안고 온 종이봉투를 비틀거리는 그 와중에도 어깨를 한껏 세우며 식탁에 쿵 하고 내려놓았다. 송별 선물을 받아왔는가 하고 열어보았더니 회사의 상징이라는 남편의 담당 부품이 들어 있었다. 바이어들이 오면 설명할 때 쓰는 것인데 1세대 것이니 회사에도 딱 하나뿐이라고 했다. 그 부품 하나로 몇 년 동안 울고 웃었던 남편에게는 아주 특별한 선물이었을 것이다. 그걸 트로피처럼 번쩍 들어 올리고는 이제 뭔 줄 아냐며. "명예퇴직하신 이사님이 달라고 했을 때도 안 준거야." 근데 이건 나를 줬어. 하고 글썽거렸다. 그 무거운 것을 떨어트리면 아무래도 발등 깨지겠구나 싶어 남편의 손아귀에서 트로피를 빼앗아 내려놓았다. 아이고 그래 알았다 잘했다 얼러 욕실로 밀어 넣었다. 다음 날 깼났을 때 남편에게 새벽의 일을 이야기해 주었더니 그럴 리가 없다 믿지 않으려 했지만 자기감정의 이름은 자기가 더 잘 알고 있을 것이기에 더는 아니란 말을 하지는 않았다. 트로피(남편에게는 정말로 트로피일 것이다)를 받았을 때, 많은 일이 떠오르며 순간적으로 정말 울컥했더란다. 남편의 이직 소식을 듣고 모두 좋은 곳에 시집보내는 것 같다고 축하를 해주었고 한 분, 한 분 좋은 말들을 많이 해주셨다고 한다. 그야말로 아름다운 송별이었다.

긴 여행을 다녀온 지 얼마 지나지 않아 갑작스럽게 속초로 떠나자 했을 때 별말 없이 따라준 것은 여러모로 복잡할 남편의 마음을 읽었기 때문이었다. 새로 뜬 진짜 해를 보고 담아 휴대전화의 첫 화면으로 해두고 싶었다는 아름다운 허세에는 처자식을 잘 건사하겠다는 젊은 가장의 소박하지만 간절한 꿈이 담겨 있다는 것을 나는 누구보다 잘 안다. 멋없는 멋. 이상한 허세와 진짜임이 틀림없는 진심의 범벅. 내가 이 사람을 사랑하는 이유이다. 남편의 트로피는 아이들의 손이 타지 않는 책장의 높은 곳에 가만히 올려두고 한 번씩 꺼내 잘 닦아둔다. 남편의 소중한 시간을 함께 오래 잘 간직해 주고 싶다.

남편의 의자

책상 방을 꾸리면서 남편의 새 의자를 사기로 했다. 목 받침과 팔걸이가 있고 3단까지 기울기가 조절되어 기대거나 거의 누울 수 있는 자세가 가능한 사무용 바퀴 의자를 사겠다고 했을 때, 처음으로 작은 아파트와 전혀 어울릴 것 같지 않은 부피가 큰 물건이 생기게 되었구나 싶어 당황했다. 내가 나름대로 남편의 취향을 고려해 고른 의자는 남편이 점 찍어둔 기능성 의자와는 비교 대상 자체가 못 되었다. 그중에서 하나를 꼭 골라야 한다면 톤이 어울리는 가죽이 낫겠다 싶었는데 더위를 많이 타는 남편은 그 중에서 정말 그 중인 까만 메쉬 소재를 골랐다. 남편이 앉아 일할 남편의 의자이니 사실 내 취향은 중요한 것이 아니었지만 남편의 까만 의자가 들어오던 날 어마어마한 것을 샀다고 속으로 생각 했다. 그런데 이 의자를 본 아이들이 열렬히 환호했다. 집 안에 바퀴라는 동적 소재가 쓰인 색다른 물성의 물건이 들어온 것이 신기하고 재미있기도 한 모양이었다. 지금도 아이들은 남편이 잠깐만 자리를 비우면 기다렸던 것처럼 달려가 이 의자에 앉아보곤 한다.

　의자는 생각했던 것보다 의외로 공간에 더 잘 묻어 있다. 밤늦도록 오랜 시간 앉아 일하는 남편을 보면 그래, 집의 톤이니 예쁨이다 무슨 소용인가 조금이라도 편안한 자세를 만들어주는 것이 역시 맞구나 하는 생각이 든다. 가깝게 지내는 지인의 집에 갔다가 색상만 다른 같은 의자를 발견하고(역시 그 집도 남편의 의자) 이 에피소드를 나누었다. 이 의자가 30~40대 남자들이 가지고 싶어 하는 물건. 일종의 로망이었다는 것은 나중에 알게 되었다. 다른 것도 아니고 겨우 자기 일할 바퀴 의자 하나를 로망으로 품는 남편들이 귀여우면서도 한편으로 짠한 마음도 들었다. 모두가 잠든 밤까지 야근하느라 불이 꺼지지 않은 책상 방, 의자에 앉아 있는 남편의 등을 보면 말로는 다 표현할 수 없는 애틋한 감정이 들곤 한다.

새로운 생활

책상 방을 만든 후로는 어느 정도의 선에서 독립적 공간 활용이 가능해졌다. 남편은 주로 책상 방에서 하루 대부분의 시간을 보낸다. 아침에 커튼을 지운 창 앞에서 커피를 마시는 것으로 시작해 책상 앞에 앉아 일하고 때때로 의자를 3단으로 내려 잠깐 졸기도 한다. 책상 방에서 함께 일을 할 때도 있지만 나는 침실 한 편에 간단한 책상 역할을 할 수 있는 뷰로와 의자를 놓고 나 혼자 듣고 싶은 노래를 작게 틀어두고 고요히 글을 쓴다. 또 저녁을 짓기 전에 침대에서 잠깐 졸 수도 있게 되었다. 한정적이긴 하지만 각자 자기만의 동굴이 만들어진 것이다.

우리 부부는 새로운 패턴의 일상을 지어가고 있다. 남편이 재택근무자가 되었다고 해서 시간을 넉넉하고 유연하게 쓸 수 있는 것은 아니었다. 출근과 퇴근에 소요되는 시간(침실에서 책상 방까지 10초, 남편이 가장 좋다고 느끼는 부분)이 줄어들었지만 책상맡에 앉아 있는 시간은 사실 더 늘어난 느낌이다. 집에서는 일과 쉼의 맺고 끊음이 쉽지 않다. 아마도 많은 재택근무자들이 가장 공감할 만한 대목일 것 같다. 그래도 내 편에서 좋은 것을 한 가지 꼽자면 같이 밥을 먹을 수 있는 시간을 벌었다는 점이다. 이전에는 남편과 둘이서만 밥을 먹고 싶어서 일부러 점심시간에 밖에서 만나기도 했는데 이제 매일 그렇게 할 수 있다. 아이들을 학교에 보내고 나면 남편과 소꿉놀이 같은 밥상을 차려 먹는다. 남편의 회의가 길어지거나 방에서 나오지 못 하는 일이 생기면 원 플레이트 음식을 만들어 남편의 책상맡에 놓아둔다. 빵과 과일로 귀여운 접시를 만드는 일은 내게는 놀이처럼 즐거운 일이어서 접시를 들여다본 남편이 흐흥 하고 한번 웃어주면 그것만으로도 꽤 행복한 느낌이 든다.

바쁜 시기에는 새벽 한 시가 되어야 남편은 책상에서 물러났다. 12시 전에 끝나면 오늘 안에 퇴근을 했다며 즐거워한다. 새벽 한 시에 일이 끝난 남편은 자고 싶지 않다고 한다. 이대로 잠들면 일로만 하루를 보낸 기분이란다. 어떤 기분일지 진심으로 통감한다. 아이들 머리를 말려 재우고 밤 느지막이 원고를 쓰며 남편의 퇴근을 기다린다. 그리고 새벽에는 남편이 좋아하는 영화나 TV 시리즈를 보며 같이 놀아준다. 회사에 출근할 때도 밤에 영화를 곧잘 보았지만, 새벽 한 시까지 일하고 드디어 책상 방을 탈출한 재택근무자에게 밤의 영화는 꿀맛 같은 휴식일 것이다. 다 못 보고 잠이 들 때도 있지만 말도 안 되는 시간까지 깨어 있다가 내일의 나야 부탁해. 하고 외치는 일도 즐겁다.

사는 일의 해피엔딩

아주 멋진 의자를 사고 꽃병 가득 꽃을 꽂는다. 근사한 식탁을 차
리고 볕 잘 드는 시간에 반짝반짝 닦인 마루를 해에 비추어 본다.
책장에는 책이 가지런하고 찬장 속 그릇은 반질반질하다. 막 만든
커피 냄새가 집 안에 순식간에 퍼진다. 그 뒤편 가장 여린 벽에서
곰팡이 꽃이 핀다. 비가 샌 벽이 젖고 재활용품을 버리는 날을 기
다리는 덜 닦인 플라스틱 쓰레기에서 퀴퀴한 냄새가 나기 시작한
다. 냉장고의 채소는 무르고 가구의 발밑에는 시꺼먼 먼지가 차곡
차곡 쌓인다. 청소기를 돌려 말끔해진 집에는 다시 잔 먼지가 쌓이
고 비워진 쓰레기통에는 다시 쓰레기가 쌓인다. 어떤 날은 기쁘게
또는 슬프게 생각한다. 사는 일에 대해서.

깨진 그릇

    살다 보면 그릇을 깨트린다. 죽을 때까지 나는 몇 개의 그릇을 더 깨트리게 되는 걸까 자책한 날도 있다. 와작 하고 형체가 사라져 파편이 되는 날도 더러 있지만 대개는 컵의 주둥이와 그릇의 굽에 작게 상처를 내는 실수를 한다. 잘려진 손톱처럼 모서리 한쪽을 깨트린 접시들은 아까워 어쩔 줄을 모르겠다. 밥공기의 안쪽에 얇은 실금이 난 것을 발견하는 날도 있는데 이런 날은 정말 마음이 아프다. 특히 매일 사용하는 그릇일수록 식탁 위에 아끼던 그릇 하나가 난 자리는 무척 컸다. 이가 살짝 나갔지만 아쉬운 대로 더 조심하며 사용하는 것도 있고, 더는 사용할 수 없게 되어 보관하고 있는 것들도 몇 가지가 된다. 비워내기 좋아하는 사람이 이 나간 그릇을 차곡차곡 잘 보관하고 있는 이유는 언젠가 반드시 고쳐 쓰겠다는 의지의 표현이다. 그래서 너무나 절실하게 배우고 싶은 것이 바로 그릇을 수선하는 법이다.

    언젠가 좋아하는 선생님께서 쓰신 책에서 깨진 도자기를 은으로 때워 쓴다는 문장을 읽은 적이 있다. 그때는 내 살림이나 나만의 아끼는 그릇이랄 것도 없었을 때라서 솔깃했지만 이토록 절실하지는 않았다. 최근 들어 깨진 그릇을 아름답게 수선하는 킨츠키 수업을 하는 곳이 늘어나고 있고 또 많은 이들에게 알려지고 있다고 한다. 아직 내 가까이에는 수업하는 곳이 없어 마음이 급한 대로 관련 책을 사서 읽으며 배움의 기회를 엿보고 있다. 상처 입은 내 고운 그릇들을 내 손으로 다시 고쳐 쓸 수 있다면 얼마나 행복할까 상상한다. 그날까지 더 깨트리지 않기 위해 조심 또 조심하는 수밖에.

곰팡이 꽃을 닦는다

세면대의 바닥 2시 반부터 4시 방향의 타일 틈은 세제를 진하게 발라 솔로 아무리 문질러도 더 이상 뽀얗게 돌아오지 않는다. 한번은 왜 딱 이 자리만 그럴까 싶어, 아이들과 남편이 욕실을 쓰는 동안 자세히 관찰했다. 세면대에서 손을 닦고 나면 등 뒤의 수건까지 젖은 손이 옮겨가는 그 1초 사이. 바로 그 자리에 물이 뚝뚝 떨어지는 것이었다. 세 사람이 하는 패턴이 낙수의 높이만 다를 뿐 오차도 없이 똑같았다. 딱 그 자리에 과녁을 그린다면 세 사람이 떨어트린 물방울로 모두 만점을 받을 수 있을 것이다. 손에서 떨어지는 물방울로 바닥이 뭐 얼마나 더러워진다고 그러느냐 싶지만 이것이 바로 '티끌 모아 태산 낙숫물에 바위 부서진다.'의 욕실 판 이야기다. 세면대에서 손을 닦고 나면 그 자리에 두 번쯤 툭툭 물기를 털어내면 된다. 바닥에 물방울을 안 흘리고 수건까지 갈 수는 없는 것일까. 아, 이거 너무 치사한 이야기 같아서 정작은 아무 말도 꺼내지 못했다. 쪼그려 앉아 타일 사이를 작은 솔로 박박 문지르며 아 너무 치사하다고 생각했다.

옷 방에 길게 세워 놓았던 거울은 나는 거의 쓰는 일이 없고 남편이 출근 전에 머리를 매만질 때 썼다. 그런데 언제부턴가 거울에 물기가 또르르 굴러내려 하얗게 말라붙은 흔적이 남아 있는 거다. 청소할 때 잘 닦아 놓으면 또 며칠이 못 지나 똑같은 자리에 그 또르르 자국이 남아 있다. 남편에게 물었더니 본인도 잘 모르겠다는 대답이 돌아왔다. 이 미스터리한 일은 어느 날 아침 남편이 스킨로션을 바르는 장면을 목격하고 나서야 이유가 밝혀졌다. 왼손에 흥건히 덜어낸 스킨을 오른손이 바로 리드미컬하고 유연하게 낚아채질 못하고 기울인 각도 그대로 거울을 따라 주르륵 흘러내리는 장면을 보고야 만 것이다. 현장을 잡아 "이거네!" 하지 않았다면 이 일은 영원한 미스터리가 되었을 것이다. 남편은 미안한 얼굴이 잠깐 스치는 와중에도 입을 빼쭉 내밀었다. 아, 치사하다. 하고 생각했다.

베개 그렇게 꺾어서 솜을 죽여 놓지 않으면 안 될까. 사과를 먹었으면 사과 씨를 싱크대에 버리지 말고 냉동 칸 비닐 봉지에 넣어주면 안 될까. 하수구에 머리카락 뭉쳐있는 거 한번 치우는 사람이 없네. 아, 치사하다. 생각해 보면 온갖 치사한 일들이 모여 있는 것이 바로 집 안의 일이다. 집이 좋고 살림이 애틋한 나 같은 사람에게는 하나하나가 다 의미 있는 일인데 그걸 몰라 줄 때, 온갖 치사한 일들로 나만 계속 종종거리는 것 같을 때, 어쩔 수 없이 좀 서러운 생각이 들기도 한다. 욕실의 물곰팡이와 때를 박박 닦고 바삭바삭 말린다. 쓰레기 봉지에 날픗하게 올라앉은 쓰레기들을 안으로 꾹꾹 눌러 공간을 야무지게 채운다. 설거지가 끝나면 싱크대 볼의 배수구 통을 턱 엎어 음식물 쓰레기를 덜어내 비운다. 택배 상자의 여밈을 뜯고 차곡차곡 세워두었다가 버린다. 방바닥의 머리카락을 줍고 더러워진 창틀을 닦는다. 선풍기 날개를 닦고 에어컨의 필터 먼지를 털어낸다. 낮고 힘들고 치사하지만 가장 우아한 생활을 위해 꼭 필요한 집 안의 일들은 사실 이렇게 많다.

이번 해의 여름 장마는 대단했다. 비가 내린 날은 54일이었는데 그러니까 두 달이 가까운 시간 동안 거의 쉬지 않고 비가 내린 것이다. 역대 최장의 기록이라고 했다. 아이들이 학교 숙제로 씨를 받아와 싹을 틔우고 가지를 키워 열매까지 매달았던 강낭콩과 토마토는 그 쉽지 않은 시간을 다 겪어내고도 장마를 견디지 못해 시름시름 앓더니 죽어버렸다. 비가 내내 퍼붓는 동안 눅눅한 습도를 못 견딘 벽지는 조글조글 슬프게 울었다. 불안하던 외벽의 귀퉁이에서 이 집에 살기 시작한 이래 처음으로 곰팡이 꽃이 피어났다. 닦아도 닦은 날뿐 다음 날 얼룩 위에 더 많은 곰팡이 꽃이 새로 피어나 있는 것을 보며 좌절했다.

죽은 식물을 비우고 곰팡이 꽃을 닦아내는 일은 마음이 정말 좋지 않다. 그러나 장마 따위에 잠식당하지 않고 집을 단단히 돌보려면 꼭 해야만 하는 일이었다. 빅 데이터와 알고리즘이 찾아준 곰팡이 세정제와 각종 클리너를 잔뜩 샀다. 지치고 않고 내 너를 닦아 박멸해 주리라. 하고 귀가 있을 리 없는 벽에 대고 소리쳤다. 해변가에서도 입지 않는 짧은 반바지를 갈아입고 팔에 고무장갑을 단단히 채우고 곰팡이 꽃을 닦았다. 이윽고 곰팡이가 사라지고 깨끗한 벽이 드러나자 승리의 전사가 된 것 같은 기분이 들었다. 나는 내 집을 지켜냈다.

집 안의 가장 고된 일을 서슴없이 하는 이유는 그것이 나와 내

가족의 삶을 지키는 일이기 때문에 그렇다. 집을 가꾸고 보듬는 것은 한해살이 꽃을 보는 잠깐의 즐거움을 누리고자 하는 것이 아니라, 집에서의 시간이 열매 맺는 나무가 될 것을 믿기 때문이다. 튼튼한 뿌리와 굵은 가지에 의지하게 될 미래의 어느 버거운 날을 대비하는 마음이기도 하다. 작은 아파트에 대해 적으며 내 어린 날의 집을 떠올렸다. 잊고 있었던 가장 사소해서 행복했던 순간들을 기억해냈다. 다른 시공간에서 살고 있지만 사는 일은 내 가장 아름다웠던 어느 집의 기억에 잇닿아 있었다는 것을 깨닫는다. 사람들은 누구나 마음에 품고 있는 집이 하나씩 있다. 그들이 기억하는 것은 집이라는 공간의 크기가 아니라 공간에서 보낸 계절의 모양들이었다. 작은 아파트가 나의 아이들에게 마음에 품을 수 있는 계절의 모양이 되기를 바란다. 가장 사소해서 행복한 순간이었으면 좋겠다.

명랑한 것이 좋아

한동안은 '연분홍 치마가 봄바람에' 하는 〈봄날은 간다〉가 그렇게 좋더니 얼마 전부터는 '싫다 싫어 꿈도 사랑도 싫다 싫어 생각을 말자.' 하는 〈싫다 싫어〉가 좋아졌다. TV에서 우연히 '쩽하고 해 뜰 날 돌아온단다.' 〈해 뜰 날〉을 부르는 파독 광부의 노래를 듣다가 울고 난 후로 한 번씩 옛 트로트를 찾아 듣는다. 요즘 트로트가 다시 인기를 얻고 있다고 하는데 내가 알고 있는 것은 새로 인기를 얻는 트로트 가수나 신곡이 아니라 모두 어렸을 때 내가 바라보던 어른들의 노래이다. 어렸을 때 뭣도 모르고 따라 들어 가사까지 절로 외워 나오는 노래들 말이다. 현철의 〈싫다 싫어〉를 들으며 이렇게 깊은 슬픔을 유쾌한 멜로디에 얹어 쿵짝거릴 수 있다는 점에 새삼 감탄했다. 감쪽같이 속을 그 사뿐함 속에 인생의 내공이 들어있었다는 것을 나는 지금에야 깨닫는다. 어느 날 아침 어쩌다 슬렁 넘어간 가르마 사이에서 흰머리를 발견했다. 눈을 최대한 위로 치켜뜨고 거울 속 그 흰 머리카락을 잡아보려 애를 쓰다가 문득 거울에 비친 내 요상한 표정과 눈이 마주쳤다. 이렇게 아등바등하는 꼴이 우스워 도로 아무 일도 없던 것처럼 평안한 모습으로 돌아와 머리를 차분히 다독였다. "나도 나이를 먹는구나." 하고 나에게만 들리는 작은 목소리로 말해보았다.

내가 틀어둔 플레이리스트에서(대개는 윤석철트리오와 재즈트로닉 때때로 원슈타인과 백예린을 듣는다) 트로트가 흘러나오면 남편이 나를 돌아보며 개구지게 웃는다. 내가 일종의 유머를 던졌다고 생각하는 모양이다. 뭐 그렇게 생각해도 나쁘지는 않다. 마주보며 웃는 남편의 얼굴도 내가 아는 청년에서 조금 더 멀리 걸어온 것을 발견한다. 남편이 웃으며 "왜 자꾸 나이 먹은 사람처럼 그래?" 하고 물을 때, 정말로 나이를 먹어가고 있다는 대답 대신 "왜에 좋잖아." 대꾸하며 따라 웃는다. 트로트 가사 속에 숨어있는 인생의 내공을 읽을 줄 알게 된 내가 어쩐지 싫지 않다.

갑자기 마음이 새로 바뀌었냐 하면 그렇지는 않다. 오히려 그 반대다. 단단히 만들어 가꾸어 온 취향을 간단히 털고 새로 그릴 만큼 나는 단순하고 용기가 있는 사람이 아니다. 다만 플레이리스트 속에 트로트 한 곡을 새로 넣고 거울을 볼 때 흰 머리카락이 있는지 살피는 것처럼 아주 자연스럽게 다가오는 계절을 맞이하고 있다. 친정 엄마의 꽃무늬 스카프와 붉은 계열의 등산복을 진심으로 이해하게 된 순간이 있었는데 문득 나도 명랑한 것도 좋아졌다고 고백한다. 명랑하고 알록달록한 물건들을 집 안에 들이고 싶어졌다. 그렇다고 훤히 보이는 자리에 뻔뻔하게 두는 것 말고, 어쩌다가 시선이 가닿는 귀퉁이 어디 쯤에 명랑함을 숨겨둔 유머처럼 얹어두고 싶어진 것이다. 잔잔한 재즈 플레이리스트에서 갑자기 튀어나오는 애잔한 트로트처럼 말이다. 굳이 표현해야 한다면 나이 탓보다는 계절 탓이라고 적어보고 싶다. 나에게 찾아온 새로운 계절과 그 계절의 집.

작고 동그란 헬멧을 엎어놓은 것처럼 생긴 전등에는 동그란 구슬이 실로 내려 달려 있다. 구슬을 잡아당기면 똑딱 하는 소리와 함께 불이 들어오고 다시 한번 똑딱 하고 당기면 불이 꺼진다. 무엇보다 쨍한 노란색이 정말 귀여운 아이다. 이 전등을 들이고 나서 우리는 한동안 구슬을 똑딱 당기는 재미로 지냈다. 빨강 몸에 파랑 손잡이를 달고 머리 위에는 노랑 구슬을 얹은 모카 포트를 내가 사게 될 줄은 몰랐다. 그릇의 톤들마저 차분한 작은 주방에 삼원색으로 지어진 모카 포트를 들인 날, 그 알록달록함이 내가 나에게 던진 유머 같아서 혼자 낄낄 웃었다. 커피를 만드는 물건들은 손에 익은 것이 이미 많이 있지만, 때때로 쿠룩쿠룩쿠룩 포트에 커피가 차오르는 명랑한 소리를 듣고 싶을 때는 이 귀여운 아이를 꺼낸다. 촌스러운 꽃무늬 키친 클로스, 알록달록한 칠이 된 빈티지 회전목마 오르골, 선명한 녹색 빛의 접시 같은 것들이 집 안의 곳곳 명랑하게 자리잡았다.

삶은 변하고 집도 우리가 맞이하는 계절에 따라 여전히 변화를 겪어갈 것이다. 그 계절의 변화는 아이들의 성장기의 한 대목일 수도 어른의 결심이거나 사소한 기쁨의 이유일 수도 있다. 어떤 날의 중간에 서서 함부로 엔딩을 말할 수 없듯이 오가는 계절 앞에 서 있는 지금 이 순간도 그러하다. 다만 어제를 추억하기 위해서 나는 내일을 꿈꾸고 오늘을 기꺼이 성실하게 살아볼 것이다. 사는 일의 해피엔딩이란 그런 것.

에필로그

처음 이 책의 제안을 받았을 때 특별할 것 없는 작은 아파트의 살림 이야기를 적는 것이 영 쑥스러운 생각이 들었다. 훌륭한 살림법을 가르쳐주거나 예쁜 인테리어를 보여주는 것이 아니어도 이렇게 살아가는 방법도 있습니다. 나는 이렇게 살고 있다는 삶의 모양을 나누어주었으면 한다는 말에 마음이 움직였다.

나의 친정집은 건널목만 건너면 되는 가까운 거리에 작은 시장이 있다. 어물전에 유난히 물 좋은 고등어가 들어온 날, 생선을 사 들고 집으로 돌아가는 길에는 아파트 입구부터 열어놓은 주방 창마다 고등어 굽고 조리는 냄새가 진동을 했다. 매일 인사를 주고받거나 깊은 안부를 묻지 않아도 그냥 닮은 아파트에서 오늘 저녁 식탁에 고등어 반찬을 올려 먹는다는 것만으로도 엷은 결속감 같은 것을 느끼곤 했다. 나도 그럭저럭 이렇게 잘 살고 있구나 하는.

이 책이 어느 저녁 옆집에서 풍겨오는 고등어 굽는 구수한 냄새처럼 읽히기를 바란다. 이웃집 담 너머로 집 안의 사소한 소음과 음식 만드는 냄새가 넘어올 때 우리 다 비슷비슷하게 닮은 모습으로 살아가고 있구나 싶어 문득 안도하게 되는 것 같다. 작은 아파트의 이야기가 오늘을 안도하게 했으면. 그리고 내일은 무엇이든 즐거운 일을 찾아 씩씩하게 소매를 걷게 만들어주었으면 좋겠다.

김 수 경

우리 집으로 만들어갑니다

: 차곡차곡 쌓인 7년의 기록

초판 1쇄 인쇄 2022년 5월 16일
초판 1쇄 발행 2022년 5월 30일

지은이 김수경

펴낸이 이준경 펴낸곳 지콜론북
편집장 이찬희 책임편집 김아영 편집 김한솔
책임디자인 정미정 디자인 김정현 마케팅 이준경

출판 등록 2011년 1월 6일 제406-2011-000003호
주소 경기도 파주시 문발로 242 3층
전화 031-955-4955 팩스 031-955-4959
페이스북 /gcolonbook 인스타그램 @g_colonbook
홈페이지 www.gcolon.co.kr 트위터 @g_colon
ISBN 979-11-91059-28-1 03810
값 16,500원

이 책은 저작권법에 의해 보호를 받는 저작물이므로 무단 전재와 복제를 금합니다.
또한 이미지의 저작권은 작가에게 있음을 알려드립니다.
The copyright for every artwork contained in this publication belongs to artist. All rights reserved.

잘못된 책은 구입한 곳에서 교환해 드립니다.
지콜론북은 예술과 문화, 일상의 소통을 꿈꾸는 ㈜영진미디어의 출판 브랜드입니다.